Broken Fairytale

Klappentext

Rose McAllister ist nach dem katastrophalen Aus ihrer letzten Beziehung vor drei Jahren davon überzeugt, dass weder Traumprinzen noch Happy Ends existieren und lässt keinerlei emotionale Nähe mehr zu. Sie glaubt fest daran, dass sie auch ohne einen Mann an ihrer Seite glücklich sein kann - bis sie auf Jackson Hunter trifft.

Der Clubbesitzer ist verboten gutaussehend, sexy, charmant und lässt kein Nein gelten, ganz egal, wie sehr Rose sich zunächst gegen ihn wehrt oder in welches Fettnäpfchen sie in seiner Gegenwart tritt.

Mit seiner Hartnäckigkeit bringt Jackson ihren Entschluss, sich nie wieder auf etwas Ernsteres einzulassen, ins Wanken. Die junge Frau lässt ihn schließlich in ihr Herz, schenkt ihm ihr Vertrauen und schwebt auf Wolke Sieben, bis Jacksons Vergangenheit sie einholt und die noch frische Beziehung auf eine harte Probe stellt.

Plötzlich zweifelt Rose, ob ihr Traumprinz doch nur ein weiterer Frosch ist und ihr ein Happy End wie im Märchen auch dieses Mal versagt bleiben wird.

Broken Fairytale

ROSE

Lizzy Jacobs

Lizzy Jacobs
Broken Fairytale: Rose

Herzogweg 21
31275 Lehrte
kontakt@writtendreams-verlag.de

Bestellung und Vertrieb:
Nova MD GmbH, Vachendorf
Druck und Bindung: Sowa Sp. z o.o. ul. Raszynska 13
05-500 Piaseczno, Polska

ISBN ebook: 978-3-96204-078-9
ISBN print: 978-3-96443-351-0

Widmung

Für meine Mama,
weil Du meine Kindheit mit Märchen verzaubert
und meine Welt so viel bunter
gemacht hast!

Prolog

Rose - 12 Jahre alt

Angeekelt wischte ich mir mit meinem Blusenärmel den Sabber vom Kinn und sah Jeremy entgeistert an. Wieso fühlte sich küssen nur so eklig an?

Also das war so überhaupt nicht meine Vorstellung von einem perfekten Kuss, der sah in meinem Kopf definitiv anders aus. Ich wollte hinter meinen Augenlidern ein Feuerwerk und den Geschmack von Zuckerwatte in meinem Mund. Nicht dieses Gesabber!

Meine Gedanken glitten automatisch zu Krötenschleim und dem Froschkönig. Igitt!

Jeremy schien allerdings anderer Meinung zu sein, denn ich hatte zu allem Überfluss bereits erneut seine Zunge im Mund. Was sollte ich sagen, es wurde nicht besser.

Wir hatten noch vor wenigen Sekunden auf einem Baum in der Nähe des Sees gesessen, uns über Filme und Musik unterhalten, und im nächsten Augenblick fand ich mich in seinen Armen wieder und er küsste mich.

Es waren Sommerferien und ich außerhalb meiner Komfortzone. Ich würde mich selbst als schüchternes Mädchen mit einhundert Prozent Wissen über Märchen und null Prozent über Jungs beschreiben, obwohl es nicht so war, dass sie mich nicht interessierten. Doch Märchen waren nach wie vor meine Nummer eins. Meine Freundinnen Dallas und Lilly hatten quasi ebenso wie ich eine Obsession für sie entwickelt. Wir drei hatten ganz genaue Vorstellungen von unserem Traumprinzen.

Aber der hier war es definitiv nicht!

Ich machte mich von ihm los, sah in sein grinsendes Gesicht und schüttelte den Kopf.

„Willst du es noch mal machen?“, fragte er mich begeistert. Ich hüpfte augenblicklich vom Stamm herunter und ging einen Schritt rückwärts.

„Nein, auf keinen Fall!“, erwiderte ich entsetzt.

„Na ja, wenn du es dir anders überlegen solltest, sag Bescheid.“ Jeremy zuckte mit den Schultern, besonders zu kratzen schien ihn meine Abfuhr nicht.

Entrüstet drehte ich mich auf dem Absatz um und rannte nach Hause, denn etwas lief hier gehörig falsch und das war ein Punkt, wo nur eine Mutter helfen konnte.

Als ich kurze Zeit später zu meiner Mom kam, um ihr von meinem ersten Kuss zu erzählen - ich erzählte ihr immer *alles* - schaute sie mich lächelnd an. Daraufhin nahm sie mein Gesicht in beide Hände und sagte zu mir: „Rose McAllister, vielleicht bist du noch ein bisschen zu jung für die große Liebe und Jeremy mit seinen fünfzehn Jahren etwas zu alt für deinen persönlichen Prinzen. Der Richtige wird schon irgendwann kommen und bestimmt wird es einfach wundervoll sein. Dann bekommst du deinen Regenbogen und das Gefühl von Schmetterlingen im Bauch.“

Mit einem Schmunzeln küsste sie mich auf die Stirn. Sie streichelte mir über mein Haar, drehte sich um und ließ mich mit meinen Gedanken allein zurück.

Wir lebten seit meiner Geburt in Minnesota in einem kleinen Vorort. Dort kannte so ziemlich jeder jeden. Da Sommerferien waren, verbrachten wir diese an einem zauberhaften Seegebiet in North Dakota.

Zwischen idyllischen Wäldern und einem wunderschönen See, der wie geschaffen dafür war, mit Freunden im Wasser herumzutollen, wurden die Ferien zum absoluten Ereignis. Wir waren immer unterwegs, schwammen, erkundeten die Umgebung und waren Abenteurer in unserem eigenen Reich.

Für mich als Einzelkind war es einfach großartig. Abends saßen wir am See und die Jungs erzählten uns Gruselgeschichten mit Taschenlampen vor ihren Gesichtern. Durch die Bewegungen der Bäume flackerten die Schatten und waren so unheimlich, dass wir Mädchen danach kreischend zu unseren Familien liefen. Der Nebeneffekt dieser Geschichten war allerdings, dass ich nie wieder in meinem kleinen Zelt schlafen wollte, weil ich solche Angst hatte.

Wer wollte auch schon, dass Freddy Krüger und Michael Myers nachts vor deinem Zelt hockten?

Wie so oft hatte man halt sein Lieblingselternteil und das war in meinem Fall ganz klar meine Mom. Sie war einfach die Beste, denn sie behandelte mich wie jemand, dessen Meinung wichtig war. Auch wenn ich in der Schule gehänselt wurde, weil ich eher still war, wollte sie mich nie verbiegen. Mein Vater dagegen war streng, herablassend und nicht wirklich liebenswert.

Ich gehörte zu den Mädchen, die unauffällig waren und nicht wie die anderen aus meiner Klasse um Aufmerksamkeit heischend über den Schulhof rannten. Dieses Balzverhalten schaute ich mir lieber aus sicherer Entfernung an.

Ich war mehr der Typ Teenager, der versuchte, mit den Wänden zu verschmelzen, da Aufmerksamkeit auch negative Seiten haben konnte. So wie an dem Tag, als ich Opfer einer fiesen Kaugummi-Attacke in meinem Haar wurde. Meine Mom war der Ansicht gewesen, dass es eine gute Idee wäre, mir über Nacht die langen, blonden, feuchten Haare zu flechten. Ich wachte am nächsten Morgen wie die blasse Ausgabe von Michael Jackson auf. Auf die harte Tour durfte ich lernen, dass ein Afro die Jungs quasi dazu einlädt, dort ihr Kaugummi reinzuspucken. Ich musste danach den ganzen Schultag mit dieser Schmach herumlaufen.

Unter Heulprotest wurde ich zum Frisör geschleppt, nur um dann wenig später schreiend den Salon zu verlassen. Nie wieder wollte ich zur Schule gehen. Ein Kurzhaarschnitt, der definitiv für Jungs war, trug nicht dazu bei, dass ich mich selbstbewusster fühlte. Kurze Zeit darauf kam noch die feste Zahnspange hinzu und mein Leben war offiziell ein Albtraum.

Deswegen liebte ich die Zeit mit meinen Freundinnen. Ich war eine hoffnungslose Romantikerin und absolut überzeugt, dass ein Happy End immer dazu gehörte. Wenn meine Mutter also der Meinung war, ich wäre zu jung zum Küssen und mein Traumprinz noch in weiter Ferne, dann musste da wohl was dran sein.

Schnell vergaß ich Jeremy, das Gefühl von glitschigem Schleim und den kläglichen Versuch eines ersten Kusses. Ich hatte ja außerdem jede Menge Zeit, die große Liebe zu finden.

Wenn ich da schon gewusst hätte, was ich heute wusste, hätte ich die Finger von den Märchen gelassen.

Kapitel 1

Ich werde definitiv sterben! dachte ich bei mir, als ich das erste Mal versuchte, meinen Kopf vom Kissen zu heben. Mein Schädel dröhnte so fies, dass ich das Gefühl bekam, er hätte sich entschlossen, eine eigene Existenz als Foltermeister zu führen.

Trotz meiner siebenundzwanzig Jahre hatte ich es mal wieder geschafft, geschminkt ins Bett zu gehen. Meine Augenlider fühlten sich verklebt an. Müde wischte ich mir übers Gesicht und schaute auf jede Menge Glitzer und grünliche Handflächen.

Scheiße, ich hatte gestern wirklich ein paar Gläser zu viel, überlegte ich.

Langsam kamen einige Erinnerungsfetzen der letzten Nacht zurück und ich schwor mir und meinem Brummschädel, nicht mehr so exzessiv zu feiern, geschweige denn zu trinken. Stöhnend hielt ich mir den Kopf und bedauerte mich selbst.

Meine Freundinnen und ich gingen jedes Jahr zu einem Kostümball. Wir liebten es, in verschiedene Rollen zu schlüpfen. Je schräger, desto besser. Und so war es dieses Mal die furchteinflößende Medusa, die ich darstellte. Dallas und Lilly kostümierten sich als Erzengel und der Tod. Jedoch nicht auf die sexy Weise, wie sich das die anderen Püppchen zum Motto gemacht hatten, sondern auf eine gruselige. Sie waren nach all der Zeit immer noch meine engsten Vertrauten und wir sahen uns so oft wie möglich. Wie ich waren auch sie nach wie vor auf der Suche nach dem Richtigen.

Der Richtige, dass ich nicht lache, dachte ich zynisch und plötzlich kam eine weitere Szene des gestrigen

Armageddon auf mich zu. Natürlich hatte ich jemanden kennengelernt und eins war zum anderen gekommen. Schon während dieses Desasters hatte ich beschlossen, der Männerwelt erst einmal den Rücken zu kehren.

Er, dessen Name anscheinend nicht mehr auftauchen wollte, was wahrscheinlich auch besser war, hatte meiner Entscheidung, nie wieder Sex haben zu wollen, den finalen Stoß gegeben. Mit Abstand war er das schlimmste Exemplar eines miesen Lovers, der sich in einer Reihe von Fehlversuchen hinsichtlich der *wahren Liebe* zur Nummer eins unter den Flops entpuppt hatte.

Joe? Jack? John? Ich überlegte fieberhaft.

Genau, John war sein Name, dachte ich fast erleichtert, weil mein Gehirn nicht völlig versagte.

Auf den ersten Blick war dieser John gutaussehend und charmant. Ich hatte ihn schon öfter in Clubs gesehen und gemerkt, dass er mich jedes Mal abgecheckt hatte. Er küsste ganz okay und mit meiner beschwipsten Libido hielt ich es für eine gute Idee, die Nacht mit ihm zu verbringen. Doch als ich Stunden später mit ihm in meinem Bett gelandet war, hatte er schnell bewiesen, dass toller Sex und einfaches Herumstochern ohne den Hauch einer Chance auf einen Orgasmus zwei völlig verschiedene Dinge waren.

Der Sex war dermaßen grauenvoll gewesen, dass ich tatsächlich während des Akts darüber nachgedacht hatte, wie ich das Drahtgestell aus meinem Haar bekam, das meine Schlangenfrisur in Form hielt.

Mal im Ernst, der Kerl hätte nicht mal mit einem Navi meine Klitoris, geschweige denn meinen G-Punkt gefunden, und das, obwohl ich ihm zu verstehen gegeben hatte, dass er meilenweit davon entfernt war. *Idiot*! Sein erstauntes Gesicht kam mir wieder in den Sinn und ich verdrehte die Augen.

Er war gekommen, dieser *Held*, allerdings hatte er mich nicht einmal in die Nähe eines Kribbelns gebracht. Ich machte keinen Hehl um meine Enttäuschung, sagte ihm, dass dies mein letzter One-Night-Stand gewesen wäre und schmiss ihn raus.

Was dachten sich solche Typen nur?

Man musste doch selbst betrunken merken, dass so ein Gerammel nicht wirklich Spaß bedeutete. Jedenfalls nicht für diejenige, die unter ihm lag.

So saß ich hier, frustriert, verkatert und mit einem undefinierbaren Gestrüpp auf dem Kopf, denn das Gestell hatte ich natürlich nicht mehr herausgeholt. Die Nacht im Bett hatte dem Ding definitiv nicht gutgetan, wie ich nach einigem Herumtasten feststellte.

Mittlerweile hatte ich meine Ansprüche bereits heruntergeschraubt und sehnte mich eigentlich nur nach einem Kerl, der hielt, was er versprach, und damit meinte ich nicht die wahre Liebe. Dieser Aberglaube war mir schon vor langer Zeit geraubt worden, und die jüngsten Ereignisse unterstrichen meine Meinung nur noch. Ein kurzer dumpfer Schmerz hallte in der Gegend meines Herzens nach, aber das lag wohl am Alkohol. Oder doch an Johns künstlichen Brustmuskeln? Er war gestern als Superman verkleidet gewesen und hatte sich für den weltschlechtesten Sex nicht einmal die Mühe gemacht, das Teil auszuziehen.

Eine Stunde später schaffte ich es dann endlich, aufzustehen. Es war Sonntag und die Mädels wollten zum Brunch vorbeikommen. So taumelte ich durch mein kleines Wohnzimmer und fiel fast über den

Stapel Bücher, die ich aus dem Regal auf den Boden geräumt hatte, um sie neu zu sortieren - dieses Mal nach Autoren. Im Laufe der Jahre hatten sich Hunderte angesammelt und ich brachte es nie übers Herz, sie wegzugeben. Nachdem ich den ersten Schreck über meinen optischen Zustand nach einem Blick in den Spiegel im Bad überstanden hatte, duschte ich heiß und lange. Das Wasser half, die restlichen Erinnerungen und Farben von mir abzuspülen.

Das mit der Schlangen-Frisur stellte sich allerdings schwieriger dar. Das Drahtgeflecht war ziemlich gut befestigt, weshalb es eine Ewigkeit dauerte, bis ich es aus meinem Haar herausbekam. Es tat schrecklich weh und kostete mich jede Menge meiner hüftlangen, blonden Pracht. Meine Mähne war mein ganzer Stolz. Traurig sah ich auf die Spitzen meiner Haare hinab. Struppig wie sie nun aussahen, würde ich sie wohl um ein paar Zentimeter kürzen müssen, denn hier half die beste Repair-Kur nicht weiter. Es war wie bei dem Kaugummiunfall, den ich als Zwölfjährige gehabt hatte. Hoffnungslos.

Nur mit Jogginghose und Tanktop bekleidet, lief ich durch meine Wohnung und machte das Frühstück. Ich wohnte in einem kleinen Zwei-Zimmer-Appartement in Queens. Nicht gerade günstig, aber nah bei meiner Arbeitsstelle und mit dem Fahrrad schnell zu erreichen. Wohn- und Esszimmer waren in einem Raum, die Küche ziemlich winzig, doch ausreichend für eine Person. Mein Einrichtungsstil fiel schlicht aus, mit schwarzen Möbeln und silbernen Deko-Elementen. Das Gegenteil meines damaligen Kinderzimmers, das aussah, als hätte Barbie sich darin übergeben. Rosa und Glitzer - überall!

Als kurze Zeit später Dallas und Lilly eher halb auf meinem Frühstückstisch hingen, als aufrecht daran zu sitzen, ließen wir die letzte Nacht Revue passieren.

„Also ich frage mich ernsthaft, ob es nur noch gestörte Männer gibt. In welchem Universum ist es normal, dass man beim Sex gefilmt wird? Noch dazu beim ersten Date und ohne den Namen des anderen zu kennen?!", meinte Lilly schwach entrüstet, zu mehr war sie in ihrem momentanen Zustand nicht fähig. Meine beiden Freundinnen waren genauso verkatert wie ich, denn wenn wir etwas konnten, war es, bis in die Morgenstunden gemeinsam zu feiern.

Dallas und ich lachten über Lillys angeekelten Gesichtsausdruck, was sich als Fehler entpuppte. Mein Kopf schmerzte fürchterlich und ich schwor mir, nie wieder so viel zu trinken.

„Ach, dann hatte ich wohl den Jackpot heute Nacht. Ich habe Mark in mein Schlafzimmer bekommen mit nichts weiter an als seinem Revolverholster und seinen Cowboystiefeln, und ich sage euch, seine Pistole war dermaßen geladen!", verkündete Dallas, fing wieder zu lachen an und wurde kein bisschen rot.

Ich konnte mir den Anblick nur zu gut vorstellen. Dallas hatte schon lange eine Schwäche für Mark, der fantastisch aussah und sich dessen auch absolut bewusst war. Allerdings hielt er nichts von Beziehungen, mit so etwas hatte er nichts am Hut. Doch Dallas hatte sich anscheinend damit arrangiert.

Sie sah wunderschön aus, mit ihren braunen, kurzen Haaren und dem athletischen Körper, den sie täglich trainierte. Dallas arbeitete als freie Journalistin und nebenbei als Tanzlehrerin, was sie mit einer Leidenschaft betrieb, dass einem angst und bange wurde. Mit der Frau konnte man Pferde stehlen oder nachts um halb drei betrunken einen Liebesbrief an der Windschutzscheibe des potenziellen Angebeteten hinterlassen. Sie war bei jeder Aktion dabei, ohne Fragen zu stellen.

„Ich finde ja, die Männer könnten wirklich froh sein, wenn sie eine von uns als ihre zukünftige Frau betiteln dürften", warf Lilly ein.

Da war sie wieder, unsere Prinzessin, die immer noch positiv gestimmt war, trotz Kater und zwielichtigem Typen. Lilly war klein, zart, mit langen blonden Haaren. Ein bisschen hatte sie Ähnlichkeit mit einer niedlichen Elfe. Sie hatte die Suche nach dem Richtigen nie aufgegeben und war der festen Überzeugung, dass es da draußen den perfekten Mann für sie gab. Leider hatte sie aber stets ein Gespür für den Falschen. Sie geriet grundsätzlich an Kerle, die entweder nicht alle Latten am Zaun hatten oder todlangweilig waren.

So saßen wir noch einige Stunden zusammen und tranken das Geheimrezept meiner Mutter gegen fiesen Kater, hauptsächlich, um unsere im Koma liegenden Gehirnzellen in Gang zu bringen.

Irgendwann später musste ich mich fertig machen, weil ich meine Mom besuchen wollte. Sie bestand darauf, mindestens einmal die Woche meine Stimme zu hören oder mich zu sehen. Auch in den letzten fünfzehn Jahren hatte sich nichts an meinem innigen Verhältnis zu ihr geändert, sie war und blieb meine persönliche Heldin und der Ruhepol in einem Meer voller Zweifel, Kopfschmerzen und Arschlöcher.

Kapitel 2

Dallas nahm mich auf dem Weg zu ihrem nächsten Date in ihrem sportlichen Cabrio mit und setzte mich eine halbe Stunde später vor dem Haus meiner Mom ab. Ich besaß zwar auch ein Auto, einen 68er Charger, den ich heiß und innig liebte, doch leider befand er sich momentan in der Werkstatt. Dort sagten sie mir, dass vermutlich mit dem Vergaser etwas nicht in Ordnung sei, aber so genau hatte ich nicht zugehört. Meine einzige Sorge waren die Kosten, denn so ein Oldtimer war nicht gerade billig, wenn solche Sachen zu Bruch gingen.

Ich winkte Dallas zum Abschied und ging auf das kleine Häuschen zu, das fast so aussah wie das Hexenhäuschen von Hänsel und Gretel. Es war schon ein bisschen älter, trotzdem urig, mit einem schnuckeligen Garten und wie geschaffen für meine Mom. Mein Vater war vor ein paar Jahren gestorben.

Ich klingelte nur einmal und öffnete dann mit meinem Schlüssel die Tür, denn meine Mutter hasste es, wenn ich so tat, als wäre ich ein Gast. Es lag der Duft von Kaffee in der Luft und ich ging durch den schmalen Flur in die Küche. Dort stand sie mit dem Rücken zu mir und summte ein Lied im Radio mit.

„Hallo Mom“, machte ich mich kurz bemerkbar und umarmte sie von hinten. Sie roch für mich immer nach zu Hause, schwer zu erklären, doch es war so.

„Na endlich, ich warte schon mit Kaffee und Kuchen. Geh einfach raus in den Garten, ich komme gleich zu dir“, teilte sie mir über die Schulter hinweg mit und beförderte mich mit einer Handbewegung Richtung Terrasse.

Gott sei Dank hatte sie den großen Sonnenschirm aufgespannt, denn meine Augen waren noch immer Sklaven der letzten Nacht und nicht wirklich bereit für grelles Tageslicht.

Ich entspannte mich gerade in einem Liegestuhl, war fast eingeschlafen, als sie mich ins Ohr zwickte.

„Sag mal, warum hast du grüne Farbe am Ohr und wieso siehst du aus, als würdest du dem Twilight-Clan angehören?“, stichelte sie, lachte auf und augenblicklich kamen meine Kopfschmerzen wieder zurück. Mit einem schmerzverzogenen Gesicht rieb ich mir die Schläfen. Sie war ein richtiger Fan, was die Filme und Bücher anging und damit zog ich sie regelmäßig auf.

„Ich war doch gestern auf dem Kostümball mit Dallas und Lilly und bin als Medusa gegangen. Team Edward würde ich niemals beitreten, denn ich stehe eher auf Kerle ohne T-Shirt“, gab ich zurück. Ich zwinkerte ihr zu und musste über ihren Gesichtsausdruck grinsen.

Mom goss mir Kaffee in eine große Tasse und fragte dann auffallend unauffällig: „Und, war jemand dabei, der keine Angst vor der grünen Schlangenfrau hatte? Jemand, der sich durch Tapferkeit in dein Herz geschlichen hat?“

„Nein, kein Held in Sicht, kein Mann in Rüstung, lediglich Vollidioten, die sich für ein Gottesgeschenk an die Frauen halten. Nur Typen, die nicht mal mit einer Betriebsanleitung wüssten, was sie mit ihrem Schwert anfangen sollen!“, schnaubte ich verächtlich. Mit den Jahren war ich ziemlich zynisch geworden.

„Rose, du bist seit geraumer Zeit allein. Ich mache mir Sorgen um dich. Gibt es keinen jungen, netten

Mann in deinem Leben? Es wäre so schön, dich wieder glücklich zu sehen.“ Sie hörte sich traurig an.

„Ich brauche keinen Mann, um glücklich zu sein“, erwiderte ich ein bisschen ungehalten, denn wir führten dieses Gespräch nicht das erste Mal und gerade sie sollte doch wissen, was es hieß, verletzt zu werden.

Mein Vater starb vor sieben Jahren auf seiner Arbeitsstelle aufgrund eines Herzinfarkts. Für uns beide war es ein Schock, allerdings traf es meine Mutter am härtesten. Ich blieb die ganze Zeit an ihrer Seite und versuchte, sie zu trösten und zu unterstützen. Nach wie vor half ich ihr, wo es ging.

Auf der Trauerfeier hatte sich herausgestellt, dass er nicht nur sie, sondern noch die halbe weibliche Nachbarschaft glücklich gemacht hatte, inklusive der besten Freundin meiner Mom. Leider war diese Furie so taktlos gewesen, es ihr in der Kirche zu beichten und hatte auch noch Verständnis erwartet, da sie ihn ebenfalls geliebt hätte und somit das Recht beanspruchte, zu trauern.

Zu sagen, dass es eine kurze und sehr lautstarke Beerdigung geworden war, war noch untertrieben. Mein Vater war ein Bastard und ich wünschte ihm, dass er in der Hölle schmorte. Er, der immer mit seinen hohen Wertvorstellungen geprahlt, andauernd über die Verfehlungen anderer gelästert und meiner Mom das Gefühl gegeben hatte, nicht gut genug zu sein.

Ein weiteres Mahnmal, mich auf ewig von der Liebe fernzuhalten. Es war eine schwere Zeit für uns gewesen. Um der Schmach zu entgehen, hatte sie das alte Haus verkauft und dieses erworben. Ein neues, erinnerungsfreies Heim.

„Hör zu, ich werde anfangen, Männern eine Chance zu geben und zu akzeptieren, dass nicht alle Schweine sind, wenn du dich endlich bei einem Dating-Portal anmeldest“, sagte ich und führte innerlich schon einen Tanz auf, denn sie war nicht gerade ein Fan von Dating-Seiten oder Onlinebekanntschaften.

„Okay, einverstanden. Das heißt, wenn du mir mit dem ganzen technischen Kram und der Anmeldung hilfst. Im Gegenzug gibst du dem nächsten netten Mann, den du triffst, eine Gelegenheit, zu sehen, was ich sehe“, nagelte sie mich fest und reagierte damit vollkommen anders, als ich erwartet hätte. Sie grinste triumphierend und ich sah sie erstaunt an.

„In Ordnung“, gab ich meine Zustimmung, denn ich hatte keine Idee, wie ich aus dieser Nummer wieder herauskommen sollte.

Tja, dann hatten wir wohl einen Deal.

Wir genossen die untergehende Sonne, redeten über ihre Tätigkeit im Tierheim, die sie als freiwillige Helferin sehr ernst nahm. Ich lachte über ihre Geschichten von Hunden, die beim Gassigehen rückwärtsliefen und weinte fast über eine Katze, die schon so alt war, dass sie niemand mehr haben wollte.

„Komm doch mal vorbei. Du wirst sehen, man verliert sein Herz schneller, als man denkt.“ Sie zwinkerte mir zu und ich schüttelte schmunzelnd den Kopf, weil sie einfach nicht aufgab. Mom und auch meine Freundin Lilly wären die perfekten Helfer für Amor, sollte der jemals neue Mitarbeiter brauchen.

Kapitel 3

Der Montag war völlig ereignislos und das war auch gut so, denn ich hatte immer noch mit den Nachwirkungen meines Katers zu kämpfen. Für den Abend hatte ich geplant, mir etwas Gesundes zu kochen. Mein Körper sollte ab und zu das Gefühl bekommen, nicht gänzlich am Nahrungsabgrund zu stehen. Deswegen schloss ich den Laden pünktlich ab, setzte meine Kopfhörer auf und machte mich auf den Weg in den nächsten Supermarkt. Dort angekommen schnappte ich mir einen Einkaufskorb und schlenderte hungrig durch die Regale. Ich hatte mich schweren Herzens für eine Gemüsepfanne entschieden. Für den Fall, dass mir noch irgendwelche Zutaten fehlten, las ich mir die Verpackungsbeilage durch. Leise die Musik von Depeche Mode mitsummend ging ich den Gang entlang und stieß aus Versehen mit einer anderen Person zusammen.

Durch den Aufprall taumelte ich nach hinten gegen ein Regal. Dabei fiel mir die Packung mit der Gemüsepfanne aus der Hand, landete zu meinen Füßen und platzte zu allem Überfluss auch noch auf. Gefrorener Mais, Paprika, Brokkoli und Erbsen kullerten über meine Zehen, denn diese steckten in Flip-Flops.

„Mann, der Tag war bisher doch eigentlich ganz schön, und jetzt habe ich beschissenes Tiefkühl-Gemüse an meinen Füßen“, murmelte ich beim Runterbeugen. Angepisst versuchte ich, die eiskalten Stücke von mir zu entfernen. Aber nicht nur das Gemüse kam in mein Sichtfeld, sondern auch große Boots, die von ein paar Erbsen angesprungen worden waren.

Langsam ließ ich meinen Blick aufwärts gleiten. Ich sah lange, muskulöse Beine in Jeans, einen schlanken und trainierten Oberkörper, der in einem schlichten schwarzen Henley-Shirt steckte, und kam dann zu seinem Gesicht. Er hatte einen feingeschwungenen Mund mit leichtem Bartschatten und wunderschöne braune Augen, die mich belustigt ansahen.

Ich erhob mich aus meiner kauernden Haltung. Das Gemüse war vergessen und ich schaute ihn direkt an - wobei Starren wahrscheinlich die treffendere Bezeichnung gewesen wäre. Er war ein Bild von einem Mann. Langsam kam mir die Vermutung, dass er mit mir redete, denn ich sah, wie sich seine Lippen bewegten. Hastig zog ich die Kopfhörerstöpsel aus meinen Ohren.

„Ich habe gefragt, ob bei dir alles okay ist?" Seine Mundwinkel zuckten und er legte den Kopf leicht schräg. Der großartige, tiefe Klang seiner Stimme haute mich um, so wie der Rest von ihm.

Anlecken!

Meins!

Scheiße, wo kam das denn her?!

„Nein ganz und gar nicht! Wegen dir muss ich jetzt nochmal zurücklaufen und mir eine neue Gemüsepfanne holen!", fauchte ich. Das war zugegeben nicht die schlaueste und vor allem nicht die freundlichste Antwort, aber mein Gott, ich wollte einfach nur nach Hause zu meinen Zombies. Da konnte ich Ablenkung in Form eines heißen Typen überhaupt nicht gebrauchen. Ich fand, es war jetzt wirklich Zeit, zu verschwinden, deshalb wandte ich mich zum Gehen, doch da hörte ich ihn lachen. Aus diesem Grund drehte ich mich nochmal zu ihm um, blickte ihm ins

Gesicht und er sah einfach nur umwerfend aus. *Göttlich* war alles, was mir zu ihm einfiel.

„Also eigentlich hast *du* mich angerempelt, fast zu Boden geworfen und mit Gemüse dekoriert“, warf er mir immer noch grinsend vor und schaute an sich hinab.

Verdammt! Humor hatte er auch.

Ich wollte gerade zu einer zickigen Antwort ansetzen, um ihn auf Abstand zu halten, da fielen mir die Worte meiner Mom wieder ein und ich klappte den Mund schnell zu. Bestimmt sah ich wenig geistreich aus. Augenblicklich spürte ich eine verräterische Hitze in meine Wangen schießen. Wahrscheinlich nahm ich soeben die Farbe eines Feuermelders an, super.

„Schuldig im Sinne der Anklage und sorry für das Bespringen durch meine Erbsen“, versuchte ich, höflich zu sein.

„Kein Problem. Ich beschwere mich sicher nicht, wenn eine schöne Frau mich über den Haufen rennt“, entgegnete er mit einem verschmitzten Lächeln.

Ich schaute ihn verblüfft an. Zu meiner Überraschung entdeckte ich an ihm nicht den üblichen arroganten oder selbstgefälligen Gesichtsausdruck, der mir schon so oft begegnet war, gerade, wenn ein Mann dermaßen gut aussah. Nein, er schenkte mir vielmehr ein offenes Lächeln, das auch seine Augen erreichte.

„Okay, dann habe ich dir wohl einen Gefallen getan. Nochmals sorry und mach‘s gut.“ Nach diesen Worten drehte ich mich rasch um und ging im Stechschritt Richtung Ausgang. Wer brauchte schon Abendessen?! Es fiel mir schwer, nicht zu rennen.

„Hey, was ist mit deinem Essen? Wie ist dein Name und willst du nicht vielleicht meinen wissen?“, rief er mir hinterher. Ich blieb stehen, atmete tief durch und versuchte, meine Hormone in den Griff zu bekommen. Irgendetwas löste er in mir aus und ich wusste nicht, ob es mir gefiel.

Langsam wandte ich mich ihm wieder zu. Er stand nach wie vor an der gleichen Stelle, die Hände locker in den Hosentaschen. Seine braunen Haare fielen ihm ein bisschen ins Gesicht und er wartete auf eine Antwort. Selbst auf die Entfernung war er noch charismatisch und schön - und das machte mir eine Heidenangst. So schöne Männer hatte man in der Regel nie für sich allein.

Er wird dir das verdammte Herz brechen!

Alte Ängste kamen in mir hoch, doch durch ein gleichzeitiges ungewohntes Gefühl in meinem Bauch, er könnte vielleicht trotzdem einer von den Guten sein, gab ich entgegen meiner eigentlichen Art ein bisschen nach.

„Überlassen wir es einfach dem Zufall, ob wir noch einmal kollidieren, dann erfährst du auch meinen Namen“, antwortete ich, zwinkerte ihm zu und verließ fluchtartig das Geschäft.

Zuhause angekommen fiel mir wieder ein, dass ich jetzt nichts zu essen hatte. Ich hatte weder Lust auf den Lieferdienst noch auf menschlichen Kontakt, deswegen griff ich zu meinem Allheilmittel Ben & Jerrys. Kurz kamen mir braune Augen in den Sinn und die Art, wie der Unbekannte mich angesehen hatte, doch ich schüttelte nur den Kopf über mich und meine gefühlsduseligen Gedanken.

Wie wahrscheinlich war es schon, dass ich einen Fremden in einer so großen Stadt wie dieser wiedersehen würde? „Höchst unwahrscheinlich“, sagte ich zu mir, ging ins Bett und lag stundenlang wach. Musste wohl an der Eiscreme liegen!

Die restliche Woche verging wie im Flug. Ich arbeitete seit vier Jahren als Verkäuferin in einer kleinen Boutique, die Schmuck und Accessoires verkaufte. Es gefiel mir, Leute mit etwas Glitzer ein wenig glücklicher zu machen. Man traf die unterschiedlichsten Menschen, hörte die unterschiedlichsten Geschichten.

Ich war immer mittendrin. Es war für viele vielleicht nicht der Traumjob oder der große Karrieresprung. Doch ich fühlte mich wohl und war mit meinem Leben soweit zufrieden.

Bis auf die Männersache, denn die ließ mittlerweile tatsächlich keinen Spielraum mehr für Regenbögen oder Einhörner.

Der Laden brummte und ich unterhielt mich gerade mit meiner Kollegin und Freundin Violet darüber, ob eine weitere Botox-Behandlung ihrer Lippen wirklich sein musste. Sie war der Meinung, *viel hilft viel*, während ich ein bisschen Angst hatte, dass sie eines Tages platzen und mir um die Ohren fliegen würden.

„Aber meinst du nicht, es würde dann besser zu meinen Brüsten passen?“, fragte sie und drückte ihr beeindruckendes Dekolletee zusammen.

Sie war ein wenig kleiner als ich, hatte schwarze Locken und war stets hippiemäßig gestylt. Heute trug sie ein langes Kleid mit Blumenmuster, dazu riesige Federohrringe und eine Kette mit Türkisen.

Ich schaute an mir herunter. In meinem khakifarbenen Shirt und der kurzen Shorts sah ich neben ihr eher langweilig aus. Ich war einen Meter siebzig groß, schlank, einfach totaler Durchschnitt.

Stets hatte ich gedacht, dass ich große Möpse hätte. Bei diesem Körperteil wünschte ich mir oft, der liebe Gott wäre ein bisschen weniger gönnerhaft gewesen. Aber Violets Brüste waren gigantisch, allerdings genau wie ihre Lippen vom Schönheitschirurgen gezaubert worden.

„Nein Violet, ich denke, noch mehr von allem und sie halten dich für eine Transe", neckte ich sie liebevoll und zwickte ihr in die Seite. Sie lachte, denn sie nahm mir solche Sprüche nicht übel.

„Nicht jeder kann so viel Glück wie du haben. Da muss man einfach ein bisschen nachhelfen", verteidigte sie ihre Schönheits-OPs.

„*Ein bisschen* hast du längst hinter dir und du siehst gut aus. Du brauchst den ganzen Scheiß nicht. Charlie liebt dich so, wie du bist und das ist es, was zählt", appellierte ich an ihre Vernunft.

Charlie war seit fünf Jahren der Mann an ihrer Seite und er liebte sie einfach abgöttisch. Die zwei waren glücklich verheiratet und ein schönes Paar. Ich mochte die beiden sehr. Zusammen ergaben sie eine bunte Mischung und das, was sie miteinander hatten, gab es in meinem Freundeskreis eher selten. Ganz tief in mir versteckt wünschte ich mir, ich würde dieses Glück auch irgendwann finden.

Bevor wir das Für und Wider einer erneuten Schönheits-OP weiter besprechen konnten, klingelte das Telefon im Laden und ich nahm den Hörer ab.

„Sparkle & More, was ich kann ich für Sie tun?", ratterte ich meinen Standardsatz herunter.

„Du kannst deinen knackigen Hintern am Samstag mit mir und Lilly in einen neuen Club schwingen“, entgegnete Dallas am anderen Ende des Telefons und ich musste unwillkürlich lachen.

„Das mach ich verdammt gerne, obwohl ich mich gerade erst vom letzten Wochenende erholt habe. Wieso bist du schon wieder so motiviert?“, hakte ich nach.

„Weil ich VIP-Pässe bekommen habe und so Geschäftliches mit Spaß kombinieren kann“, antwortete sie fröhlich.

Dallas war als freie Journalistin in jedem Bereich einsetzbar und schrieb unter anderem auch über die neuesten Trends und Clubs. Da ihre Meinung in der Branche zählte, bekam sie oft Einladungen, Lilly und mich nahm sie dann immer mit. Sie war der Ansicht, einen Club nur auf Herz und Nieren testen und bewerten zu können, wenn sie ihn so nutzte, wie es die Leserinnen taten: Mit Freundinnen und dem Ziel, Spaß zu haben.

„Alles klar, ich muss nur vorher noch beim Tierheim vorbeischauen. Meine Mom ist krank, und nun haben sie nicht genügend Leute, die mit den Hunden Gassi gehen. Wann holst du mich ab und wie lautet der Dresscode?“, wollte ich wissen und freute mich tierisch auf ein bisschen Action.

„Schmeiß dich in einen heißen, schwarzen Fummel und wir stehen um neun vor deiner Tür. Wir werden definitiv unseren Spaß haben, bis dann“, erwiderte Dallas und legte auf.

Schwarz war so ziemlich die einzige Farbe, die bei mir im Schrank hing. Irgendwo in den Tiefen müsste noch dieses eine Kleid vor sich hinvegetieren, das ich vor Ewigkeiten gekauft, aber noch nie getragen hatte. Ich war mehr der Jeans und Shirt Typ, weil es einfach bequemer war. Abgesehen davon war ich meistens zu spät dran, um mich übermäßig aufzustylen.

Leider bedeutete das auch, dass ich vor Samstag meine neuen High Heels einlaufen musste, denn allzu oft trug ich sowas nicht. Gekauft hatte ich viele, angezogen die wenigsten. Wehmütig dachte ich an meine heißgeliebten flachen Stiefel. Doch wenn Dallas uns in einen Schuppen brachte, in dem VIP-Pässe verteilt wurden, dann kam ich ohne die extra zwölf Zentimeter nicht rein oder würde im Fall der Fälle negativ auffallen.

Verdammt!

Kapitel 4

Am Samstag stand ich für meine Verhältnisse früh auf und ging auf den Markt, der am Wochenende direkt vor meiner Tür aufgebaut wurde. Dort gab es die leckersten Sachen, die man in dieser Qualität so im Supermarkt nicht fand. Ich war nicht die beste Köchin, aber ein paar Gerichte hatte ich mir durch diverse Kochsendungen selbst beigebracht. Und die schmeckten echt nicht übel! Für ein Fünf-Gänge-Menü würde es zwar nie reichen, doch damit konnte ich leben.

Ich packte Äpfel, Kiwis, Bananen und meine heißgeliebten Kirschen in eine Schale. Der Rest des Einkaufs kam in den Kühlschrank. Danach machte ich den obligatorischen Wohnungsputz und zwei Ladungen Wäsche. Auch meine geliebten Bücher wurden endlich vom Fußboden entfernt und in die Regale geräumt. Obwohl ich Single war, genoss ich die Stille immer noch genau so wie früher.

Ein gutes Buch, ein Becher Kaffee und die Welt war wieder in Ordnung. Meine Begeisterung für Liebesromane hatte sich nur geringfügig verändert. Jetzt standen allerdings sexy Romane über Biker oder Rockmusiker in meinem Fokus und keine Märchen.

In meiner Wunschvorstellung wollte ich einen Bookboyfriend. Einen Mann, der selbstbewusst, stark, ehrlich und liebenswert war. Außerdem sollte er mich zum Lachen bringen und natürlich gut im Bett sein. Meine Ansprüche entsprachen also dem heiligen Gral oder dem Jackpot für jede Frau.

Ein Hirngespinst, und genau aus diesem Grund liebte ich Bücher. Ein Buch tat nicht weh, es fügte einem keine bleibenden Schäden zu und war mir deswegen auf Dauer auch der sicherere Begleiter.

Als ich am Nachmittag mit meinem frisch reparierten schwarzen 68er Charger am Tierheim ankam, war ich um ein paar Dollar ärmer, aber glücklich. Mit dem Rad wäre es zu weit und ich völlig k.o. gewesen, bevor ich angekommen wäre. Das durchdringende Gebell und leise Katzenmiauen, das mich begrüßte, rief mir in Erinnerung, warum meine Mom so viel Zeit hier verbrachte. Die Hunde freuten sich bestimmt über jeden Besuch, um endlich einmal draußen herumtoben zu können, und auch man selbst hielt ein bisschen vom lauten Stadtlärm inne und konnte wieder die frische Luft genießen.

Das Tierheim lag am Rande der Stadt, damit es die umliegenden Anwohner nicht störte, und war nicht weit entfernt von einem kleinen Waldstück. Die Sonne schien und kein Wölkchen war am Himmel - perfekter konnte der Tag nicht sein. Mir gefiel es hier auf Anhieb und ich freute mich auf die Zeit mit den Tieren. Eine nette Mitarbeiterin gab mir eine Leine und führte mich zu einem Zwinger hinten in der Ecke, in dem ein großer Boxer saß und mit dem Schwanz wedelte.

„Das ist Rocco, er ist drei Jahre alt und war seinen Besitzern zu temperamentvoll. Er ist eigentlich ein feiner Kerl, der nur ein bisschen mehr Auslauf als die anderen Hunde braucht. Ihre Mutter geht oft mit ihm spazieren, Sie werden schon mit ihm klarkommen“, erklärte sie mir und machte den Zwinger auf. Sekunden später saß ich auf meinem Hintern und hatte Hundesabber im Gesicht.

„Sehen Sie, was ich mit dem Temperament meine?“ Die Mitarbeiterin lachte, ehe sie Rocco von mir runterzog. Ich stand auf, wischte mir mit dem Pulloverärmel den Sabber ab und schaute die beiden mit einem gewissen Maß an Skepsis an. Konnte ich eine Urgewalt wie diesen Boxer halten? Doch ein Blick in seine treuen Augen und ich war verliebt. So schlimm würde es schon nicht werden!

Böser Fehler, dachte ich so bei mir, als Rocco wenig später mit mir an der Leine Richtung Wald lief. Und ja, dieser Hund ging mit *mir* Gassi und nicht umgekehrt, egal, wie sehr ich versuchte, etwas an diesem Zustand zu ändern. Er hatte eine Kraft, die mir fast den Arm auskugelte und noch dazu scheinbar zwei taube Ohren, denn je näher wir dem Wäldchen kamen, desto schwerhöriger wurde er.

Er zog und zerrte, winselte aufgeregt und wurde immer schneller. Obwohl ich schon Schmerzen in den Armen hatte, ließ ich mich langsam von seiner Aufregung anstecken und war froh, als wir *sein* Ziel erreicht hatten.

Endlich dort angekommen - ich völlig außer Atem - zeigte ein Schild, dass Hunde hier auch frei und ohne Leine herumlaufen durften. Ich sah in einiger Entfernung noch weitere freiwillige Helfer des Tierheims, die ihre Hunde von der Leine gelassen hatten, und so gab ich Rocco seine sehnsüchtig erwartete Freiheit.

Keine zwei Sekunden später schoss er querfeldein und wieder zurück, überschlug sich fast vor Freude, lief mit hechelnder Zunge zu seinen Artgenossen und tobte mit ihnen herum. Ich musste wiederholt lautstark lachen, als ich ihn beobachtete, denn Rocco rannte in seinem Eifer ein paar kleinere Hunde über den Haufen, was jedoch weder ihm noch den anderen etwas auszumachen schien.

Von einer Bank aus sah ich dem Treiben eine Weile zu. Hier war es wunderschön. Die hohen Bäume, durch deren bunte Blätter sanftes Tageslicht lugte, waren zauberhaft. Es hatte fast einen Hauch von einem süßen Märchenwald und erinnerte mich an meine Kindheit, als wir zelten waren. Ich sah ein paar Eichhörnchen, die flink von Baum zu Baum sprangen und Vögel zwitscherten um die Wette.

Jetzt fehlte nur noch eine Prinzessin, die trällernd und hüpfend an mir vorbeilief, dachte ich amüsiert und stellte es mir bildlich vor.

Langsam bekam ich Angst vor mir und meinen romantischen Anwandlungen, die ich eigentlich mit siebzehn an den Nagel gehängt hatte. Ich schüttelte das Gefühl schnell wieder ab und rief nach meinem Begleiter.

„Komm her, Rocco, wir wollen noch ein bisschen spazieren gehen, hopp hopp." Der Rüde schaute wenig begeistert, kam aber tatsächlich zu mir. Dafür gab ich ihm ein kleines Leckerli, das ich für Notfälle in die Tasche gesteckt hatte. Offiziell war ich jetzt wohl Roccos beste Freundin und nachdem ich sah, dass er brav bei Fuß lief, ließ ich ihn unangeleint. So gingen wir ein bisschen tiefer in den Wald hinein. Der Rüde war immer nah bei mir und es machte trotz meiner nicht vorhandenen Kondition sehr viel Spaß.

Je tiefer wir kamen, desto dichter wurden die Baumgruppen und es knackte hier und da im Unterholz, wo sich Fuchs und Hase sprichwörtlich *Gute Nacht* sagten. Ich sah Rocco aufgeregt am Boden schnüffeln und wie er wild mit dem Schwanz wedelte. Rocco stellte seine Ohren auf, blieb stehen und schaute angestrengt zu einem umgekippten Baumstamm, wo ich nichts sah, was seine Aufmerksamkeit rechtfertigte.

„Komm mein Süßer, da ist nichts für dich. Wir müssen uns langsam auf den Rückweg machen." Der Rüde schaute mich kurz an, legte den Kopf schräg und starrte dann weiter dorthin, wo er das Geräusch vermutete. Es knackte wieder, diesmal ein bisschen lauter und erschreckend nahe. Ich hoffte, es waren nur Eichhörnchen oder anderes Kleingetier, doch trotzdem wurde ich nervös. Jetzt war auf jeden Fall ein guter Zeitpunkt, um Rocco an die Leine zu nehmen, bevor sein Jagdtrieb mit ihm durchging.

Ich beugte mich gerade zu ihm hinunter und hatte fast den Haken an seinem Halsband eingeklinkt, da merkte ich unter meinen Händen, wie sein Körper zu zucken anfing. Ein klein bisschen ängstlich hob ich meinen Kopf und sah, was Rocco sah. Ein grauer Hase mit großen Knopfaugen. *Das ist ja … Scheiße!* Bevor ich *süß* nur denken konnte, spurtete Klopfer los und Rocco hinterher.

Das kann doch nur mir passieren, verdammte Axt, schimpfte ich im Geiste und rannte den beiden nach.

Gott sei Dank lief der Hase in die Richtung, aus der wir gekommen waren, denn ich hatte keinen Bock, mich im Wald zu verlaufen. Rocco rannte, ich hetzte ihm hinterher und der Hase gab sowas von Gummi, dass ich ihn kaum noch sehen konnte.

Mittlerweile hatte ich schon Seitenstechen und nahm mir fest vor, es mit ein bisschen Sport zu versuchen, wenn dieser Ausflug vorbei wäre.

Der Hase sprintete zu einem weiteren hohlen Baumstumpf, der ziemlich schmal war, und flitzte hinein. Rocco versuchte, sich hinterher zu schieben, was bei seiner Größe unmöglich war. Weil ich so konzentriert darauf war, den Hund zu schnappen, übersah ich ein Hindernis.

Ich stolperte vorwärts, doch anstatt zu Boden zu gehen, hielt ich mich an dem nächstbesten Baum fest.

„Verdammt", kam es röchelnd aus meiner Kehle und ich schaute auf ein paar Boots. Genau diese Boots kamen mir erschreckend bekannt vor. Zur Vorahnung gesellte sich noch der Umstand, dass ich anstelle der erwarteten Baumrinde unter meinen Händen Muskeln ertastete. *Scheiße* dachte und sagte ich wahrscheinlich auch laut, denn der Muskelberg bewegte sich rhythmisch. Als ich langsam aufsah, lachte der Kerl aus dem Supermarkt schon wieder über mich.

„Ich wusste gar nicht, dass du Stuntfrau bist", scherzte er belustigt und schob mich an meinen Armen ein wenig von sich, um mir direkt ins Gesicht zu sehen.

Er hatte wirklich die schönsten braunen Augen, die ich je gesehen hatte und mein Herz machte nach dieser Feststellung einen Satz.

Was war das denn und wieso musste ausgerechnet er wieder mit ansehen, dass ich kaum in der Lage war, geradeaus zugehen, dachte ich mir und gab mir verflucht viel Mühe, nicht vor Peinlichkeit im Boden zu versinken.

„Und? Hast du auch Auftritte im Fernsehen?", neckte er mich weiter und meine Mundwinkel zuckten ein wenig.

„Was kann ich dafür, dass du ständig im Weg bist?", versuchte ich, immer noch atemlos, zu kontern. Durch den Sprint klang ich zu allem Überfluss wie eine altersschwache Dampflok.

„Und wieder einmal muss ich dir sagen, meine Schöne, dass du *mich* über den Haufen gerannt hast. Langsam kommt mir der Gedanke, du stehst auf mich und kannst deine Gefühle nicht anders ausdrücken." Er ließ seine Hände zielstrebig an meinen Armen herunter wandern und überall, wo er mich berührte, fing meine Haut zu kribbeln an.

Böser Körper!, schalt ich mich innerlich und ging einen Schritt zurück, damit seine Wärme mich nicht mehr erreichen konnte. Die Distanz machte einen Teil von mir traurig. Seltsam.

Der Adonis schaute mich weiterhin lächelnd und herausfordernd an. „Du schuldest mir etwas", verkündete er bestimmend und sah mir tief in die Augen.

„Bitte was?!", platzte es aus mir heraus. Meine Stimme klang selbst in meinen Ohren ziemlich schrill, und wieso schlug mein Herz trotz seiner Dreistigkeit noch schneller als zuvor?

„Du schuldest mir deinen Namen. Du hast gesagt, sollten wir uns wiedersehen, nennst du mir deinen Namen. Oder soll ich dich weiterhin mit *meine Schöne* ansprechen? Ich hätte zwar nichts dagegen, aber deinen Namen würde ich trotzdem gern wissen."

Ernsthaft? Hatte Adonis keine besseren Sprüche als den auf Lager und versuchte es mit einem abgedroschenen Kosenamen?

„Ach bitte, als würde *meine Schöne* jemals bei Frauen ziehen!", gab ich mit vor Ironie triefender Stimme zurück und hob zur Unterstreichung eine Augenbraue. „Was tust du überhaupt hier? Ist der Park nicht nur für

Hunde? Oder musste jemand mit dir Gassi gehen?“ Ich konnte es einfach nicht lassen, ihn zu provozieren.

Forschend musterte er mich. „Für jemanden, den ich gerade gerettet habe, bist du ganz schön streitlustig. Und nein, mich führt keiner Gassi, denn ich bin mit der süßen Bella hier.“ Den zweiten Satz sagte er vollkommen nüchtern, und ich bekam ein mieses Gefühl im Bauch.

Okay, das wurde mir jetzt zu heiß. Ich fühlte mich überfordert und unwohl, denn ich wollte nicht, dass besagte Bella zusah, wie ich ihren Freund mit den Augen auszog. Bevor ich allerdings fliehen konnte, hielt er mich mit seinen Worten auf, als wüsste er, dass ich wieder verschwinden wollte.

„Ich helfe hier ab und zu aus, wenn ich Zeit habe und ein bisschen Energie tanken möchte. Aber du könntest jederzeit und überall mit mir Gassi gehen.“

Er hob eine rosafarbene Leine hoch und zeigte auf eine weiße Pudeldame, die in einiger Entfernung im Gras herumtobte und natürlich ausgerechnet jetzt bellte, während sie vorher mucksmäuschenstill gewesen war.

„Das ist Bella“, erklärte er grinsend und seine Augen funkelten belustigt. Ich ließ das unkommentiert, denn mein Sprachvermögen hatte seine Arbeit eingestellt, weil er mich so eindringlich fixierte. Mir fiel Rocco wieder ein und so drehte ich mich um und erspähte ihn, wie er immer noch aufgeregt vor dem Stamm hin und her hüpfte. Ich ging in Richtung des Ausreißers und wurde erneut von dem Fremden gestoppt.

„Verrat mir deinen Namen, komm schon, so schwer ist das nicht. Nur deinen Namen. Du willst doch dein Versprechen nicht brechen, oder?" Es lag aufrichtige Neugierde in seiner Frage und das berührte mich irgendwie. Seine leicht aufreißerisch wirkenden Sprüche waren das Eine, aber er wirkte nicht wie der klassische Player auf mich, weshalb ich nachgab.

„Rose. Mein Name ist Rose, und nicht *meine Schöne*", antwortete ich zögernd und mit Skepsis in meiner Stimme. Er kam auf mich zu und nahm meine Hand in seine viel größere. Aufgrund einer einfachen Geste und seiner Haut auf meiner bekam ich Gänsehaut am ganzen Körper.

In meinem Bauch flatterte es. *Wieso gerade er?*

„Mein Name ist Jackson. Ich freue mich wirklich, dass du mich umgerannt hast. Zum zweiten Mal." Er grinste und man sah seine ebenmäßigen, weißen Zähne. „Und ich freue mich jetzt schon auf unser nächstes Treffen, denn dann werde *ich* die Art von Körperkontakt bestimmen." Das Letzte kam fast dominant über seine Lippen und in seinen Augen lag ein Versprechen.

„Das werden wir ja sehen. Ich bin nicht interessiert an Körperkontakt, ganz egal, welcher Art. Mit niemandem, Charming", erwiderte ich etwas atemlos, löste meine Hand aus seiner und trat ein weiteres Mal die Flucht vor ihm an, weil er Dinge in mir auslöste, die mich verwirrten.

„Es wird mir ein Vergnügen sein, dich vom Gegenteil zu überzeugen, Rose!", hörte ich ihn hinter mir herrufen.

Jetzt fing ich wirklich zu schwitzen an und ging ein wenig schneller. Meine Haut brannte und mein Gesicht fühlte sich heiß an.

„Rocco sieh zu, dass du herkommst, sonst gibt es für dich nie wieder Leckerlis!“, rief ich, ohne mich nochmal umzudrehen, und er kam tatsächlich sofort angelaufen.

Ich weiß nicht, ob es an meiner Tonlage oder am Rascheln der Tüte lag, aber er wich mir nicht mehr von der Seite, bis wir beim Tierheim ankamen. Auf dem ganzen Weg hatte ich das Gefühl, Jacksons Blick auf mir zu spüren.

Ich hoffe, beim nächsten Treffen bleibe ich auch so standhaft, dachte ich bei mir, denn dieser Mann konnte mir gefährlich werden, das spürte ich in jeder Faser meines Körpers.

Kapitel 5

Ein paar Stunden später hatte ich mich fast wieder unter Kontrolle und verbot mir jeden Gedanken an den Mann, der mein Herz zum Rasen brachte - und das aus mehreren Gründen. Ich wusste nicht, ob mir gefiel, was er mit meinem Puls anstellte, doch ich fand ihn wirklich heiß und irgendwie süß. Genau darin lag auch das Problem.

Süß hatte mich in der Vergangenheit nur in Schwierigkeiten gebracht.

Heiß hatte mich fast zerstört.

Und die Kombination aus beidem machte es zu einer Katastrophe, denn welche Frau sollte sich dagegen schon wehren können?

Später am Abend machte ich mich langsam fertig zum Ausgehen, immerhin stand heute der neue Club auf dem Plan, den meine Freundin Dallas bewerten sollte. Ich war sehr gespannt, wie er sein würde und ob er unseren Erwartungen standhalten konnte. Hoffentlich spielten sie gute Musik, damit ich mir all die wirren Gedanken aus dem Kopf tanzen konnte und vielleicht das Denken ganz vergaß.

Frisch aus der Dusche und nur mit einem Badetuch bekleidet, schaltete ich die Stereoanlage an. Ich liebte den Song, der gerade lief und fing an, laut mitzusingen, während ich auf dem Bett meine Klamotten zurecht legte. Na ja, eigentlich war es nur das *kleine Schwarze*. Es vermittelte vorne einen eher biederen Eindruck, dafür war der Rücken frei und endete kurz vor dem Ansatz meines Hinterns. Das Kleid war aus Seide, was dazu führte, dass es regelrecht an meinem Körper herabfloss.

In dem Teil fühlte ich mich sexy. Ein winziger Stich der Enttäuschung machte sich in mir breit, weil Jackson mich nie so sehen würde.

Jetzt reiß dich mal zusammen! beschimpfte ich meine Libido, die irgendwie aus der Versenkung aufgetaucht war, in die ich sie verbannt hatte.

Kopfschüttelnd ging ich zum Badezimmerspiegel und betrachtete mich darin. Meine Haut hatte von dem Ausflug heute Nachmittag ein bisschen Farbe bekommen und brachte einige Sommersprossen zum Vorschein. Ich mochte diese nicht sonderlich, aber sie passten zu meinen grünen Augen und dem blonden Haar.

Ich bearbeitete noch schnell meine Haare mit dem Lockenstab, sodass ich am Ende ein paar leichte Wellen hatte, und fixierte das Ganze mit einer Menge Haarspray. Im Gegensatz zu anderen Frauen brauchte ich Tonnen davon, damit die Frisur halbwegs lange an ihrem Platz saß.

Mit meinen aufwändig geschminkten Smokey Eyes, die mir einen verführerischen Augenaufschlag zauberten, und einem dunkelroten Lippenstift war ich ausgehfertig. Ich mochte es nach wie vor nicht, stundenlang vor dem Spiegel zu stehen, das hatte sich seit den Collegetagen nicht geändert.

Ich zog mir einen schlichten, nahtlosen Slip an und ließ den BH weg, denn den hätte man durch das Kleid gesehen. Gott sei Dank waren meine Brüste noch nicht Opfer der Schwerkraft geworden. Zum Schluss schlüpfte ich in mein Kleid. Ein letzter Blick in den großen Spiegel verriet mir, dass mir gefiel, was ich dort sah. Vielleicht sollte ich doch etwas häufiger ausgehen.

Ich ging in den Flur, zog mir meine mörderischen High Heels an und hoffte inständig, dass ich den ganzen Abend damit durchstehen würde. Es waren doch eher Sitzschuhe als alles andere, deswegen machte ich es mir auf dem Sofa bequem und wartete auf meine Freundinnen. Zehn Minuten später hupte es mehrfach vor meinem Wohnhaus und ich lachte auf. Typisch Mädels! Wozu aussteigen und klingeln, wenn die Hupe funktioniert?

Als ich aus der Haustür kam, standen die beiden vor Dallas‘ Cabrio und stießen anerkennende Pfiffe aus.

„Was hast du denn heute geplant? So sexy kennt man dich ja sonst gar nicht. Weißt du etwas, was wir nicht wissen?“, neckte Dallas mich und grinste dabei.

„Nein, es ist nichts los und ihr tut gerade so, als würde ich immer wie der Glöckner rumlaufen!“, gab ich leicht verschnupft zurück. Während wir ins Auto stiegen, musterten mich die beiden wie ein seltenes Tier im Zoo.

„Ach, sie meint das nicht so, Rose. Wir wundern uns nur, dass du so viel Haut zeigst“, versuchte Lilly, zu vermitteln.

„Ich wollte mal etwas anderes ausprobieren und Dallas stolz machen,“ entgegnete ich, warf Dallas ein verführerisches Lächeln zu und klimperte übertrieben mit den Wimpern. „Ihr seht im Übrigen auch nicht gerade wie fromme Nonnen aus.“

Nein, das taten sie weiß Gott nicht. Dallas trug ein dunkelrotes Kleid, das fast nichts der Fantasie überließ, denn es klebte wie eine zweite Haut an ihrem Körper. Sie war einfach der Hammer und mich wunderte es nicht, dass Männer bei ihrem Anblick zu sabbern anfingen. Lilly hatte sich für ein dunkelblaues Kleid entschieden, das vorne kurz über dem Knie endete, nach hinten länger wurde und ihre zierliche Figur hervorhob.

Sie waren zwei großartige Frauen und ich war froh, sie in meinem Leben zu haben. So etwas wie Konkurrenzkampf gab es bei uns nie.

Vor dem Club hatte sich bereits eine gewaltige Schlange gebildet, als wir vorfuhren. Helle Stroboskoplichter flackerten in den Himmel und zwei riesige Türsteher standen vor dem Eingang, auf dem *Hunted* zu lesen war. Ein Parkserviceangestellter nahm Dallas die Schlüssel ab, drückte ihr einen Abhol-Chip in die Hand, und so gingen wir an dem Menschenauflauf vorbei und direkt zu den beiden Hünen, die vor der Tür die Taschen kontrollierten.

Mir war die ganze Aktion ein bisschen peinlich, denn die wartenden Gäste fingen zu murmeln und zu meckern an. Dallas ließ das völlig kalt, während sie unsere Pässe vorzeigte. Riese Nummer eins schaute auf seine Liste, nickte nach kurzem Hinsehen und hakte unsere Namen ab. Riese Nummer zwei löste die Kette von der Absperrung und wies uns mit einer Geste den Eintritt. Als ich an ihm vorbei ging, zwinkerte er und ein kleines Lächeln überzog seine Lippen. Auf einmal sah er gar nicht mehr so böse aus. Ich lächelte zurück und dachte mir, dass der erste Eindruck manchmal täuscht.

Drinnen angekommen verschlug es mir die Sprache, denn der Club war wirklich eine Klasse für sich. Eine riesige Tanzfläche und eine lange Bar bildete mit ein paar Stehtischen die untere Etage. Viele Wände waren mit Spiegeln versehen, was den Raum umso größer erscheinen ließ. Oben schien es einzelne Separees zu geben, die im Dunkeln lagen und das Ganze zu einer sehr stilvollen und exklusiven Location machte.

Die Wände waren in satten Rottönen gehalten, wurden durch indirekte Lichtquellen erhellt und perfekt in Szene gesetzt. Dazu kam ein DJ-Pult, an dem unglaubliche Beats gemixt wurden, die das Ambiente ideal abrundeten.

Einige Leute waren schon an der Bar, hinter der zwei Barkeeper akrobatisch Drinks mixten. Sie erinnerten mich an den Film *Cocktail* mit Tom Cruise.

„Wem gehört der Club eigentlich? Er muss eine große Nummer in der Branche sein, wenn er so ein Schätzchen auf die Beine stellt", wollte ich von Dallas auf dem Weg zur Bar wissen.

„Sein Name ist Hunter. Er investiert in verschiedene Projekte im ganzen Land, zumeist aber alles im Unterhaltungssektor. Meine Einladung kam direkt von ihm und er braucht sich definitiv keine Sorgen um schlechte Publicity zu machen. Der Club ist der Hammer und du weißt, wie kritisch ich sonst bin!" Dem konnte ich nur zustimmen. Dallas war fair, hatte ein Auge für Details und würde niemandem Honig um den Bart schmieren, nur um ihn glücklich zu machen.

Hunter. So kam der Nachtclub also zu seinem Namen Hunted, dachte ich so bei mir und war jetzt auch gespannt auf den Inhaber, den wir hoffentlich zu Gesicht bekommen würden.

Lilly bestellte unterdessen für uns die Drinks und stellte wenig später drei riesige Cocktails vor uns ab, die mit Schirmchen und Früchten garniert waren.

„Was zum Geier ist das denn?“ fragte ich schockiert. In dem Ding hätte man sich locker die Hände waschen können.

„Sex on the beach XXL“, kam es von Lilly und sie fing zu lachen an.

„Na dann, auf einen fantastischen Abend und leckere Getränke!“ Dallas hob ihr Glas und wir stießen an. Der erste Schluck war einfach köstlich, es war die richtige Kombination aus Frucht und Alkohol und jede Sünde wert. Allein dafür hatte es sich gelohnt, herzukommen. Wir sahen uns die Menschen an, die in den Club strömten. Es war ein exklusiver Haufen. Die Männer waren super gestylt und bei den Frauen war eine schöner als die andere. Ich war froh, dass ich mich in dieses Kleid geworfen hatte und obwohl meine Füße jetzt schon schmerzten, wollte ich meine High Heels nicht gegen bequemere Schuhe tauschen. So kam ich mir unter all diesen Leuten zumindest nicht wie eine Außenstehende vor.

Kapitel 6

Nach den Cocktails mischten wir uns auf der Tanzfläche unter die Massen. Die Songs waren aktuell und jedes Lied gut gesampelt. Wir waren alle gut drauf und genossen die Beats und die aufgeheizte Atmosphäre. Dallas stieg auf Wasser um, weil sie ja noch ihrem Job nachgehen musste und uns hinterher nach Hause fahren würde.

„Ich werde mal schauen, ob ich den Besitzer irgendwo finde, damit ich endlich dieses Interview machen kann“, rief sie uns kurze Zeit darauf über die Musik hinweg zu und ging Richtung Treppe. Lilly und ich tanzten weiter und amüsierten uns großartig. Ausgelassen hoben wir unsere Arme in die Luft und sangen mit.

„Ich gehe mal für kleine Prinzessinnen“, sagte Lilly nach zwei weiteren Liedern und ließ mich allein zurück. Eigentlich wollte ich auch wieder an die Bar, um dort auf sie zu warten, doch dann spielte der DJ *Tainted Love* von Marilyn Manson und ich musste trotz schmerzender Füße einfach dazu tanzen. Ich liebte diesen Cover-Song, er war sexy und ging mir durch und durch.

Mit geschlossenen Lidern bewegte ich mich zum Rhythmus der Musik und dachte an braune Augen. Ein warmes Gefühl schoss durch meinen Körper. Kurz vor Ende des Liedes fühlte ich mich beobachtet, öffnete die Augenlider und drehte mich um, in der Annahme, dass Lilly an der Bar stand und mir zusah.

Doch es war nicht Lilly, die mich beobachtete und abrupt stoppen ließ, sondern Jackson. Ich bekam augenblicklich Gänsehaut. Überall! Seine Augen folgten jeder meiner Bewegungen. Es war, als wären wir die einzigen Menschen in diesem Club, und genauso fühlte es sich auch an. Nur mit Mühe gelang es mir, wegzusehen. Sein Blick allein reichte aus, um mich anzutörnen.

Etwas aus dem Konzept geraten tanzte ich weiter, jedoch mit dem Rücken zu ihm, um mich wenigstens ein bisschen zu schützen. Als das Lied endete, wappnete ich mich innerlich. Ich ging auf ihn zu, schließlich sollte er nicht denken, dass er mich ein drittes Mal in die Flucht schlagen konnte.

Jackson trug eine schwarze Anzughose und ein gleichfarbiges Hemd, das er an den Ärmeln hochgekrempelt hatte. Die obersten beiden Knöpfe standen offen. Seine linke Hand hatte er in der Hosentasche und er musterte mich weiterhin. Sein Blick war aus der Nähe noch intensiver.

Ich sah, dass er mich gnadenlos von unten bis oben langsam abcheckte und sich zu allem Überfluss noch mit dem Zeigefinger über den Mund strich. Er hatte sich heute nicht rasiert, wie der leichte Bartschatten verriet. Dieser verlieh ihm eine gefährlichere Ausstrahlung. Der Mann brauchte wirklich einen Waffenschein.

„Hallo Rose, wie klein die Welt doch ist", sagte er ganz nah an meinem Ohr, weil er sich beim Sprechen zu mir vorgebeugt hatte, um die Musik zu übertönen.

Sein Duft, eine Mischung aus Mann und Parfüm ließ mich ein wenig auf meinen zwölf Zentimeter Heels taumeln. Er roch wahnsinnig gut, und das war in Kombi mit seiner tiefen Stimme bei mir ein Garant für ein feuchtes Höschen und schwitzige Handflächen.

Anlecken! *Meins!* Verdammt, schon wieder wurde ich in meinen Gedanken abtrünnig.

„Manchmal nicht klein genug, wie mir scheint. Ich hätte dich nicht für einen Clubmenschen gehalten“, griff ich seine Äußerung auf, um nicht selten dämlich zu wirken. Ich sah jetzt auch ganz ungeniert an ihm hoch und runter, so, wie er es gerade eben und auf der Tanzfläche getan hatte.

„Du siehst wunderschön aus, Rose. Und die Art, wie du dich bewegst, macht mich an. Dein Kleid sollte in der Öffentlichkeit verboten werden, damit nur ich es sehen kann, wenn wir allein sind.“ Er war mir noch nähergekommen und hatte seine Finger beim Sprechen langsam über meine Wirbelsäule streichen lassen.

„Wie gesagt, bei mir besteht überhaupt kein Interesse. Ich muss dich leider enttäuschen, Charming, denn ich bin nur höflich und wollte Hallo sagen. Das habe ich hiermit getan. Hallo und *Bye*!“ Ich drehte mich erhitzt zur Bar um und bestellte mir einen Gin Tonic, da ich jetzt etwas Kaltes brauchte, um mich abzukühlen.

War es schon die ganze Zeit so heiß hier drin? Ich stürzte den Drink wenig ladylike herunter und hielt meinen Blick überall hingerichtet, nur nicht auf ihn. Ich kam mir verdammt albern vor, doch ich hatte mich in Jacksons Nähe überhaupt nicht im Griff.

Verdammt, wo war Lilly? Sie konnte unmöglich so lange auf dem Klo sein.

Jackson blieb die ganze Zeit dicht bei mir.

Ich konnte ihn fühlen, obwohl er mich nicht berührte. Mein komplettes Sein reagierte einfach ohne meinen Einfluss auf ihn. Die ganze Zeit nahm ich seine Anwesenheit wahr, seine Blicke. Auf einmal spürte ich seinen Körper an meinem Rücken. Gänsehaut überkam mich schon wieder und ich war froh, dass es im Club so dunkel war und er es nicht sehen konnte.

„Tanz mit mir!“ raunte er mir ins Ohr.

„Ich tanze nicht!“, piepste ich. Seine Stimme machte mich total verrückt und stellte irgendwas mit mir an.

„Und was war das dann vorhin auf der Tanzfläche?“, blieb er hartnäckig und kam noch näher.

„Ich tanze, nur nicht mit dir.“ Selbst in meinen Ohren hörte ich mich zickig an, aber es war einfach ein letzter Versuch, ihn auf Abstand zu halten. Die Alternative war höllisch heiß und das konnte ich nicht gebrauchen. Er lachte schon wieder sexy und ich sah über meine Schulter zu ihm.

„Rose, wir werden tanzen und du wirst merken, es ist gar nicht so schlimm. Wer weiß, vielleicht wirst du es sogar mögen. Du schuldest mir diesen einen Tanz, schließlich hatten wir eine Abmachung.“ Fordernd hielt er mir seine Hand hin.

„Ich kann mich beim besten Willen nicht erinnern, dass wir so etwas ausgemacht hätten“, widersprach ich und ignorierte seine ausgestreckte Hand. Jetzt dachte er wahrscheinlich, dass ich zwei linke Füße und Alzheimer hatte.

Er schüttelte grinsend den Kopf, schlang seinen Arm um meine Hüfte und führte mich auf die Tanzfläche. Ich fügte mich in mein Schicksal und versuchte, mich zu überzeugen, dass ein Tanz mit ihm nicht so gefährlich werden würde, wie ich vermutete. Ich hatte mich sowas von getäuscht! Der nächste Song fing an und ich erkannte *Blue Jeans* von Lana Del Ray. Ehe ich mich versah, befand ich mich in Jacksons Armen, fest an seinen harten Körper gedrückt. Seine

Hände lagen am Ende meines Rückens auf meiner nackten Haut und damit verdammt nah an meinem Hintern.

„Schon besser“, murmelte er leise. „Ich habe doch gesagt, das nächste Mal bestimme ich, wie wir uns berühren werden.“ Sanft bewegten sich seine Daumen auf und ab, was meine Haut Feuer fangen ließ. Ich konnte mich in diesem Augenblick nicht entscheiden, ob ich panisch oder erregt sein sollte. Auf jeden Fall konnte ich nicht mehr klar denken.

Es fühlte sich einfach wahnsinnig gut an, von ihm gehalten zu werden, irgendwie richtig.

„Na schön, Charming, ein Tanz und das war es dann!“, versuchte ich, so lässig wie möglich zu klingen, und betrachtete ihn trotzdem so sehnsüchtig, als wäre er Wasser in der Wüste.

„Wir werden sehen“, kanzelte er meinen Versuch ab, das hier auf wenige Minuten zu beschränken. Ich war immer noch verwirrt und meine Gedanken liefen Amok.

„Entspann dich, Rose, wir tanzen nur.“ Irgendwie schaffte er es, dass ich genau das tat. Seine Lippen streiften sanft mein Ohr und ich erschauerte. Er war wirklich verdammt gut in dem, was er gerade mit mir machte. Ich war wie Wachs in seinen Händen, und was er *nur tanzen* nannte, war für mich schon fast zu viel.

Er zog mich noch ein bisschen näher an sich und mein restlicher Widerstand schmolz dahin. Mein Kopf lag an seiner Schulter und ich wiegte mich im Takt mit ihm zur Musik.

Wir bildeten ein Ganzes und ich hatte das Gefühl, das mit ihm bereits tausendmal gemacht zu haben.

Kapitel 7

Der Song endete, ein anderes langsames Lied begann und wir tanzten weiter. Ich wollte mich losmachen, doch Jackson nahm meine Hände und legte sie um seinen Nacken. Das Gefühl seiner nackten Haut unter meinen Fingern machte mich komplett wuschig. Die ganze Zeit sahen wir uns in die Augen, was mich noch nervöser werden ließ, trotzdem hielt ich seinem Blick stand. Eine Mischung aus Neugierde, Wärme und etwas Intensivem konnte ich in seinen braunen Augen ablesen. Aber es war das darunter, was mir durch und durch ging. Sehnsucht und Hunger, worauf ich automatisch reagierte. Er weckte in mir das Gefühl, mehr davon zu wollen.

Ich fing vor Anspannung leicht zu zittern an.

„Was auch immer das zwischen uns ist, Rose, lauf nicht wieder weg. Ich fühle es ebenfalls und ich will herausfinden, wo es uns hinführt“, bat er mich.

Seine Lippen streiften kurz meine, und mein Atem kam nur noch stoßweise aus meinem Mund. Er hielt inne und wartete, ob ich es erlauben würde. Es quälte mich, mir selbst einzugestehen, dass ich geküsst werden wollte. Von einem Fremden, direkt hier auf der Tanzfläche. Von *ihm*. Und doch wollte ich in diesem Augenblick nichts sehnlicher, als das.

„Küss mich“, formte mein Mund lautlos, damit ich es nicht über die Musik hinweg brüllen musste, und schon geriet meine Welt aus den Fugen.

Jacksons Hände waren in meinem Haar. Er hielt mich fest und legte dabei meinen Kopf leicht schräg, so dass er den Kuss kontrollieren und ich es mir nicht nochmal anders überlegen konnte. Jacksons Lippen waren warm und weich und fühlten sich so gut an.

Ich hätte ihn gleich im Supermarkt küssen sollen, überlegte ich.

Kurz darauf spürte ich Jacksons Zunge, die sanft über meine Unterlippe strich und seine Zähne, die wenig später daran knabberten. Ich stöhnte atemlos, was er ausnutzte, um seine Zunge langsam in meinem Mund gleiten zu lassen. Diese streichelte und kostete, führte einen sinnlichen Tanz mit meiner auf. Es war nicht nur ein Kuss, es war ein verdammtes Feuerwerk. Mein gesamter Körper stand unter Spannung und ich küsste ihn zurück, als würde mein Leben davon abhängen. Ich klammerte mich mit beiden Händen an sein Hemd, ansonsten wären meine Beine vor Erregung eingeknickt.

Er stöhnte jetzt ebenfalls und mein Kopf war völlig leer - kein klarer Gedanke mehr vorhanden. Nur noch schmecken und fühlen in seiner reinsten Form.

„Rose!", hörte ich wie aus weiter Ferne jemanden meinen Namen rufen.

Jackson hielt mich daraufhin noch fester und ich spürte eine verräterische Wölbung dort, wo ich Feuer gefangen hatte. Zwischen meinen Schenkeln pochte und kribbelte es, so heftig waren die Auswirkungen dieses Kusses auf mich.

„Rose!", meinen Namen noch einmal vernehmend kam ich langsam wieder zu mir und damit auch die Erkenntnis, dass ich definitiv am Arsch war, denn dieser Kuss bedeutete für mich so viel mehr. Ich löste mich schnell von seinem Mund, aus seinen Armen und sah zu ihm auf.

„Wow!“, seufzte ich. Ich war völlig außer Atem und legte die Finger ungläubig an meine geschwollenen Lippen.

„Wow ist untertrieben, das war der absolute Wahnsinn“, entgegnete Jackson mit belegter Stimme. Er nahm meine Finger von meinem Mund und strich mit dem Daumen über meine Unterlippe. Dann beugte er sich vor.

„Und ich will mehr davon. Mehr von deinem Geschmack, deinen Geräuschen, wenn ich dich küsse. Ich will *alles*“, ergänzte er und schon küsste er mich noch einmal kurz und hart, so dass meine Libido sich bereits in Gedanken nackig machte.

„Hey Rose, da bist du ja“, ertönte Lillys Rufen und damit kam ich endgültig in der Wirklichkeit an. Ich drehte mich um und sah sie auf mich zukommen. In meiner Trance ging ich ihr entgegen, ein bisschen wackelig auf den Beinen - und das lag nicht an den Schuhen. Jackson folgte mir dicht auf den Fersen und nach ein paar Schritten blieben wir vor einer etwas verblüfft wirkenden Lilly stehen. Sie sah zu Jackson, dann zu mir und grinste, als wüsste sie Bescheid.

„Wo ist Dallas, ich habe sie seit einer Stunde nicht mehr gesehen?“, fragte sie mich und schaute nochmal verstohlen zu meinem Begleiter.

„Ich habe ewig auf euch gewartet. Wo wart ihr denn? Habt ihr euch gegenseitig die Nase gepudert, oder was? Ich wollte mich gerade auf die Suche machen“, gab ich zur Antwort, ohne auf ihre Frage einzugehen. Eindeutig versuchte ich, sie so von Jackson abzubringen und keine Fragen zu stellen, die ich momentan einfach nicht beantworten konnte und wollte.

„Und? Bist du in seinem Mund fündig geworden?“, hörte ich eine belustigte Stimme rechts neben mir. Dallas stand mittlerweile neben mir, grinste vielsagend und ich wäre am liebsten im Boden versunken. Warum konnte meine Freundin nicht ausnahmsweise mal die Klappe halten? Jackson nahm wie selbstverständlich den Platz an meiner Seite ein und kleine Schauer liefen mir über den Rücken, während er mit seiner rechten Hand leicht über mein Steißbein strich.

„Ich bin Jackson. Freut mich, euch kennenzulernen“, stellte er sich vor.

Er gab meinen verblüfften Freundinnen die Hand, die sprachlos schienen. Ein seltener Anblick! Es war fast so, als könnte man sie synchron seufzen hören und ich schaute sie kopfschüttelnd an.

„Jetzt, wo ihr euch bekannt gemacht habt, bin ich mir sicher, dass Jackson noch etwas Wichtiges zu tun hat“, warf ich ein. Ich hoffte, dass er den Wink mit dem Zaunpfahl verstehen würde, aber im Grunde hätte ich es besser wissen müssen.

„Ganz und gar nicht. Ich bin genau da, wo ich sein möchte“, verkündete er lässig. Ich spürte seinen Arm, der sich um meine Taille legte, als wäre es das Normalste der Welt. Statt mir zu helfen, grinsten meine Freundinnen nur doof und orderten weitere Getränke. Ich war hin und her gerissen zwischen Lust und meinem Fluchtinstinkt, wusste nicht, ob ich ihn noch mal küssen oder lieber von mir stoßen sollte. Um mich einen Augenblick von Jackson zu lösen, drehte ich mich zu Dallas und versuchte, sie in ein Gespräch zu verwickeln.

„Hast du dein Interview bekommen? Du warst ja eine Ewigkeit weg?“, fragte ich sie und hoffte, dass wir bald gehen konnten. Doch Dallas schüttelte den Kopf und machte ein enttäuschtes Gesicht.

„Ich habe zweifellos alles probiert, aber ich finde diesen Hunter nicht, dabei brennen mir meine Interviewfragen wirklich unter den Nägeln. Wie hat er so ein hammergeiles Konzept ausgearbeitet? Und wer hat ihm bei der ganzen Planung geholfen? Es wird auf jeden Fall eine lobende Bewertung geben, ich bin echt hin und weg. Trotzdem hätte ich gerne einen Blick auf den Eigentümer geworfen."

Dallas' Freude war ein bisschen getrübt durch die Abwesenheit des Besitzers, denn sie war vollkommen in ihrem Element und genau deswegen auch so gut in ihrem Job.

„Das kann ich verstehen, Dallas. Doch wahrscheinlich hat er heute dutzende Journalisten eingeladen und versucht nun, allen gerecht zu werden. Ist aber schon blöd, dass du deine Fragen nicht stellen kannst. Vielleicht hat er sich doch ein bisschen übernommen?", fragte ich in die Runde und die Mädels nickten zustimmend.

„Ich bin mir sicher, dass der Besitzer kein Problem mit dem Zeitmanagement hat, sondern seine Prioritäten gerade woanders liegen. Genauer gesagt bei jemandem, der weitaus wichtiger ist als alles andere." Jacksons Blick ruhte die ganze Zeit auf mir und in meinem Bauch fing es zu kribbeln an. Irgendetwas an der Art und Weise, wie er das sagte, ließ eine Alarmglocke bei mir laut schrillen und ich sah ihn misstrauisch an.

„Kennst du den Clubinhaber etwa? Und wenn ja, könntest du ihn bitten, herzukommen, bevor wir gleich gehen müssen?", erkundigte sich Dallas hoffnungsvoll und ich hatte das dringende Bedürfnis, mir die Hände auf die Ohren zu legen, weil ich Jacksons Antwort nicht hören wollte. Ich wusste, was nun folgen würde.

„Das ist nicht nötig, denn er steht schon vor euch. Mein Name ist Hunter. Jackson Hunter, sehr erfreut."

Ein Moment verging, bis Dallas, Lilly und auch ich das Gesagte trotz meiner Vorahnung verdaut hatten. Schnell drehte ich mich in seiner Umarmung zu ihm um.

„Wieso hast du nichts erwähnt und was bedeutet, es gibt Wichtigeres? Solltest du nicht lieber bei den Journalisten sein, anstatt mit mir zu tanzen?", bohrte ich verwirrt nach und wusste nicht, wie ich damit umgehen sollte, dass er mir so viel Aufmerksamkeit schenkte und mir eine dermaßen hohe Bedeutung beimaß.

„Meine Leute haben alles unter Kontrolle und was das Wichtigste ist, nun, das bist …", er hielt inne und kam meinem Ohr schon wieder zu nah, „… du!"

„Wieso ich?", wollte ich reichlich benommen wissen. Auf meinen Lippen brannten tausende Fragen, aber ich war zu sprachlos und zu ängstlich, um sie zu stellen.

„Du faszinierst mich. Mehr als sonst jemand es in den vergangenen Monaten getan hat und deswegen bin ich hier, bei dir." Er sah mich an und lächelte, als wäre es völlig normal, so etwas zu sagen.

„Du spinnst!" Ich schnaubte wenig ladylike und sah ihn fassungslos an. „Erstens kennst du mich nicht, du weißt rein gar nichts über mich, und zweitens glaube ich langsam, ich habe mit einem Irren getanzt." Er war zu perfekt, um echt zu sein. Prinz Charming existierte nicht, die meisten entpuppten sich nach kurzer Zeit als Frosch, hässlich von innen.

„Ich weiß, wie du dich anfühlst, wenn du in meinen Armen liegst und ich habe immer noch deinen Geschmack auf meiner Zunge. Das reicht mir fürs Erste völlig“, widersprach er.

Nach diesem Spruch war mein Gehirn leergefegt, mein Herz raste und meine Libido warf Konfetti. Er war zu intensiv, zu sexy und leider war ein großer Teil von mir nach all dem Schmerz in der Vergangenheit zu ängstlich, und so schüttelte ich mit dem Kopf.

„Das mit dem Kuss war überhaupt nichts Besonderes und getanzt habe ich nur aus reiner Höflichkeit mit dir. Also schlage ich dir Folgendes vor: Du kümmerst dich um den Club und ich gehe jetzt nach Hause!“, schoss ich zurück. Ich wusste, wie schnippisch und zickig sich das anhörte, doch es gab nur eines, was ich wollte, und das war die Flucht. Mal wieder. Ich musste dringend weg von ihm. Er brachte irgendetwas in mir zum Klingen, etwas, das vor Jahren verschwunden war, sich verdächtig nach Kolibris anfühlte, und das wollte ich nicht. Nie wieder, denn es machte mich zu verwundbar.

Verzweifelt sah ich meine Freundinnen an, und versuchte, ihnen mit Blicken zu verstehen zu geben, dass wir nun gehen sollten. Die wiederum schauten uns an, als wären wir ein spannender Film, zu dem nur noch das Popcorn fehlte. Mit ihrer Unterstützung musste ich demnach nicht rechnen, sie nahmen das gar nicht zur Kenntnis. Deswegen löste ich mich endgültig aus Jacksons Umarmung, obwohl ich nichts lieber wollte, als bei ihm zu bleiben. Ein nicht geringer Teil von mir sehnte sich danach, dass alles, was er gesagt hatte, echt war. Lilly schien endlich meinen inneren Kampf wahr zu nehmen, stellte sich zwischen Jackson und mich, und schob mich unauffällig ein Stück zur Seite.

„Es war wirklich nett, dich kennengelernt zu haben, Jackson. Aber wir müssen gehen, ich bin schrecklich müde“, sagte sie übertrieben gähnend, und ich musste mir trotz allem ein Lächeln verkneifen. „Normalerweise ist Rose auch ganz zahm.“ Lilly setzte eine entschuldigende Miene auf und ich wusste, sie meinte es nur gut.

Nun kam sogar Dallas auf den Trichter, dass es mir nicht gut ging, und gab Jackson ihre Visitenkarte. „Ruf mich an wegen eines Termins, dann können wir nochmal in aller Ruhe über die Eröffnung reden. Ich muss die zwei Grazien jetzt nach Hause bringen.“

Dallas blieb ganz Profi, obwohl sie ihren Job gerade meinetwegen in den Hintergrund schob, um mit uns nach Hause zu fahren. Dafür liebte ich die zwei. Sie wussten beide, dass mich dieser Mann aus der Bahn warf, und kannten meine Ängste.

„Wir sehen uns bald wieder Rose, versprochen!“, hörte ich Jackson über die Beats hinweg hinter mir herrufen und bekam eine Gänsehaut. Dennoch drehte ich mich nicht zu ihm um, denn ich war mir sicher, dass ich dann schwach werden würde. Ich musste schnellstens hier raus, ehe mein gesunder Menschenverstand in den Urlaub fuhr und meine Libido die Herrschaft an sich riss. Als wir vor dem Ausgang standen, holte ich ein paar Mal tief Luft, damit die bösen Kolibris sofort in den Winterschlaf fielen. Einen kurzen Augenblick sagte keine von uns dreien ein Wort, doch ich konnte lediglich langsam von fünf herunter zählen, bevor die Inquisition anfangen würde, das war so sicher wie das

Amen in der Kirche. Fünf! Vier! Drei und dann ging es los.

„Woher kennst du ihn?"

„Wusstest du, dass er hier sein würde?"

„Wann habt ihr euch das erste Mal getroffen?"

„Und viel wichtiger, habt ihr schon gevögelt?"

Letzteres kam natürlich von Dallas. Ich sah in zwei neugierige Augenpaare und hatte im ersten Moment keine Ahnung, welche Frage ich zuerst beantworten sollte. Ich war aufgeregt, glücklich und so ängstlich, dass mir schlecht wurde und das zu gleichen Teilen. Die Hände vors Gesicht schlagend kreischte ich laut vor Frustration.

„Was ist mit ihr, ist sie verrückt geworden?", fragte Dallas, und ich hörte die Beunruhigung in ihrer Stimme.

„Ich glaube, sie kann sich nicht entscheiden, ob sie schon mal das Aufgebot bestellen oder lieber nach Alaska auswandern soll", mutmaßte Lilly ganz trocken, was mich innehalten ließ.

Langsam ließ ich die Hände sinken und sah schulterzuckend zu meinen Freundinnen. „Was haltet ihr davon, wenn wir den Wagen holen, zu mir nach Hause fahren, und ich euch dann haarklein erzähle, was es mit Jackson auf sich hat?", bot ich an. Meine Frage wurde mit einem zweifachen Kopfnicken abgesegnet.

„Aber ich will alles wissen, wehe du lässt etwas aus", forderte Dallas wie immer ziemlich energisch und schaute mich mit ihrem besonderen Blick an. Dem Blick, der dafür sorgen würde, dass es eine extrem lange Nacht wurde, in der ich mir alles von der Seele redete.

Eine Nacht, in der wir auf dem Boden saßen, Wein tranken und ich von unserer ersten Begegnung im Supermarkt bis zu dem heutigen Tanz alles erzählen würde. Über blöde Kolibris im Bauch, die dort nichts zu suchen hatten, und Ängste, die man nicht so einfach vergaß, egal, wie sehr man es versuchte.

Kapitel 8

10 Jahre zuvor

„Warum liebt er mich nicht mehr?“, fragte ich meine Mom heulend, die schon seit Stunden versuchte, mich zu beruhigen.

Mein Freund Steve hatte gerade nach einem Jahr am Handy mit mir Schluss gemacht.

Es fühlte sich an, als würde ich nie wieder glücklich werden. Ich zitterte am ganzen Körper, hatte Schluckauf und konnte einfach nicht aufhören, zu weinen. Seit dem kurzen Anruf von ihm, in dem er nur sagte: „Es funktioniert nicht mehr mit uns, es ist aus!“ saß ich wie betäubt auf meinem Bett und konnte keinen klaren Gedanken mehr fassen. Immer und immer wieder spulte sich dieser Satz in meinem Gehirn ab. Mittlerweile fühlte es sich so an, als würde mein Kopf explodieren.

Es ergab für mich überhaupt keinen Sinn, mein Herz wollte es nicht begreifen. Wir waren doch noch bis gestern über beide Ohren ineinander verliebt, und ich der festen Überzeugung, dass er der Junge ist, mit dem ich mein restliches Leben verbringen wollte.

Scheinbar sah Steve das ein bisschen anders, denn ansonsten würde ich jetzt nicht literweise Tränen vergießen. Meine Mom würde nicht die ganze Nacht neben meinem Bett sitzen, mir ständig neuen Nachschub an Taschentüchern besorgen und versuchen, mit ihren Umarmungen Trost zu spenden.

Steve und ich waren glücklich und verliebt, verbrachten jede freie Minute miteinander und telefonierten abends stundenlang.

Ein Umstand, der meinen Vater regelmäßig auf die Palme brachte, schließlich sollte ich ja lernen und mich auf die Schule konzentrieren. Steve war ein Jahr älter, der Star an unserer High-School. Er hatte kurzes braunes Haar, warme grüne Augen und ein wundervolles Lächeln. In der Regel trug er Kapuzenjacken und Chucks und war eher von schlaksiger Figur. Es war Liebe auf den ersten Blick für uns beide, als wir auf dem Schulflur ineinander liefen, weil ich mal wieder meinen Kopf in den neuesten Liebesroman gesteckt hatte. In diesem Zustand nahm ich keine Notiz von meiner Außenwelt.

Von dem Tag an holte er mich jeden Morgen mit seinem Motorrad zur Schule ab. Wir waren unzertrennlich und hatten einen großen gemeinsamen Freundeskreis.

Ich mochte es, wie ich mich in seiner Nähe fühlte. Steve war der zweite Mensch neben meiner Mom, der mir das Gefühl gab, richtig zu sein, so wie ich war, und dafür liebte ich ihn noch mehr.

Schmetterlinge waren ein Scheiß dagegen, denn wenn er mich ansah, waren es eher Kolibris, die in meinem Magen verrücktspielten. Mein Herz blieb immer einen Moment stehen, wenn er mich anlächelte.

Er war der erste, der *Ich liebe dich* sagte, es geschah nach einem romantischen Kinobesuch. Damit katapultierte er mich direkt ins Märchenland, wo alle Wünsche wahr wurden.

Als wir das erste Mal Sex hatten, war er gefühlvoll und nahm Rücksicht. Denn im Gegensatz zu mir hatte er schon mehrere Beziehungen gehabt und war mir, was Sex anging, meilenweit voraus.

Nach meiner ersten sexuellen Erfahrung und leicht benommen von all den in mir tobenden Gefühlen zu Hause angekommen, rannte ich in das Wohnzimmer meiner Eltern, wo meine Mutter Gott sei Dank alleine vor dem Fernseher saß. Aufgeregt und ohne Punkt und Komma erzählte ich ihr, was bei Steve passiert war.

Natürlich ging ich nicht genau ins Detail, dennoch musste ich jemanden an meinem Gefühlsrausch teilhaben lassen.

Das mochte sich für einige schräg anhören, aber sie war neben Steve der wichtigste Mensch für mich. Ich war so glücklich, dass sie es unbedingt wissen musste. Wir sprachen über alles und hatten keine Geheimnisse voreinander, und selbst meine Freundinnen kamen zu ihr, um sie um Rat zu fragen.

Doch nun lag ich hier zusammengekrümmt, meine Arme um die Knie geschlungen, und mein Herz in Trümmern. Es tat mir mittlerweile von Kopf bis Fuß alles weh. Ich wusste nicht, wie ich es je schaffen sollte, aufzustehen. Wie sollte ich es hinbekommen, ihm jeden Tag in der Schule zu begegnen?

Es schien mir schier unmöglich, ihn zu sehen, ihn trotzdem nicht anfassen oder küssen zu dürfen.

„Schatz, ich weiß nicht, was passiert ist, dennoch denke ich, dass alles wieder gut werden wird. Ganz bestimmt, vielleicht braucht er einfach etwas Zeit für sich“, versuchte meine Mom, mich zu beruhigen. Dabei streichelte sie besänftigend meinen Rücken und hatte mich fast so weit, dass ich aufhörte, das Kissen voll zu heulen.

„Meinst du wirklich? Glaubst du, dass er mich noch liebt?“, fragte ich mit einem Schluckauf und verstopfter Nase. Ich konnte sie kaum erkennen, denn meine Augen waren mittlerweile völlig verquollen.

„Ich bin mir da ganz sicher. Lass ihm ein bisschen mehr Freiraum und dann wirst du sehen, wie schnell er dich vermissen wird."

Ich fing an, darüber nachzudenken und kam langsam zu der gleichen Überzeugung.

Hochmotiviert ging ich am nächsten Tag trotz allem in die Schule. Zwar mit roten Augen und ziemlich unausgeschlafen, doch wild entschlossen. Alles würde wieder gut werden und er zu mir zurückkommen, es musste einfach ein Irrtum sein.

Allerdings war es schon etwas seltsam, dass mich auf dem Weg dorthin viele Mitschüler mitleidig anschauten und zu tuscheln anfingen, sobald ich an ihnen vorbei lief.

„Es tut mir echt leid", sagte ein fremdes Mädchen auf dem Weg zu meiner Klasse.

Sie klopfte mir auf die Schulter und ging weiter. Ich hatte keine Ahnung, wie sich unsere Trennung so schnell herumgesprochen hatte. Es war doch erst gestern Morgen passiert! Dieses Prozedere zog sich den ganzen Schultag hin. Mitleidige oder höhnische Blicke, soweit das Auge reichte. Mir wurde immer schlechter und ich verbarg mein Gesicht hinter meinen langen blonden Haaren, versuchte, alles um mich herum auszublenden.

Leider waren meine beiden Freundinnen Dallas und Lilly krank. Sie lagen mit einer Erkältung im Bett und konnten mir somit nicht sagen, was los war und mir nicht beiseite stehen.

Als ich nach Schulschluss mit gesenktem Kopf und Schulbüchern in der Hand Richtung Schulbus lief, sah ich Steve an seinem Motorrad lehnen. Ich ging auf ihn zu, um mit ihm zu reden, wollte ihn fragen, ob er es wirklich ernst meinte mit dem Schluss machen.

„Steve!", rief ich aufgeregt, doch er hörte mich nicht. Knapp vor ihm blieb ich allerdings abrupt stehen und mein Herz brach in Sekunden ein zweites Mal. Neben ihm tauchte plötzlich Candy auf, eine hübsche Blondine aus der Oberstufe, die seit Monaten hinter ihm her war. Sie war das typische Klischee einer Cheerleaderin mit ihrem blonden Pferdeschwanz, ihrer athletischen Figur und ihrem viel zu kurzen Röckchen.

Was für ein bescheuerter Name war das überhaupt und wieso hielten Eltern es für eine gute Idee, ihr Kind so zu nennen? dachte ich bei mir, geschockt darüber, dass sie ihm in diesem Moment so auf die Pelle rückte und den Abstand zwischen ihnen verringerte. Und als wäre das nicht schon der Horror schlechthin, küsste er sie plötzlich innig. Steve schaute Candy an, wie er ein Jahr lang nur mich angesehen hatte.

Wie konnte das sein?

Fragend stand ich einfach nur da, wünschte, ich könnte wegsehen oder weggehen. Aber ich blieb, wo ich war, fühlte mich elend und merkte erneut, wie mir Tränen in die Augen stiegen. Meine Bücher fielen mit einem lauten Krachen zu Boden. Ich musste mir die Hand vor den Mund halten, sonst hätte ich mich übergeben.

Nur am Rande bekam ich mit, wie Klassenkameraden an mir vorbei gingen, mich ansahen und einige sogar fragten, ob es mir nicht gut ging. Doch ich blieb stumm vor Entsetzen, meine Welt brach genau hier zusammen und ich konnte nichts dagegen tun.

Ich wusste nicht, wie ich nach Hause kam, und wo meine Schulbücher geblieben waren. Ebenso wenig hatte ich eine Idee, wie ich in meinem Zimmer gelandet war, aber dort blieb ich. Wieder zusammengekauert, weinend, völlig am Ende und nicht bereit, auch nur mit irgendjemandem zu sprechen, außer mit Steve. Meine Freundinnen Dallas und Lilly besuchten mich, doch ich wollte niemanden sehen. In meiner Verzweiflung schrieb ich hunderte von SMS. Eigentlich immer mit dem gleichen Inhalt. *Ich liebe dich, Bitte rede mit mir und Komm zu mir zurück*. Aber es kam nie eine Antwort. Ich erniedrigte mich und fühlte mich erbärmlich, weil ich trotz dieses Wissens nicht aufhören konnte, zu betteln. Nicht einmal meine Mom konnte mich daran hindern, ständig zum Handy zu greifen, bis sie es mir schließlich wegnahm.

Sie schrieb mir eine Entschuldigung für die Schule, in der sie angab, dass ich mir den Magen verdorben hätte. Gebrochenes Herz kam wohl nicht so gut als Ausrede. Aber genauso fühlte es sich an.

Nach einer Woche hatte meine Mutter jedoch genug von dem Trauerspiel. Mit liebevoller Strenge und einer festen Umarmung zwang sie mich, wieder zur Schule zu gehen.

Dort warteten schon Dallas und Lilly am Eingang auf mich und waren offensichtlich über mein Aussehen entsetzt.

Mein schulterlanges blondes Haar war strähnig und stumpf. Noch immer waren meine Augen rot und geschwollen, als hätte ich eine Allergie. Meine Haut war blass, und ich hatte mindestens fünf Kilo abgenommen. Das sah man leider sofort, denn ich war mit meinen fünfzig Kilogramm bei einer Größe von einem Meter siebzig eher dünn. Essen war jedoch das Letzte, wonach mir in dieser Zeit der Sinn stand.

Beide nahmen mich zur Seite und gingen schweigend mit mir zu unserem Lieblingsplatz unter einem Baum in der Nähe der Mensa. Wir saßen im Schatten und ich erzählte ihnen das Wenige, was ich wusste.

Immer wieder fing ich zu heulen an, als hätte ich nicht schon alle Ressourcen verbraucht.

Sie hielten meine Hände und hörten mir aufmerksam zu. Ich versuchte immer noch, zu begreifen, was zum Teufel nochmal passiert war.

„Ich habe ihn am Abend davor gesehen“, murmelte Lilly leise und fummelte nervös an einem Grashalm herum. „Was? Wie meinst du das, du hast ihn gesehen?“, fragte ich verzweifelt und mit einem fiesen Grummeln im Magen.

„An dem Abend, bevor er Schluss gemacht hat, waren wir auf der Party von Alex, und Steve war auch dort - mit ihr. Erst dachte ich, er würde sich nur mit Candy unterhalten, doch später küssten sie sich und verschwanden dann. Ich habe überall nach ihm gesucht, um ihn zur Rede zu stellen, leider war er da schon weg“, fuhr Lilly fort und mir wurde immer schlechter.

Ich erinnerte mich, dass er noch gefragt hatte, ob ich mit zur Party kommen wollte. Leider ging es mir an dem Abend nicht so gut und deswegen sagte ich ihm ab. Lilly und Dallas fingen an, über Candy herzuziehen, wie nuttig und billig sie aussah. Nur ihre kurzen Röcke würden dafür sorgen, dass die Jungs sich nach ihr umdrehten. So versuchten beide, zu demonstrieren, wie solidarisch sie hinter mir standen. Sie versicherten mir, sie würden sie genauso hassen, wie ich.

Bis zu diesem Zeitpunkt hatte ich mir noch keinen Gedanken an Candy erlaubt, jetzt jedoch ratterte es in meinem Kopf unentwegt. Panik machte sich in mir breit und ich hatte das Gefühl, den Boden unter den Füßen zu verlieren. Nichts ergab einen Sinn. Völlig kopflos sprang ich auf, rannte los und ignorierte das Rufen meiner hörbar überraschten Freundinnen. Ich hatte keine Zeit für Erklärungen, denn ich war auf dem Weg zu dem einem Menschen, der mir sagen konnte, was passiert war.

Aufgeregt und nervös wartete ich vor seiner Klasse auf Steve. Ich knetete meine Finger, die schweißnass waren, und wippte mit den Füßen vor und zurück, so unruhig war ich. Als er dann endlich aus der Klasse kam, versperrte ich ihm den Weg. Er versuchte, an mir vorbei zu gehen, aber ich hielt ihn am Ärmel fest und ließ nicht los.

„Du schuldest mir eine Erklärung. Nach allem, was wir hatten, schuldest du mir wenigstens das“, sagte ich zittrig und mit einem flehenden Unterton. Ich merkte genau, wie verzweifelt ich mich anhörte. Steve blieb stehen, sah mich kaum an, nickte dann schließlich und ging vorweg zum Ausgang der Schule. Hastig folgte ich ihm. Immer noch hoffte ich darauf, dass das alles nur ein böser Traum war.

Wir traten um eine Ecke und waren so vor Zuhörern geschützt. Er setzte sich auf eine hölzerne

Schulbank und schaute nach unten, während ich mich vor ihm aufbaute.

„Was ist eigentlich passiert? Warum küsst du eine Andere und wieso zum Teufel liebst du mich nicht mehr?“ fragte ich anfangs leise, doch mit jedem Satz war meine Stimme lauter geworden und am Ende schrie ich fast. Ich hatte tausend Fragen, die mir unter den Nägeln brannten, aber in erster Linie wollte ich Antworten, die mir nicht all meine Hoffnungen zerstörten. Steve saß weiterhin stumm da, Minuten vergingen ohne ein Wort, es herrschte trotz des Schullärms unangenehme Stille zwischen uns. Irgendwann stand er auf und trat von einem Fuß auf den anderen. Unbeholfen fuhr er sich durch die Haare, immer noch nicht in der Lage, mich anzusehen. Das mulmige Gefühl der letzten Tage war mit voller Wucht zurück.

„Bitte Steve, ich liebe dich doch. Rede mit mir. Wie kann man innerhalb einer Nacht aufhören, jemanden zu lieben?“, drängte ich ihn kurz vor einem Heulkrampf, und meine Stimme zitterte stark. Ich wurde unaufhaltsam panischer und meine Hände fingen erneut zu schwitzen an.

„Warum bist du nicht mit zu der gottverdammten Party gekommen?“, fragte er leise und sah mich das erste Mal an.

Sein Blick war vorwurfsvoll und voller Emotionen, die ich nicht deuten konnte. Ich wusste nicht, was er mir damit sagen wollte, und hob nur ratlos die Schultern.

„Meine Freunde haben schon lange gelästert, dass wir zu viel Zeit zusammen verbringen, weil ich ihnen ständig absage, um mit dir abhängen zu können. Sie sagten, ich wäre eine verweichlichte Pussy und zu jung, um mich nur an ein Mädchen zu binden."

Langsam wurde auch er lauter und schaute mich zornig an, während er seine Hände zu Fäusten ballte. Ich dagegen guckte immer noch wie ein blinzelndes, dummes Schaf und konnte einfach nicht glauben, was er da von sich gab. Seine sogenannten Freunde waren super nett zu mir gewesen und ein paar von ihnen hatten sich hinter seinem Rücken sogar an mich herangemacht.

Steve war in Rage geraten und erzählte weiter. „Ich fing zu trinken an und wollte dich eigentlich anrufen, doch je mehr ich trank, desto logischer wurden die Worte meiner Kumpels. Dann kam Candy auf mich zu, wir quatschten über dies und das, eins führte zum anderen. Ich bin mit ihr nach Hause gegangen und habe mit ihr geschlafen, Rose." Seine Stimme wurde am Ende des Satzes immer leiser.

Ich hörte zwar, was er da von sich gab, aber ich verstand es dennoch nicht. *Wie konnte jemand, der mir fast täglich sagte, dass er mich lieben würde, alles zerstören, nur, um seinen Stolz zu wahren? Wie konnte er mich einfach wegwerfen, als wäre ich nichts?*

„Rose, du musst das verstehen, wir sind verdammt jung und werden bald aufs College gehen. Dann hätten wir uns eh nur in den Ferien gesehen und es wäre irgendwann im Sand verlaufen. So läuft es immer ab", versuchte er, das Ganze noch zu rechtfertigen, während meine Welt in Trümmern lag.

„Aber wir wollten doch gemeinsam studieren und danach zusammenziehen? Was ist aus dem *Ich liebe dich für immer* geworden?" fragte ich ihn benommen und taub vor Schmerz. Mittlerweile liefen die Tränen wieder meine Wangen hinunter.

Ich versuchte verzweifelt, das in meiner Kehle hochsteigende Schluchzen zurückzuhalten, bekam kaum noch Luft und es fing langsam an, in meinen Ohren zu rauschen. Mit aller Kraft bemühte ich mich, mich darauf zu konzentrieren, was er mir sagte, und was mein dummes Herz nicht wahrhaben wollte.

„Es ist, wie es ist, ich werde meine Meinung nicht ändern und möchte keinen Kontakt mehr zu dir. Hör zu, Rose, ich will dir nicht noch mehr weh tun, also akzeptiere meine Entscheidung und lass mich gehen!“ Er schüttelte meine Hände ab, die sich ohne mein Zutun in seinen Pullover gekrallt hatten, und wollte verschwinden.

„Ich liebe dich“, presste ich nun laut schluchzend hervor. „Bitte verlass mich nicht, ich kann mich ändern und lass dir deinen Freiraum. Du liebst mich doch auch. Bitte geh nicht“, flehte ich. Jetzt heulte ich lautstark los und vergaß endgültig jegliche Selbstachtung. Er sah mich noch einmal verzeihend an, dann wurde sein Gesicht ausdruckslos und er gab mir den Todesstoß.

„Aber ich liebe dich nicht mehr!“ Mit diesen letzten Worten drehte er sich um und ließ mich allein. Er ging einfach so und ich stand da, weinte, schrie und bettelte. Doch er kam nicht zurück.

Mein Märchen zerplatzte buchstäblich vor meinen Augen.

***

Ein paar Monate zog mein Leben an mir vorbei. Das Gefühl von Taubheit setzte ein und jeder Tag war wie der vorherige, blass und kalt. Schulisch war ich besser denn je. Ich tat nichts anderes, als zu Hause in meinem Zimmer zu sitzen, um zu lernen oder zu lesen. Liebesromane ließ ich allerdings weg, die verstaute ich in Kisten und las stattdessen nur noch Thriller und Krimis.

Ich ging nicht mehr auf Partys, unsere gemeinsamen Freunde zogen sich zurück und übrig blieben lediglich Lilly und Dallas. Als der Abschlussball kam, war es ein weiteres Mal der blanke Horror. Alle freuten sich, dekorierten die Schule und redeten pausenlos über ihre Kleider und ihre beschissenen Verabredungen. Ich hatte weder eine Verabredung noch ein Kleid, und so verkroch ich mich zu Hause. Auf gar keinen Fall wollte ich hingehen, nur um dann zu sehen, was ich nie mehr haben würde. Steve und Candy waren seit jener Nacht ein Paar. Ich hingegen war der einsame Loser, der seinem Freund hinterhergelaufen war.

Mittlerweile hasste ich ihn aus tiefster Seele und war um jeden Tag froh, den er mir nicht in der Schule über den Weg lief.

Daher beendete ich die High-School eher still und nicht sehr denkwürdig, sondern wurde wieder zu dem ruhigen Mädchen von damals, das sich in ihren Büchern verlor. Bewahrt hatte ich tief in mir lediglich einen Funken Hoffnung auf Liebe, wie sie scheinbar nur in fiktiven Liebesgeschichten zu finden war.

***

6 Monate später

„Hey, Erde an Rose", flüsterte mir Sean leise ins Ohr und kam mir damit viel zu nah.

„Selber hey", erwiderte ich erschrocken und trat unauffällig ein Stück zur Seite. Wir waren auf dem Weg zum Studentenwohnheim, wo ich mir ein Zimmer mit Lilly teilte. Während wir auf die Minnesota State gingen, war Dallas eine Stunde von uns entfernt am Carleton College angenommen worden. Aber wir sahen uns immer noch an den Wochenenden, falls Dallas nicht wieder irgendein Date mit einem Typen aus der Studentenverbindung hatte. Sie genoss das Collegeleben in vollen Zügen und hatte durch ihre wilde Art eine Menge Verehrer.

„Was hast du dieses Wochenende vor? Wollen wir vielleicht zusammen ins Kino gehen oder auf die Party heute Abend bei mir im Wohnheim?", fragte mich Sean und riss mich erneut aus meinen Gedanken. Er war Footballspieler, ein netter charmanter Kerl und bekannt für seine Eroberungen. Blond, groß und gut gebaut hatte er alles, was Mädchenherzen höherschlagen ließ.

Wir waren ein paar Wochen miteinander ausgegangen, doch dann musste ich mir eingestehen, dass mein Herz immer noch taub war und keinen Platz für einen anderen hatte. Und nur Sex war keine Option für mich.

Also erklärte ich ihm eines Abends, nachdem er wieder mehr als Fummeln wollte, dass ich nicht für eine Beziehung bereit war. Ich schlug ihm vor, dass wir Freunde bleiben könnten und er nahm es schweigend hin. Bis heute.

„Komm schon, lass uns ein bisschen Spaß haben und ich schwöre dir, du wirst es nicht bereuen", feixte

Sean zwinkernd und stupste mich mit dem Ellbogen an.

„Ich überlege es mir und rufe dich dann an, okay?“, antwortete ich ausweichend und war in Gedanken bereits wieder ganz woanders. Schnell nahm ich Sean zum Abschied in den Arm und rannte danach, ohne mich umzudrehen, ins Wohnheim. Er war wirklich nett, aber er musste doch langsam begreifen, dass ich meine Meinung nicht mehr ändern würde.

Wir wohnten in der zweiten Etage und mussten Gott sei Dank nicht so viele Treppen steigen. Sport war nicht meine größte Leidenschaft. Während der High-School war ich verdammt froh gewesen, wenn ich nach einer Stunde Zirkeltraining kein Sauerstoffgerät brauchte. Als ich an unserem Zimmer ankam, saß Lilly auf ihrem Bett und schaute auf, als ich durch die Tür trat.

„Hey Rose, hast du von der wahnsinnig coolen Party heute Abend im Wohnheim der Jungs gehört? Wir müssen dort hin! Alle sind da und ich lasse keine Ausreden gelten, du kommst mit.“ Sie sagte das mit einem nicht ganz glaubhaften strengen Blick. Lilly war einfach zu zierlich, um angsteinflößend zu sein. Aber ich mochte es, dass sie mich trotz meiner ständigen Absagen zu irgendwelchen Partys immer noch fragte.

„Ach, ich weiß nicht, Sean hat mich auch schon gefragt und er wird langsam ziemlich anhänglich für einen Kerl. Außerdem ist der neue Roman von Karin Slaughter gerade herausgekommen und ich wollte …“, versuchte ich, meine lahmen Argumente glaubhaft herüber zu bringen, doch weiter kam ich nicht, denn Lilly stand bereits vor mir. Ihre Hände hatte sie auf meine Schultern gelegt. Sie sah mich zugleich traurig und ernst an und ich bekam sofort ein schlechtes Gewissen. Lilly war wie ich eher der ruhige Typ und ihre Angst, alleine auf eine Party zu gehen, konnte ich absolut nachvollziehen.

„Rose, ich weiß, dass du noch immer leidest, aber es ist schon so lange her. Du musst langsam wieder anfangen zu leben, das Ganze hier soll doch Spaß machen! Wir sind nur einmal am College und es sollte die Zeit deines Lebens sein. Also komm heute Abend mit, lass uns feiern und das Morgen vergessen“, konterte sie auffordernd und drückte meine Schultern ein bisschen fester als zuvor.

Lilly war wirklich gut in ihren Motivationsreden. Als sie dazu einen Schmollmund und ihren Hundeblick auflegte, hatte ich schon verloren. Ich versuchte mich an einem kleinen Lächeln und gab nach.

Später am Abend fand ich mich in einem kurzen, schwarzen Kleid mit hohen Stiefeln und einer Mähne, die jede Dragqueen neidisch gemacht hätte, vor dem Studentenwohnheim der Jungs wieder. Lilly hatte persönlich für mein Styling gesorgt. Ich wäre nur mit einem Pferdeschwanz in Jeans, Long Shirt und Chucks fertig gewesen. Doch nachdem ich mich gefühlte Stunden danach im Spiegel betrachtete, war ich erstaunt und schockiert zugleich. *Was man mit zentnerweise Schminke, Haarspray und einem sehr, sehr kurzen Kleid so alles bewirken konnte.*

Egal, wie viel ich zupfte und zog, das Kleid blieb in der Mitte meiner Oberschenkel mit Tendenz nach oben. Mir war damit klar, es würde ein Steh-Abend werden, wenn ich nicht jedem meine Unterwäsche präsentieren wollte.

„Okay, dann werden wir es heute richtig krachen lassen! Keine bösen Gedanken an Ex-Freunde!“, lautete Lillys heutige Kampfansage. Für mich hieß das: Augen zu und durch.

Wenig später hatte ich die ersten Shots an der sogenannten Bar runter geext und meine Laune stieg mit jedem Glas. Das Bier war auch nicht schlecht und die laute Musik tat ihr Übriges. Die Party schien sich wirklich rumgesprochen zu haben, denn man stand dicht an dicht und ich erkannte ein paar Leute aus meinen Kursen.

Je mehr ich trank, desto leichter wurde es in meinem Kopf und meinem Herzen. Ich lachte über Lilly, die ganz cool und verwegen Salz von der Haut eines heißen Kerls ablecken wollte, in ihrer Nervosität allerdings vergessen hatte, zuvor überhaupt welches auf seiner Hand zu verteilen. Lilly zuckte daraufhin nur mit den Schultern und grinste ein bisschen angetrunken zu mir herüber.

Wir tranken und tanzten und hatten nach langer Zeit endlich wieder Spaß. Ich schwang meine Hüften zu dem harten Beat von *99 Problems* von Jay Z. Meine Augen hatte ich geschlossen und die Arme in die Luft gestreckt. Ich ließ mich völlig gehen, tanzte zu den Klängen und lachte über den Songtext. Lauthals sang ich mit, denn es fühlte sich gut an, ohne Ballast und nur für den Augenblick zu leben.

„Wenn du nur annähernd so gut küsst, wie du dich zur Musik bewegst, bin ich ein glücklicher Mann.“ Eine raue, männliche Stimme flüsterte mir in mein Ohr. Ich bekam eine Gänsehaut und erschauerte. Der Unbekannte drängte sich an mich, wiegte sich an meinem

Rücken rhythmisch im selben Takt und mir wurde plötzlich ziemlich heiß.

Ich drehte mich langsam um und blickte in zwei blaue Augen, die mich frech ansahen. Mit einigen Sekunden Verzögerung wurde mir bewusst, dass er auf eine Antwort zu warten schien.

Unauffällig checkte ich ihn ab und sah optisch den typischen Bad Boy vor mir, ein paar Jahre älter als ich, die Arme tätowiert. Seine kurzen schwarzen Haare waren so verwuschelt, als wäre er gerade mit seinen Händen hindurch gefahren. Er hatte diese wahnsinnig selbstbewusste Ausstrahlung, die einen glatt das Höschen verlieren lassen konnte.

Holzfällerhemd über weißem Shirt und ausgewaschene Jeans mit schweren Biker-Stiefeln machten sein Outfit komplett. Seine Figur war nur leicht zu erahnen, doch was ich so auf den ersten Blick erkennen und zuvor an meinem Rücken hatte fühlen können, schien mir ziemlich beeindruckend zu sein.

Er war ganz und gar nicht mein Typ und spielte weit außerhalb meiner Liga. Ich war in diesem Fall Rotkäppchen und er der böse, aber zugegebenermaßen heiße Wolf.

Für diese eine Nacht war er der perfekte Mann, und so beugte ich mich vor, um meinen Mund dicht an sein Ohr zu bringen.

„Finde es heraus“, forderte ich ihn auf, durch den Alkohol mutig, und schon lagen seine Lippen auf meinen. Küssen konnte er, er hatte es quasi zu einer Kunstform entwickelt. Mein Gesicht in seinen Händen haltend war sein Kuss fordernd und leidenschaftlich. Ich spürte etwas, das ich sehr lange nicht mehr gefühlt hatte. Es war ein bisschen wie auftauen. Mir wurde ziemlich warm und es kribbelte in meinem ganzen Körper.

Ich wusste nicht viel, aber eines wusste ich: Ich wollte diesen Mann und dieses Gefühl von Freiheit unbedingt, und das sagte ich ihm auch. Mein mutiges Ich klopfte mir innerlich auf die Schulter und reckte beide Daumen nach oben. Also gingen wir Hand in Hand wenig später Richtung Ausgang, nachdem ich Lilly kurz Bescheid gab, dass ich mit dem Kerl ohne Namen verschwinden würde. Meine Freundin bekam das Grinsen nicht aus dem Gesicht und ich war froh, das Dallas nicht hier war. Sie hätte uns sicher einen nicht jugendfreien Spruch hinterhergerufen und mich angefeuert.

„Hey Rose, wo willst du hin?“, fragte mich Sean, den ich den ganzen Abend nicht gesehen hatte. Er hatte die Hände zu Fäusten geballt und seinem Gesichtsausdruck nach zu urteilen war er nicht begeistert. Seine Hand schoss vor und packte mich am Arm. „Der ist nichts für dich, kennst du nicht seinen Ruf? Er ist eine männliche Schlampe und will dich nur vögeln, das ist alles!“, knurrte er ziemlich angefressen.

„Sean, wir sind nicht zusammen, das waren wir nie. Du und ich sind und waren nur Freunde. Außerdem bin ich eine erwachsene Frau und kann machen, was ich will. Also bitte lass mich los.“ Langsam wurde ich sauer, denn ich hatte ihm mehr als einmal zu verstehen gegeben, dass nie ein Paar aus uns werden würde.

„Das kannst du vergessen, ich renne dir wochenlang hinterher, zeige dir, dass ich es ernst meine und du lässt mich immer wieder abblitzen! Und für was? Für diesen Kerl?!“ Er wurde lauter und einige

Leute drehten sich trotz des Lärmpegels der Musik zu uns um.

Der Fremde neben mir blieb still, schaute Sean nur herablassend an und grinste, sagte aber nichts. Meine Hand fest in seiner sah er mich eindringlich an. „Rose, möchtest du, dass ich dich gehen lasse, oder soll ich dich vögeln, bis du Sterne siehst und alles andere vergisst?“ Er ließ mich dabei nicht aus den Augen.

„Ich will die Sterne sehen“, erwiderte ich und ließ den enttäuschten Sean hinter mir.

In dieser Nacht sah ich die Sterne, den Mond und alles, was noch vor mir lag. Er vögelte mich am Strand auf der Motorhaube seines Wagens mit dem Gesicht zum Nachthimmel und ich hatte das Gefühl, das erste Mal seit einer Ewigkeit wieder atmen zu können. Er ließ mich alles und jeden vergessen.

Selbst meinen Namen.

Das tat er auch noch ein paar Monate später, ab und zu an den ungewöhnlichsten Orten. Er zeigte mir eine Welt ohne Romantik, aber dafür mit sehr viel Spaß und unverbindlichem Sex. Ganz langsam begann ich zu verstehen, dass es nicht immer einen Prinzen braucht, um glücklich zu sein.

Kapitel 9

Heute

Oh Gott, es war eine Ewigkeit her, seit ich das letzte Mal an diese Zeit gedacht hatte. Vielleicht, nein ganz bestimmt, lag es an Jackson und an dem, was er in mir auslöste.

Früher, in meiner Jugend, hatte ich so gelitten. Zwar war es nichts im Vergleich zu dem Horror vor drei Jahren, aber es hatte mich definitiv geprägt. Mit jeder gescheiterten Liebe starb ein Teil von mir. Was damals für mich das Ende der Welt bedeutete, mag für andere lächerlich klingen. Ich war durch diese Erfahrungen so ernüchtert worden, dass es ewig brauchte, um mein Herz wieder zu öffnen.

Nahm man also meine katastrophalen Beziehungen, den jahrelangen Betrug meines Vaters an meiner Mutter und multiplizierte sie mit tausendfachem Herzschmerz, kam die heutige Version von mir heraus.

Misstrauisch, desillusioniert und nicht in der Lage, jemandem zu vertrauen, der mich nackt sehen wollte. Wieso konnte ich nicht endlich darüber hinwegkommen und nach vorne schauen? Immerhin war das alles Jahre her!

Weil es jedes Mal nur einen Verlierer gab: Mich!

Im Klartext hieß es deswegen: Finger weg von heißen Clubbesitzern, die mein geschundenes Herz ein für alle Mal zerstören könnten.

Zwei Wochen vergingen und ich verbrachte die Tage im Schmuckladen. Nach Ladenschluss hatte ich mir angewöhnt, ein bisschen laufen zu gehen. Seit der Aktion mit Rocco musste ich einsehen, dass ich ein sportliches Wrack war und etwas für meinen Körper tun musste, damit ich beim nächsten Spaziergang mit ihm nicht völlig zusammenbrach.

Wenn ich dann frisch geduscht auf der Couch saß, leisteten mir meine neuesten Romanhelden Gesellschaft. Ich versuchte alles, um nicht an Jackson zu denken, doch das gelang mir eher schlecht als recht. Sobald braune Augen durch meinen Verstand geisterten, wurde ich nervös und unbewusst fing mein Herz schneller zu schlagen an.

Ich hatte sogar schon von ihm geträumt! Und diese Träume waren so heiß gewesen, dass ich schweißgebadet aufgewacht war. Das erste Mal in meinem einsamen Leben wünschte ich mir ganz offen, ich hätte den Mut, eine große Bestellung bei einem Sexshop aufzugeben, um mir mit den Toys ein wenig Erleichterung zu verschaffen. Den Supermarkt in der Nähe des Ladens mied ich seit jenem Tag und lief lieber ein paar Straßen weiter. Sicher ist sicher.

Dallas rief eines Abends an, um mich zu fragen, ob ich etwas von Jackson gehört hätte. Ich musste sie darauf hinweisen, dass er weder meinen Nachnamen noch meine Adresse kannte und ich darüber heilfroh war. Wenigstens redete ich mir das ein, es funktionierte aber nicht sehr gut. Sie erzählte mir dann ganz nebenbei, dass sie sich mit ihm getroffen hätte, um das Interview nachzuholen. Einem kleinen, eifersüchtigen Teil von mir gefiel das gar nicht. Doch ich saugte die Infos nur so auf und versuchte, mich davon abzuhalten, jede Kleinigkeit zu analysieren.

„Willst du nicht wissen, was er so gesagt hat?“, erkundigte sich Dallas und ich hörte an ihrer Stimme, dass sie nur darauf wartete, dass ich mich nach ihm erkundigen würde.

„Nein, interessiert mich überhaupt nicht“, verleugnete ich meine Neugierde und ging in Gedanken doch alles durch, was er vielleicht von sich gegeben und wie er es gemeint haben könnte.

„Aha!“, war das Einzige, was von ihr kam. Dallas nervte mich jetzt schon und mir platzte der sprichwörtliche Kragen.

„Was heißt hier *aha*? Na schön, du hast gewonnen, verdammte scheiße! Wie sah er aus und hat er zufällig nach mir gefragt?“, schoss es einfach aus mir heraus. Ihr Lachen erklang am anderen Ende und ich war mir selbst ein bisschen peinlich.

„Natürlich haben wir erst über den Club gesprochen und was er sonst noch für Pläne hat. Später hat er sich nach deinem Nachnamen erkundigt und nachgehakt, ob es jemanden in deinem Leben geben würde. Und er war heiß, aber wie soll so ein Sex-Gott nicht gut aussehen, außer, man zieht ihm eine Tüte über den Schädel?“, neckte sie mich und entfachte meine Neugierde nur noch mehr. Mein Kopf war sofort mit sehr detaillierten Bildern von Jackson beschäftigt. Sie zogen an mir vorbei und ich antwortete schnell, um mich abzulenken, denn jugendfrei waren sie alle nicht.

„Seine Frage kommt reichlich spät, findest du nicht? Seine Zunge war schon in meinem Mund, verdammt. Sowas klärt man doch vorher!“, versuchte ich, ein bisschen entrüstet zu klingen, obwohl ich wusste, dass ich die Königin der Verleumdung am anderen Ende des Hörers hatte.

„Ich habe ihm erzählt, dass du Single, aber nicht auf der Suche nach einem Schwanz bist! Du hast mir ja schließlich aufgetragen, dass ich das so weiter geben soll, wenn er fragt“, entgegnete mir Dallas und ich konnte die Frage in ihrem Satz hören. War es noch immer das, was ich wollte?

„Richtig. Ich hoffe, damit ist das Thema erledigt!“ Ein billiger, kläglicher Versuch, sie und vor allem mich zu überzeugen, dass ich überhaupt kein Interesse an Jackson und seinem Schwanz hatte. Leider kannte Dallas mich zu gut.

„Schätzchen, wir wissen beide, wohin das führt, wenn ihr euch das nächste Mal sehen werdet. Es scheint mir unausweichlich zu sein und sein Leitsatz ist nicht umsonst: *Was ich will, bekomme ich!* Der passt auch perfekt zu seinem Nachnamen. Also auf ein fröhliches Vögeln, meine Süße.“ Sie kreischte vor Lachen in den Hörer, so laut, dass ich ihn entgeistert von meinem Ohr nahm und anstarrte. Dallas lachte sich kaputt, während ich fieberhaft überlegte, was ich auf diesen Spruch erwidern sollte.

„Hallo? Rose? Bist du noch dran oder in Gedanken schon nackt und schwer beschäftigt?“, ärgerte mich die Irre und ich musste ein Kichern unterdrücken.

„Weißt du was? Ich liebe dich, aber du kannst mich mal! Ich leg jetzt auf und werde keine einzige Sekunde an ihn denken. Ach, und Dallas?“ Ich räusperte mich und versuchte, einen strengen Tonfall anzunehmen, während ich mich eilig auf den Weg ins Badezimmer machte.

„Was denn?“ Sie amüsierte sich königlich über meinen Versuch, vernünftig zu bleiben.

„Ich hasse dich!“, verkündete ich.

Bei dem Gedanken an ihn, mich und ein Bett fing ich zu schwitzen an. Ich ging noch einmal unter die Dusche, dieses Mal war sie auf eiskalt eingestellt, aber auch das half nicht viel.

Am Freitag klingelte es an meiner Haustür. Nachdem ich den Türsummer bedient hatte, kam ein Paketbote die Treppen hoch. Der Mann sah mich an, als wäre ich dafür verantwortlich, dass er jetzt hier hochmusste.

„McAllister?“, erkundigte er sich dementsprechend unfreundlich und hielt mir ein Päckchen entgegen.

„Ja das bin ich.“ Erst wollte ich ihn noch auf mein Türschild aufmerksam machen, hatte aber Angst, er würde wieder abzischen, ohne mir meine Post zu geben. Ich unterschrieb, nahm das Paket und schloss die Tür. Komisch, ich hatte nichts bestellt. Keine Bücher, keine Schuhe und auch kein Sexspielzeug. Als ich auf den Absender sah, wurde ich stutzig. Jackson Hunter stand dort mit schöner Handschrift geschrieben. Es gab nur eine Person, die ihm meinen vollständigen Namen genannt haben konnte. Ich würde Dallas dafür erwürgen. Dennoch war ich aufgeregt und schüttelte vorsichtig den Karton, aber er machte keine Geräusche, und Blumen verschickte man ja nicht in auf diese Art.

Von Neugierde getrieben holte ich ein Messer aus der Küche und machte die Klebeflächen auf. Ich schaute hinein und wusste im ersten Moment nicht, was ich da sah. Etwas verwirrt nahm ich den mattschwarzen Gegenstand aus dem Karton und ein Umschlag fiel zu Boden. Den Fahrradhelm stellte ich auf dem Wohnzimmertisch ab und las die Karte, die mit der gleichen schönen Handschrift verziert war.

„Sicherheit geht vor. Damit du bei deinem nächsten Aufprall geschützt bist. Geh mit mir aus. Jackson.“

Ich fand es verrückt und gleichzeitig war es verdammt süß. Am liebsten hätte ich ihn angerufen, um mich für sein Geschenk zu bedanken, doch ich hatte weder seine Nummer noch den Mut. Der Helm landete wieder im Karton und ich wusste nicht, was ich machen sollte. Am besten nichts, dann würde er hoffentlich merken, dass es sinnlos war und mich schnell vergessen. Warum mich bei diesem Gedanken ein Gefühl von Trauer beschlich, damit wollte ich mich lieber nicht befassen und schob die Schmetterlinge gleich mit hinterher.

Wie jeden Sonntag, wenn ich meine Mom nicht besuchte, telefonierte ich mit ihr, einfach, um zu wissen, dass es ihr gut ging. „Hey Mom, wie war dein Wochenende?“, fragte ich sie und machte es mir auf meiner Couch gemütlich.

„Hallo, mein Schatz. Das war ganz schön ereignisreich, wenn ich das so sagen darf. Ich hatte einige Anfragen auf meiner Dating-Seite, und ich habe deinen Rat befolgt und mich mit ein paar der Herren verabredet“, antwortete sie ziemlich aufgeregt und ich konnte mir vorstellen, wie sie am Küchentisch saß und grinste. Ich war einen Augenblick sprachlos, dass sie über ihren Schatten gesprungen war und sich wirklich mit wildfremden Männern getroffen hatte. Ich schaffte es nicht einmal, normal auf einen Mann zuzugehen, geschweige denn auf ein Date!

„Das ist ja klasse. Wo haben die Dates denn stattgefunden und warst du sehr aufgeregt?“, wollte ich neugierig wissen.

„Na ja, am Anfang war es schon ein komisches Gefühl, sich mit jemandem zu treffen, den man nicht kennt. Ich habe das kleine Café am Ende der Straße bei mir als Treffpunkt gewählt. Dort habe ich mich mit dem Blick zur Eingangstür hingesetzt und gewartet. Vor Aufregung habe ich kaum schlafen können“, erwiderte sie belustigt. „Und als der erste Herr sich vorgestellt hatte, wurde ich ein bisschen ruhiger. Leider kann ich nicht gerade behaupten, dass der Richtige dabei war.“

„Wieso nicht? Waren sie nicht nett oder haben sie dich zu offensiv angebaggert?“ Vielleicht war ich mit meiner Idee eventuell übers Ziel hinausgeschossen und hätte mitkommen sollen, überlegte ich zerknirscht, konnte es aber jetzt nicht mehr ändern.

„Nein, Liebling, es war kein Grabscher oder so etwas in der Art. Der erste Mann war leider kaum größer als einen Meter fünfzig und hatte eine Vorliebe für Clowns. Tatsächlich brachte er mir einen als Geschenk mit und ich musste mich zusammenreißen, um nicht vor Ekel zusammen zu zucken! Du weißt, wie sehr ich Clowns verabscheue. Als er mir dann noch erzählte, er hätte ein ganzes Haus voll davon und würde sie seit dreißig Jahren sammeln, war ich raus“, berichtete sie mir. Ich lachte auf, denn meine Mutter hatte eine Abneigung gegen diese hässlichen Dinger, seit wir zusammen *Es* und einen anderen Horrorfilm gesehen hatten, in dem Clowns als Massenmörder ihr Unwesen trieben. Der arme Kerl hatte eindeutig verloren, egal wie groß oder klein er war.

„Und was hatte der zweite Kandidat für einen Fehler?“, erkundigte ich mich kichernd und sie seufzte theatralisch auf.

„Der zweite hat gleich nach seiner Kaffeebestellung angefangen, von seiner Exfrau zu reden, fing währenddessen zu heulen an und ich verbrachte den restlichen Nachmittag damit, ihn zu trösten."
„Oh man, Mom, das tut mir leid. Ich könnte verstehen, wenn du das Handtuch wirfst und deine Seite löschst." Positiver Nebeneffekt wäre, dass ich kein schlechtes Gewissen mehr hätte, wenn ich Jackson weiterhin auf Abstand halten würde, überlegte ich und war fast erleichtert, denn ich log meine Mom nicht gerne an. Doch leider hatte ich ihre Hartnäckigkeit unterschätzt.
„Ach, ich bleibe am Ball. Das waren gerade mal zwei Verabredungen, ich bin mir sicher, da wird noch der Richtige dabei sein. Man sollte nie zu schnell die Flinte ins Korn werfen", sagte sie fröhlich und ich verkniff mir jeglichen Kommentar. Stattdessen lenkte ich das Gespräch lieber fix auf sicherere Themen.
„Ich war übrigens am letzten Wochenende im Tierheim und fand es toll. Die Tiere freuen sich wirklich über jeden Besucher. Es war mal etwas anderes und fast schon abenteuerlich. Du hättest mich ruhig vorwarnen können, dass Rocco so ein Kraftpaket ist. Der hat mich beinahe verstümmelt", versuchte ich, ein bisschen auf die Tränendrüse zu drücken.

„Ich war mir ziemlich sicher, dass du mit ihm zurechtkommst und ihn mögen wirst. Er ist sonst ein lieber Hund und ich wäre wirklich froh, wenn er ein schönes Zuhause finden würde." Meine Mom hatte ihn gern zu sich genommen, doch nachdem ich den kleinen Scheißer in Action erlebt hatte, wusste ich, es wäre zu viel für sie, ihn aufzunehmen.

„Das wird er bestimmt. Die Pflegerin erzählte mir, dass er noch nicht so lange dort ist und die Chancen dadurch ziemlich gut stehen“, bemühte ich mich, sie ein bisschen zu trösten. Sie war so tierlieb und wenn es nach ihr ginge, hätte sie einen eigenen Zoo zu Hause.

„Und wie war es ansonsten im Park? Hast du vielleicht auch Bekanntschaft mit ein paar anderen Freiwilligen gemacht?“, bohrte sie weiter. Mich überkam so eine Ahnung und ich wurde langsam misstrauisch. Wahrscheinlich lag es daran, dass sie so betont unschuldig fragte. Es klang, als wüsste sie mehr, als sie zugab.

„Wieso? Sollte ich da jemand Bestimmten treffen? Zufällig groß, gutaussehend und viel zu charmant und selbstbewusst?“, meinte ich ironisch und sie lachte ertappt.

„Du hast Jackson also schon kennengelernt. Ist er nicht ein netter Mann?“, erwiderte sie sofort und ich wusste, worauf das hinauslaufen würde.

„Mom, ich habe ihn nur ein paar Mal getroffen und aus Versehen einmal geküsst. Ich kenne ihn praktisch gar nicht und das wird sich auch nicht ändern.“ So ausgesprochen hörte sich die Sache mit dem Kuss noch verrückter an als in meinem Kopf.

„Küssen nennst du gar nichts?“ erwiderte sie erstaunt, und tat so, als würde ich nie einfach so jemanden küssen, ohne ihn gleich heiraten zu wollen.

„Du bist eine kluge Frau und eine Kupplerin, aber ich muss dich enttäuschen. Ich kann das nicht noch einmal und du weißt, warum!“, antwortete ich seufzend und wappnete mich, für das, was jetzt kommen würde.

„Schatz, tu mir bitte den Gefallen und gib ihm eine Chance. Ich habe mich schon oft mit ihm unterhalten und er ist wirklich einer von den Guten. Er steht mit beiden Beinen im Leben, hat klare Ziele vor Augen und ist außerdem ausgesprochen nett. Nur ein Date, wenn du merkst, er gefällt dir nicht, behellige ich dich nie wieder."

Stöhnend hörte ich ihr zu und war mir ziemlich sicher, dass ich eines von seinen Zielen war und er nicht so schnell aufgeben würde. „Er hat mich nicht einmal richtig nach einem Date gefragt, sondern nur eine Karte geschickt, mit der er mich bittet, mit ihm auszugehen, also müssen wir darüber gar nicht nachdenken. Falls, und ich sage nur falls, er mich fragt, und damit meine ich persönlich, werde ich darüber nachdenken. Ich verspreche es dir. Ist das in Ordnung?"

Das Geschenk ließ ich mit Absicht komplett unerwähnt, denn dann hätte sie vermutlich bereits Pläne für die Hochzeit gemacht. Ich wusste jetzt schon, dass ich mein gerade gegebenes Versprechen nicht einhalten würde oder konnte. Meine Ängste bissen mir sprichwörtlich in den Arsch.

„Mehr habe ich nicht gewollt, mein Engel!", sagte sie in einem so liebevollen Ton, dass ich automatisch ein schlechtes Gewissen bekam.

Natürlich gab auch meine Mom nicht so schnell auf, denn sie war eine Frau auf einer Mission. Ich konnte förmlich spüren, dass Armor Angst um seinen Job bekam.

Als das Gespräch zu Ende war und wir aufgelegt hatten, kam mir der Gedanke, dass ich vielleicht doch noch eine passende Verwendung für den Helm hätte. Entweder beim nächsten Spaziergang mit Rocco, oder aber zum Schutz bei einem erneuten Zusammenprall mit sexy Männern, die mir gefährlich werden konnten.

Kapitel 10

Am Dienstag wiederholte sich das Spiel mit dem Postboten, der auch dieses Mal nur einen mürrischen Blick für mich übrig hatte, während er mir ein Päckchen in die Hand drückte. Der Absender war wieder Jackson. Mein Herz hüpfte wie bei einem Teenager und ich bekam feuchte Finger. Lächelnd nahm ich es entgegen und schenkte dem Griesgram keinerlei Beachtung mehr.

Aufgeregt verschwand ich in meiner Wohnung und öffnete das Paket. Als ich den Inhalt sah, musste ich auflachen.

Ein süßer Plüschboxer schaute mich an, um den Hals ein rosafarbenes Bändchen mit einer Karte.

„*Für den Anfang vielleicht weniger gefährlich. Geh mit mir aus. Jackson.*"

Seine Handynummer stand am unteren Rand.

Mein Herzschlag galoppierte mir davon und die Kolibris in meinem Bauch sagten nicht mehr ganz so leise *Hallo.*

Er machte es mir verdammt schwer, nein zu sagen. Ich betrachtete das kleine Fellknäuel, erhob mich und ging in mein Schlafzimmer, um ihn dort auf mein Bett zu setzen.

Danach rang ich ein paar endlose Minuten mit mir, nahm schließlich mein Handy vom Nachttisch und rief ihn mit mittlerweile vor Aufregung pitschnassen Händen an.

„Jackson Hunter?" Allein sein Name sorgte dafür, dass mir heiß wurde. *Konzentrier dich!!!*

„Hi, ich bin's, Rose. Ich wollte mich für deine Geschenke bedanken, dir aber gleichzeitig sagen, dass du damit jetzt aufhören musst.“ In meinen Ohren hörte sich das nicht ganz so überzeugend an, wie ich eigentlich sein wollte. Meine Stimme zitterte leicht und klang eine Oktave höher als sonst. Gedanklich trat ich mir in den Hintern und hätte am liebsten sofort wieder aufgelegt.

„Haben dir die Geschenke denn nicht gefallen?“. Die zurückhaltende Art und der sanfte Tonfall flossen wie Karamell über meine Nerven und hüllten mich ein. In diesem Augenblick wünschte ich mir, ich wäre jemand ohne Vergangenheit und mit mehr Vertrauen.

„Doch natürlich, nur wie gesagt, du kennst mich nicht und es ist besser, wenn das so bleibt.“ Wahrscheinlich dachte er eh schon, dass ich eine Frau mit sehr vielen Problemen war, und das traf den Nagel auf den Kopf.

„Rose, ich möchte dich wahnsinnig gerne kennenlernen und ich denke, wir haben einiges gemeinsam. Ich mag dich und es liegt nicht in meiner Natur, einfach aufzugeben, wenn ich spüre, dass es sich lohnt“, antwortete er stattdessen und ich wollte vor Frustration über mich und meine verkorkste Vergangenheit laut schreien. *Wieso war ich nicht frei und bereit?*

Ich seufzte geräuschvoll und verfluchte mich im Stillen. Seine Worte und der Klang seiner Stimme hatten mich fast soweit. Ich musste mich jetzt zusammenreißen, um nicht schwach zu werden.

„Jackson, du bist bestimmt ein netter Kerl. Aber ich habe das alles schon mehrmals durch, und das Ende war jedes Mal gleich. Ich bitte dich deswegen, damit aufzuhören und mich zu vergessen“, entgegnete ich entschlossen.

Bevor er noch irgendwas erwidern konnte und meine Mauern endgültig einen Riss bekamen, legte ich schnell auf.

Etwas neben der Spur setzte ich mich auf mein Sofa und schaute auf mein Handy.

Er rief tatsächlich nicht zurück, um mich vom Gegenteil zu überzeugen, und das war auch gut so. Genauso wollte ich es ja schließlich haben.

Warum fühlte ich mich dann bloß so beschissen?

Endlich war Freitag! Ich hatte schlechte Laune, zum einen, da ich so verkorkst war und zum anderen, weil ich Jackson einfach nicht vergessen konnte. Mit dem Schlafen hatte ich seit meinem Anruf bei ihm erhebliche Probleme.
Jede Nacht geisterte er durch meine Träume, und immer wachte ich auf und war allein. Auf der Arbeit angekommen machte ich mir erstmal einen großen, starken Kaffee.

„Ist alles in Ordnung bei dir?“, fragte mich Violet vorsichtig und musterte mich kritisch.

„Alles super, ich habe nur nicht gut geschlafen und werde das am Wochenende nachholen. Ich habe das Gefühl, mehr Ringe als Augen zu haben“, erwiderte ich und versuchte mich an einem Lächeln.

„Vielleicht heitert dich das ja auf, er ist kurz vor Ladenöffnung angekommen.“ Sie zeigte auf einen großen Wildblumenstrauß, den sie auf dem Tresen abgestellt hatte. Bis zu diesem Zeitpunkt war mir nicht klar gewesen, wie sehr ich mir ein Zeichen von ihm gewünscht hatte. Der Strauß war doch von ihm, oder?

„War eine Karte dabei?“, wollte ich aufgeregt wissen.

„Na, da sieh mal einer an, wie schnell du vom stinkigen Morgenmuffel zum Sonnenschein mutieren kannst!“, antwortete Violet lachend und sah mich vielsagend an. Ich erkannte seine Handschrift sofort und konnte nicht anders, als vor Freude zu lächeln.

„*Rose, ich hoffe, du nimmst mit diesen Blumen meine Entschuldigung an. Ich wollte dich nicht bedrängen und würde das irgendwann mit einem Essen wieder gut machen wollen, wenn du mich lässt. Du bestimmst das Tempo. Jackson*“

Grinsend hielt ich mir den Strauß mit der Karte an die Brust und roch an den wundervollen Blüten.

„Ich weiß nicht, was der Kerl getan hat, aber ich würde ihn verdammt gern kennenlernen, denn so habe ich dich noch nie gesehen.“ Violet guckte mich mit einem seltsamen Gesichtsausdruck an. Ich war mir nicht sicher, ob mir das gefiel.

„Wie sehe ich denn aus?“, hakte ich vorsichtig über die Blumen hinweg nach.

„Verliebt!“, schoss es prompt aus ihr heraus und sie grinste über beide Ohren, während ich mich betont lässig gab.

„Ach, jetzt fang du nicht auch noch an. Es ist nicht so, wie du denkst.“ Doch Violet hatte nur eine hochgezogene Augenbraue für mich übrig. Sie stellte damit klar, dass ich weder sie noch mich selbst verarschen sollte.

Jeden darauffolgenden Morgen wurde eine andere Sorte Blumen geliefert. Sie wurden nur durch die kleinen Nachrichten noch besser.

„*Ich wünsche dir einen wundervollen Tag.*“

„*Ich hoffe, du hast gut geschlafen.*“

Mein persönlicher Favorit war allerdings: „*Ich habe an dich gedacht.*“

Genau eine Woche hielt ich durch. Meine Wohnung roch mittlerweile wie in einem Blumengeschäft und es war unmöglich, nicht an ihn zu denken. Überall standen sie, verteilt auf jeder freien Oberfläche.

Für meine Verhältnisse ziemlich ängstlich und mich auf ungewohntem Terrain bewegend wählte ich wieder seine Nummer. Meine Hände zitterten leicht vor Aufregung und mein Magen zog sich zusammen, als ich seine Stimme hörte. Einen Moment lang hatte meine Angst vor einer neuerlichen Enttäuschung mich im Griff, doch dann gab ich mir selbst einen Ruck.

„Hallo Jackson? Du hast gewonnen! *Ein* Abendessen! Und wehe, du bringst Blumen mit.“

Kapitel 11

Samstagabend! Ich war so nervös wie nie zuvor in meinem Leben. Jackson wollte mich um sieben Uhr abholen und seit drei Stunden machte ich mich fertig - oder versuchte es zumindest. Ich duschte zu heiß und verbrannte mir fast die Kopfhaut. Beim Rasieren der Beine schlitzte ich mir beinahe die Wade auf. Danach kam das obligatorische „Was ziehe ich bloß an?!“, gefolgt von „Scheiße, ich habe nichts zum Anziehen!“ Es war ein totales Chaos und ich völlig panisch.

Irgendwann am Ende meiner Kräfte wählte ich einen schwarzen Jumpsuit mit kurzen Shorts und Carmen-Ausschnitt. Ich fand ihn cool und nicht zu sexy. Mit ein paar Schnürsandalen, die bis zu den Waden gewickelt wurden, komplettierte ich mein Outfit. Ich gab mir mit dem Make-up Mühe und versuchte, die Augenringe, die ich dank des Schlafmangels wegen meiner Aufregung hatte, unter Kontrolle zu bringen.

Ein großer Applaus für den Erfinder des Concealers. Dann ein wenig Lidschatten, Eyeliner sowie einen nudefarbenen Lippenstift und ich war fertig – nicht nur im übertragenen Sinne. Ich zitterte, meine Handflächen waren vor Nervosität feucht und mir war ein bisschen schlecht.

In meiner Not rief ich die Einzige an, die meine Nerven beruhigen und mich wieder zur Besinnung bringen könnte.

„Hallo, Lilly? Ich habe das Gefühl, vor Aufregung kurz vor einem Schlaganfall zu stehen! Ernsthaft, ich glaube, ich muss mich gleich übergeben!“, jammerte ich in den Hörer und ging dabei auf und ab, weil ich einfach nicht stillsitzen konnte.

„Rose, jetzt atme erstmal tief ein und aus. Dann wiederholst du das Ganze ein paar Mal, und danach erzählst du mir, was dir so viel Sorgen macht." Mit dieser ruhigen und liebevollen Stimme brachte sie mich immer runter, und so atmete ich erst einmal heftig ein und aus.

„Ich habe Angst, es zu vermasseln. Mit irgendeinem Kerl zu schlafen, ist kein Problem gewesen. Da bleiben Gefühle außen vor und mein Herz ist still. Doch ich mag Jackson. Ich habe versucht, mich dagegen zu wehren, aber Gott, ich mag ihn wirklich sehr!" Jetzt hatte ich es auch einer anderen Person gesagt, ich konnte und wollte es nicht mehr für mich behalten.

„Das ist was Gutes, oder etwa nicht?", erkundigte sie sich vorsichtig. Lilly war von uns dreien die Diplomatischste und Besonnenste, bei ihr gab es niemals Entscheidungen aus dem Bauch heraus.

„Aber nicht, wenn es wieder schief geht. Ich fürchte mich davor, Gefühle zu investieren, nur um am Ende erneut sitzengelassen und verletzt zu werden!", wandte ich ein und hätte sehr gern den Pessimisten in mir in die Tonne gehauen.

„Hör mir zu, Rose." Jetzt nahm Lillys Stimme einen ernsten Ton an und ich sah sie förmlich vor mir, wie sie sich hinsetzte und überlegte. Das machte sie immer, wenn sie einem ins Gewissen redete. „Jackson mag dich, so viel Aufwand betreibt man in der Regel nicht, um jemanden nur ins Bett zu bekommen. Sex könnte er weiß Gott unkomplizierter kriegen. Also hab ein bisschen Vertrauen und schau, was der Abend so bringt."

Ich beruhigte mich mit jeder Minute mehr und nahm mir vor, auf sie zu hören. „Okay, ich werde es auf mich zukommen lassen, und wenn er doch ein Arsch sein sollte, kotz ich ihm das nächste Mal in seinem Club einfach vor die Füße!“

Wir lachten beide bei der Vorstellung und langsam kam ich von meiner Panikattacke herunter. Nachdem sie mir nochmal versicherte, dass ich nichts zu verlieren hätte, versuchte ich, mich zu entspannen und mich auf den anstehenden Abend zu freuen.

Es war ja nicht so, dass ich mich dazu entschieden hätte, allem, was über Sex hinausging, ein für alle Mal abzuschwören. Doch die Vergangenheit hatte mir schmerzhaft gezeigt, dass Liebe immer weh tat. Ich war nach dem letzten Versuch vor drei Jahren fast untergegangen und fürchtete, eine neuerliche Enttäuschung nicht mehr zu verkraften.

Pünktlich um sieben Uhr klingelte es an der unteren Haustür und ich betätigte den Summer. Wenig später klopfte es und ich öffnete die Tür. Im Geiste machte ich bestimmt gute Konversation, doch in Wirklichkeit starrte ich ihn nur an. Jackson trug eine dunkle Jeans, dazu ein altes Metallica Bandshirt und seine Boots. Er sah einfach atemberaubend aus und sein Lächeln war umwerfend.

„Hallo Rose, du siehst wunderschön aus“, sagte er und sah mir dabei tief in die Augen. Er beugte sich vor und gab mir einen hauchzarten Kuss auf die Wange. Sofort nahm ich wieder seinen mich verrücktmachenden Duft wahr und musste wirklich an mich halten, um nicht zu auffällig einzuatmen.

„Du schaust auch gut aus, nettes Shirt“, faselte ich und wurde rot. *Machte man Männern solche Komplimente*?

Eilig riss ich meine Lederjacke von der Garderobe, denn ich musste mich kurz sammeln.

„Wir können meinetwegen los“, beeilte ich mich, zu sagen und lächelte ihn an. Als wir das Haus verließen und zu seinem Auto gingen, hatte ich Zeit, ihn mir noch ein bisschen anzuschauen.

Jackson war so um die eins neunzig groß und bewegte sich wie jemand, der sich sehr wohl in seiner Haut fühlte. Ich beobachtete seinen Gang und malte mir aus, wie er sich zwischen Laken bewegen würde. Als hätte er meinen Blick gespürt, drehte er sich zu mir um und lächelte wie die Sünde selbst.

„Ich bin wirklich froh, dass du mich angerufen hast“, sagte er fast liebevoll und sah mir dabei unverwandt in die Augen. Dass er es ernst meinte, konnte ich in seinem Gesicht sehen. Beinahe augenblicklich fühlte ich mich ein bisschen entspannter in seiner Gegenwart.

„Ich bin beeindruckt, dass du so hartnäckig warst“, erwiderte ich lächelnd und zuckte hilflos mit den Schultern.

„Ich war kurz davor, auf Gedichte umzusteigen, um dich zu beeindrucken.“ Er grinste jungenhaft.

„Dann bin ich ja froh, dass es nicht so weit gekommen ist.“ Ich lächelte amüsiert und zwinkerte ihm zu.

Er führte mich zu seinem Wagen und ich hielt vor Aufregung die Luft an. Seine Hand lag ganz leicht auf meinem Rücken, und die Hitze, die er ausstrahlte, machte mich total verrückt. Er ging zur Beifahrertür und machte mir die Tür auf, was ich mit einer hochgezogenen Augenbraue kommentierte.

„Gibst du heute den perfekten Gentleman?“, zog ich ihn auf, während ich mich in den weichen Sitz schmiegte und zu ihm aufschaute.

Jackson beugte sich langsam zu mir runter. Für einen Augenblick dachte ich, er würde mich jetzt küssen und hörte vor Anspannung auf, zu atmen. Doch kurz vor meinen Lippen stoppte er und sah mich durchdringend an. Sein Blick huschte von meinen Augen zu meinem Mund hin und her.

„Solange du nichts anderes möchtest, werde ich ein Gentleman bleiben. Deine Regeln, du erinnerst dich?“ Er zog sich zurück und schloss die Beifahrertür. Ich sah ihm atemlos zu, wie er um das Auto herumging und wusste, dass er mich durch seine Art schon am Haken hatte. Meine Hormone und meine Finger unter Kontrolle behalten zu müssen, würde extrem schwer werden.

Eine halbe Stunde später waren wir am Ziel und ich erstaunt und begeistert. Vor uns befand sich ein typischer American Diner. Mir gefiel sehr, dass er mich nicht in ein Edelrestaurant geschleppt hatte, um mir zu imponieren.

„Gefällt es dir oder sollen wir woanders hinfahren?“, fragte er mich noch im Auto sitzend. „Ich fahre öfters hierher und dachte, es würde dir vielleicht gefallen. Das Essen ist fantastisch.“

„Es ist perfekt, wirklich. Ich war schon Ewigkeiten nicht mehr in einem Diner und bin gespannt, was sie alles auf der Karte haben“, entgegnete ich und lächelte ihn dankbar an.

„Na, dann komm und lass uns sehen, was Elvis und Co so gegessen haben.“ Ich lachte und sah fasziniert zu, wie er ausstieg und wieder um den Wagen ging, um mir die Autotür zu öffnen.

„Ich könnte mich daran gewöhnen, dass man mir die Tür aufhält, Charming“, neckte ich ihn.

„Und ich mich daran, das für dich zu tun.“ Seine Hand legte er auf meinen Rücken und führte mich hinein.

Die ganze Zeit nahm ich nur seine Wärme wahr. Dort, wo er mich berührte, schien die Hitze, die von ihm ausging, auf mich überzuspringen. Heiße Schauer liefen mir vor Erregung über meine Haut und ich konnte an nichts anderes mehr denken. Ich fühlte mich geborgen und irgendwie angekommen, was mich im ersten Moment verwirrte. Meine Nerven waren angespannt und ich spürte förmlich, wie mein Körper unter seinen Fingern glühte, wollte ihn auf einmal überall auf mir spüren. Diese kleine Berührung war nicht annähernd ausreichend und ich schluckte schwer, weil er mich mit dieser harmlosen Geste so unter Strom setzte. Ich wollte unbedingt, dass dieser Abend perfekt war und hoffte, dass es ihm genauso ging.

Wir nahmen in einer Nische in der hintersten Ecke Platz, wo wir uns ungestört unterhalten konnten, und eine Kellnerin mit rotweißem Kleid und einer Schürze im Fünfziger-Jahre-Look brachte uns die Speisekarten.

Wir blätterten in ihnen und ich entschied mich für einen Hähnchen-Burger mit Süßkartoffeln sowie eine Coke. Jackson bestellte sich einen doppelten Bacon-Burger mit Käse, Pommes und einen Milchshake.

Etwas erstaunt sah ich ihn an, nachdem die Kellnerin mit unserer Bestellung gegangen war. „Wie schaffst du es, so auszusehen, wenn du dir andauernd dieses Zeug reinziehst?“, platzte meine Frage aus mir heraus, ehe ich richtig darüber nachdenken konnte. So war es immer in seiner Gegenwart.

Jackson fing zu lachen an und ich merkte zu spät, dass ich ihm schon wieder ein Kompliment gemacht hatte. „Wenn ich nicht gerade arbeite oder Hunde ausführe, gehe ich joggen oder ins Fitnessstudio."

„Das sieht man!", entschlüpfte es mir und ich spürte, wie meine Wangen heiß wurden. Ich hätte mir am liebsten selbst gegen das Schienbein getreten für mein idiotisches Verhalten.

Jackson grinste vielsagend und lehnte sich zu mir hinüber. „Freut mich, dass dir gefällt, was du siehst", raunte er mir zu und der heisere Klang seiner Stimme ließ mich noch einmal erschauern. „So geht es mir übrigens jedes Mal mit dir … du bist wunderschön, Rose."

Mein Herz stolperte. Ich spürte, wie seine Worte mich immer mehr in seinen Bann zogen. Um unser Gespräch wieder auf eine lockere Ebene zu bringen und weil ich nicht wusste, was ich darauf erwidern sollte, fing ich an, über Belangloses zu reden.

„Ich habe gerade erst mit dem Laufen begonnen. Um Rocco erneut auszuführen, brauche ich definitiv mehr Kondition!", plapperte ich drauflos und schaute ihn verlegen an, nicht sicher, ob meine Wangen mittlerweile aufgrund seines Kompliments rot leuchteten.

„Wir können ja mal zusammen laufen gehen", schlug er vor, doch ich schüttelte den Kopf.

„Ich möchte dich nicht bremsen, denn mein Fitnesslevel liegt ungefähr bei zwanzig Prozent und nach einer halben Stunde wälze ich mich mit Seitenkrämpfen quasi auf dem Boden", sagte ich lachend und er stimmte in mein Lachen mit ein.

„Ich werde es langsam angehen und mich deinem Tempo anpassen, kein Problem“, antwortete er und zwinkerte mir zu. *Sprachen wir hier noch vom Laufen, oder hatte nur ich versaute Dinge im Kopf, die mit schwitzenden, ineinander verschlungenen Körpern zu tun hatten?*

Die Bedienung kam mit unserem Essen und schweigend machten wir uns darüber her. Es war keine unangenehme Stille, die man unbedingt durch Worte füllen musste. Ab und zu konnte ich ein Stöhnen nicht unterdrücken, denn der Burger war so lecker. Als ich beim nächsten genussvollen Seufzen hochsah, hatte Jackson aufgehört zu essen und starrte mich an.

„Verdammt, habe ich Soße im Gesicht?“ Peinlich berührt blickte ich an mir herunter und wischte mir mit dem Finger über den Mund. Es war Gott sei Dank nichts zu sehen und ich schaute wieder zu ihm. Ein Muskel zuckte in seiner Wange, während er mich durchdringend musterte.

„Keine Soße, doch wenn du noch einmal so ein Geräusch von dir gibst, kann ich für nichts garantieren. Mit jedem Mal fällt es mir schwerer, ein Gentleman zu sein, Rose“, knurrte Jackson leise und trank einen großen Schluck von seinem Milchshake.

Ungelenk tupfte ich mir mit der Serviette über den Mund. „Sorry, das wollte ich nicht. Es ist einfach mit mir durchgegangen. Ich liebe gutes Essen, und das hier ist wirklich verdammt gut.“ Ich zuckte mit den Schultern und zupfte verlegen an der Speisekarte herum.

„Das muss dir nicht peinlich sein“, antwortete Jackson und nahm meine Hand über den Tisch in seine. „Ich mag, wie du dich anhörst, aber ich müsste schon ein Heiliger sein, wenn ich mir bei diesen Lauten nicht vorstellen würde, wann du diese Geräusche noch von dir gibst.“ Die ganze Zeit sah er mir dabei in die Augen und der Ausdruck in ihnen ging mir durch und durch. Nur ein einziger Blick von ihm war nötig, um mich vergessen zu lassen, dass ich vorsichtig sein musste. Seine Miene war verlangend und ich absolut nicht immun gegen ihn. Ein leichtes Streicheln seines Daumens über meine Handgelenke reichte aus, um mir wieder eine Gänsehaut zu bescheren.

Die Spannung zwischen uns nahm spürbar zu. Die Intensität der Empfindungen, die durch die Wärme seiner Hand ausgelöst wurde, ging mir unter die Haut und zog mich magisch zu ihm hin. Ich beugte mich näher zu ihm hinüber. Jackson kam mir über den Tisch entgegen und unsere Lippen berührten sich fast. Sein Atem kitzelte mich leicht und machte mich noch kribbeliger. Ich sehnte mich nach seinem Mund auf meinem, und unwillkürlich schloss ich langsam die Lider.

„Darf ich euch noch irgendetwas bringen? Einen leckeren Kirschkuchen oder den Apfelstrudel nach deutschem Rezept hätten wir heute im Angebot“, grätschte die Bedienung dazwischen und ich zuckte zurück. Der Augenblick war vorbei und ich blinzelte ein bisschen benommen.

„Möchtest du noch ein Dessert, Rose?“, hörte ich Jackson fragen. Auch er schien ein wenig neben der Spur, hatte aber ein Lächeln auf den Lippen. Es war, als wüsste er ganz genau, dass mich der Moment gerade völlig aus der Bahn geworfen hatte.

„Ja gern, etwas mit Schokolade wäre toll,“ antwortete ich heiser und räusperte mich ertappt.

„Dann für mich ein Stück Kirschkuchen und für meine Begleitung den Kiss of death." Die Bedienung zwinkerte ihm zu und ging davon.

„Was hast du mir da bestellt?", hakte ich neugierig nach, und hoffte, dass ich das Dessert überleben würde.

„Du wirst es lieben", meinte er geheimnisvoll und wackelte mit den Augenbrauen.

Wir lachten und als der Nachtisch wenig später kam, musste ich mich wirklich beherrschen, nicht in eine wahre Stöhn-Orgie auszubrechen.

Verdammt, war der Kuchen gut. Saftig, mit Schokostücken und einem flüssigen Schokoladenkern, der absolute Traum für eine Naschkatze wie mich. Jackson sah mir vergnügt beim Essen zu und ließ mich auch von seinem Kuchen probieren. Ich fühlte mich bei ihm wahnsinnig wohl, konnte viel mit ihm lachen und war froh, dass ich mich auf dieses Date eingelassen hatte.

Ich könnte mich an diesen Mann gewöhnen, vielleicht sogar in ihn verlieben!

Kapitel 12

Nach dem Dessert unterhielten wir uns über seine Arbeit.

„Wie bist du überhaupt auf die Idee gekommen, einen Club zu eröffnen und woher kommst du eigentlich?“, fragte ich ihn neugierig, denn ich wollte mehr von ihm wissen und weiterhin seine tolle Stimme hören.

„Ich bin in Carson City aufgewachsen, und da war es als Kind nicht gerade reizvoll, man hatte nicht viel außer Sport und Ödnis. Meine Eltern arbeiteten hart in einer Textilfabrik und ich war tagsüber oft allein. Meine Freunde und ich haben in der Schulmannschaft Football gespielt und uns danach auch auf dem Platz die Bälle zugeworfen. Später bewarb ich mich auf dem Western College und bekam ein Stipendium. Meine Leidenschaft gehörte dem Football und Gott sei Dank war ich gut darin. Doch kurz vor dem Abschluss hatte ich einen doppelten Bänderriss und meine Karriere als angehender Footballstar war Geschichte.“

Beim Erzählen konnte ich spüren, dass es ihn damals sehr getroffen hatte, und nahm seine Hand. Er drückte sie und erzählte weiter.

„Danach versank alles im Chaos, ich war wütend auf jeden und alles, wusste nicht, was ich mit meiner Zukunft anstellen sollte und fuhr mit meinen Freunden oft nach Vegas. Ich war mittlerweile einundzwanzig Jahre alt und hatte keinen Plan. Wir haben eine Menge dummer Dinge getan und ich bin nicht wirklich stolz drauf. Nach einer durchzechten Nacht wachten wir auf einem Parkplatz im alten Truck meines Kumpels

Darren auf und ich hatte den schlimmsten Kater aller Zeiten."

Er lachte und strich mit seinem Daumen über meine Finger. Wärme breitete sich in mir aus und ich genoss es, ihm zuzuhören. Er war so offen, und wie er über sich und seine Träume sprach, gefiel mir.

„Wir fuhren also verkatert nach Hause, und Darren sagte, das man mit Clubs, die in Vegas funktionierten, sicher auch überall anders Kohle machen könnte. Und so war die Idee geboren. Darren und Teddy nahmen die Karriere als Footballstars nicht ganz so ernst. Jeder von uns hatte etwas gespart und wir haben alles auf eine Karte gesetzt. Zusammen waren wir unschlagbar. So fing alles an."

„Wow, drei Jungs aus der Wüste, die sich ihren Traum erfüllen. Das ist großartig, Jackson. Gibt es euer Dreiergespann heute noch?", wollte ich neugierig wissen. Ich fand es schön, dass es in seinem Leben Freunde gab, die ihn schon so lange begleiteten, wie meine Freundinnen mich.

„Ja, uns gibt es noch, aber durch die neuen Projekte und die oft weit voneinander entfernten Städte treffen wir uns nicht mehr so häufig. Wir telefonieren, so oft es geht. Darren und Teddy sind mittlerweile verheiratet und leben in Nassau. Ich als Single übernehme dann das Reisen und die Planung vor Ort." Man spürte in jedem Wort, wie wichtig sie ihm waren. Ein weiterer Pluspunkt auf der Liste, die ich heimlich im Geiste führte.

„Wie alt bist du eigentlich und warum gibt es keine Mrs. Hunter?", erkundigte ich mich gespannt, denn ich wollte unbedingt wissen, wieso ein Kerl wie er noch Single und wo der sprichwörtliche Haken war.

„Ich bin jetzt zweiunddreißig und die Richtige war einfach nicht dabei. Was soll ich sagen? In der High-School hatte ich jede Menge Dates und auf dem College war ich zwei Jahre mit einem Mädchen namens Brenda zusammen. Als meine Sportkarriere den Bach runter ging, ging sie auch. Ich hatte mich wohl in ihr getäuscht. Sie war mehr auf den Ruhm aus, den mein Status als Sportler versprach, als auf mich." Er zuckte mit den Schultern. „Dann kamen die Clubs und irgendwie hat sich nie was Ernsteres ergeben."

Er sagte das absolut sicher und ruhig und ich glaubte ihm jedes Wort.

„Was ist mit dir, Rose? Was sind deine Wünsche für die Zukunft? Und wer hat dich so verletzt, dass du solche Angst hast, dich auf etwas Neues einzulassen?", wollte er wissen und beugte sich ein Stück zu mir vor. Die letzte Frage kam so aus dem Nichts, dass ich ihn nur anstarrte. Über meine Lippen kam kein Ton. Ich stellte entsetzt fest, wie mir Tränen in die Augen traten, und sah schnell nach unten. „Du musst es mir nicht erzählen, wenn du nicht möchtest. Aber ich würde wirklich gerne mehr über dich erfahren." Seine sanfte Art, mit mir zu reden, brachte mich dazu, ihm wenigstens ein bisschen von mir zu offenbaren.

„Also gut, ich erkläre dir, wie ein Mädchen wie ich mit einem wunderbaren Typen wie dir hier gelandet ist. Dafür brauche ich noch einen großen Milchshake."

„Das kriegen wir hin", sagte er und orderte uns Nachschub, während mein Herz mir fast aus der Brust sprang.

Nachdem die Kellnerin wieder gegangen war, atmete ich noch ein paar Mal tief durch und fing zögernd an. „Ich bin geboren und aufgewachsen in einem kleinen Örtchen in Minnesota. Meine Eltern waren das typische Klischee einer gutbürgerlichen Bilderbuchfamilie. Ich bin ihr einziges Kind geblieben, was ich extrem schade fand, denn ich hätte gern einen Bruder oder eine Schwester gehabt.“ Ich lächelte ihn an und rührte unbeholfen in meinem Milchshake, den die Bedienung soeben gebracht hatte. „Später bin ich aufs College gegangen, um Design zu studieren, mit dem Ziel, eines Tages mein eigenes Schmucklabel zu gründen. Das Studium habe ich mit Bravour bestanden, einen Job in der Mode- oder Schmuckbranche zu finden, ist allerdings wirklich sehr schwer. Also bin ich vor einigen Jahren hierhergezogen. Leider bekam ich hier auch nur Absagen und ohne das nötige Startkapital rückte mein Traum in weite Ferne. Dann habe ich durch Zufall ein Schild im Fenster eines Schmuckladens gesehen und der Rest ist Geschichte.“ Ich nahm einen großen Schluck von meinem Milchshake und hoffte, Jackson würde keine Fragen stellen.

„Und wieso hast du keinen Ring am Finger? Du bist klug, schön, lustig und wahnsinnig sexy. Erzähl mir nicht, es hat dich keiner gefragt?“ Er wartete auf eine Erklärung, und ich wusste nicht, wie ich vom Thema ablenken sollte.

„Ich bin gern allein“, konterte ich etwas kühl und zog dabei die Schultern hoch, was eher kontraproduktiv war.

„Das glaube ich nicht, niemand ist gern allein.“ Seine Antwort kam wie aus der Pistole geschossen und ziemlich energisch.

„Manchmal ist es so besser, das habe ich auf die harte Tour gelernt. Ich bin Meisterin im verlassen werden“, entgegnete ich schärfer als beabsichtigt.

Ich versuchte, die geplatzte Bombe mit einem Lächeln abzumildern, aber mir war schlecht, weil ich mich aus meiner Deckung gewagt hatte. Noch dazu beschäftigte mich die Sorge, welchen Eindruck er nun von mir hatte. Schlimmstenfalls dachte er gerade, dass die Kerle vermutlich einen guten Grund gehabt hatten, um mit mir Schluss zu machen. Gab es da nicht diese bescheuerte Regel, dass man beim ersten Date niemals über vergangene Beziehungen reden sollte?

Ich hatte dem hier mit meiner Offenbarung wahrscheinlich soeben den Todesstoß verpasst, bevor überhaupt irgendetwas daraus werden konnte.

Jackson sah mich nur ernst an und es entstand ein unangenehmes Schweigen. Ich hätte mich am liebsten für das offensichtliche und durch mich verschuldete Ende dieses an sich schönen Abend geohrfeigt. Er würde jetzt sicherlich eine Ausrede erfinden, um mir zu entkommen.

„Wollen wir noch ein wenig spazieren gehen?“, fragte er mich stattdessen und überraschte mich damit total. Aber ich war nicht wirklich fähig, Freude vorzutäuschen, obwohl er mir gerade eine Brücke baute. Ich fürchtete, dass er das lediglich aus Höflichkeit tat und wollte mich nur noch unter der Bettdecke verstecken und mir selbst in den Arsch treten.

„Würdest du mich nach Hause fahren, bitte? Ich muss morgen früh raus“, antwortete ich geknickt und schaute resigniert auf den leeren Milchshake in meiner Hand.

Es klang nach einer Ausrede und das war es ja auch. Ich war überfordert und wollte, dass die Peinlichkeit ein Ende nahm. Er war so nett und normal, und das machte ihn in Kombination mit seinem Aussehen einfach unwiderstehlich für mich. Ich dagegen war komplexbeladen, zu oft verletzt worden und scheinbar nicht in der Lage, einem wundervollen und obendrein sexy Typen wie Jackson zu vertrauen.

Er zahlte, wir verließen das Diner und fuhren schweigend den Weg zu mir zurück.

Dieses Mal war die Atmosphäre im Auto angespannt, und ich zuckte zusammen, als er meine Hand nahm und seine Finger mit meinen verflocht. Es war überraschend und verwirrte mich komplett. Vor meiner Haustür angekommen, löste er unsere Verbindung, stieg aus, half mir aus dem Wagen und brachte mich zur Tür.

„Es war ein toller Abend und ich hoffe, wir können das bald wiederholen?" Jackson fragte das so selbstverständlich, dass ich mich erstaunt zu ihm umdrehte. *Er wollte mich Katastrophenbraut noch einmal wiedersehen?*

Seine Hände legte er leicht auf meine Hüften. Das fühlte sich so normal an, als wäre es schon immer so zwischen uns gewesen. Plötzlich wollte ich nicht mehr, dass dieser Abend vorbei war und er ging.

„Ich bin nicht ständig so eine Zicke wie heute. Wirklich nicht. Ich bin es nur nicht mehr gewohnt", murmelte ich und zeigte zwischen ihm und mir hin und her.

„Was meinst du damit?", hakte er nach und sah mich neugierig an.

„Na ja, Dates halt, und sexy, nette Kerle wie dich", entgegnete ich unbeholfen. Ich schaute auf den Boden und kam mir vor wie der letzte Mensch. *Wieso konnte ich nicht einfach mal an den richtigen Stellen die Klappe halten?*

Er lachte nur und zog mich ein bisschen näher zu sich heran. „Dann wird es Zeit, dass du etwas Übung darin bekommst. Schau mich an, Rose“, raunte er mir leise zu. Er nahm sanft mein Kinn zwischen Daumen und Zeigefinger und zwang mich so, ihn anzusehen. „Ich mag dich, und das seit dem ersten Augenblick im Supermarkt, als du mich quasi angefallen hast.“ Ich wollte protestieren, doch er legte mir den Daumen auf die Lippen und fuhr langsam über sie. „Du bist wunderschön, wenn du errötest und sinnlich, wenn du lachst. Und du machst mich absolut verrückt machende Geräusche, wenn du genießt.“

Jetzt hatte ich das dringende Bedürfnis, ihn zu küssen und in meine Wohnung zu zerren. Er war so heiß und mir zu nah. Ich stand sprichwörtlich in Flammen, so sehr begehrte ich ihn.

„Gute Nacht Rose, ich hoffe, wir sehen uns bald wieder.“ Nach diesen Worten küsste er mich leicht auf den Mundwinkel und ich stöhnte allein aufgrund dieser hauchzarten Berührung. Jacksons Blick brannte sich in meinen und ich wusste, ich wollte ihn wiedersehen.

„Es war perfekt heute, ich danke dir für diesen tollen Abend“, sagte ich zögernd und strich ihm mutiger werdend über die Wange.

Er schloss für einen Moment seine Lider, gab einen heiseren Laut von sich und zeigte mir damit ganz offen, wie sehr es ihm gefiel. Kurz darauf schlang er seine Arme wieder um meine Hüften. Meine freie Hand legte ich auf seine Schulter und sah zu ihm hoch. Ich nahm meinen gesamten Mut zusammen, überbrückte die letzten Zentimeter und küsste ihn. Leicht und ohne Eile. Sanft und ohne Zunge. Mit einem Gefühl von *mehr* in meinem Bauch.

Jackson erwiderte den Kuss genauso sanft und es war einfach spektakulär. Ein ruhiges Annähern von zwei Menschen und ein kleiner Funke, der in diesen Augenblicken übersprang. Als unser zärtlicher Kuss endete, war ich außer Atem, mein Puls ging schnell und ich spürte meinen rasenden Herzschlag in jeder Faser meines Körpers. Jackson sah auf mich hinunter und fuhr leicht mit seinen Fingern durch mein Haar.

„Unser erster Kuss war der Wahnsinn. Aber dieser hier … dieser hier war fantastisch. Küssen könnte mein neuestes Hobby werden“, meinte er lächelnd und ich hörte mein Herz kleine Salti schlagen.

Danach senkte er seinen Mund erneut auf meinen, um mich wieder zu küssen. Wir standen noch eine Weile Arm in Arm und küssten uns, bis er mich langsam losließ.

„Ich ruf dich an, versprochen“, flüsterte er und drückte seine Lippen auf meine Stirn, ehe er zu seinem Wagen ging und davonfuhr.

Ich brauchte eine Minute, um die Tür aufzuschließen, denn meine Hände zitterten vor Aufregung. Die Treppe zu meiner Wohnung schwebte ich quasi hinauf. Ich befand mich in einem Zustand, der sonst nur durch einen Becher Ben & Jerrys verursacht wurde: *Glückseligkeit*!

Mr. Goldstein kam mir entgegen und sah mich überrascht an.

„Nanu, junge Dame, wo kommen Sie denn zur späten Stunde noch her? Und was hat es mit diesem zauberhaften Lächeln auf sich?“, fragte er neugierig und blickte mich aus weisen Augen an. Seine buschige, graue Augenbraue hob sich erwartungsvoll und ich wollte ihn nicht enttäuschen.

„Ich hatte ein Date", verkündete ich freudestrahlend und grinste vermutlich ein bisschen debil.

„Ich sagte Ihnen doch, meine Liebe, irgendwo gibt es immer den passenden Deckel für den Topf oder so ähnlich. War bei meiner Louise und mir nicht anders. Einmal gesehen und fast fünfzig Jahre verheiratet. Es war die glücklichste Zeit meines Lebens und es vergeht kein Tag, an dem ich sie nicht vermisse." Sein Mund verzog sich zu einem traurigen Lächeln.

„Ich kann Sie gut verstehen, es muss ein Geschenk sein, den Einen beziehungsweise die Eine zu finden", erwiderte ich mitfühlend.

„Vielleicht haben Sie das ja bereits", antwortete er und zwinkerte mir zu.

„Sie sind ein Romantiker, Mr. Goldstein, aber genau heute finde ich das toll."

Mr. Goldstein tätschelte meinen Arm und ging in seine Wohnung zurück. Mein Grinsen wurde nicht weniger, als ich mein Appartement betrat und den Abend noch einmal Revue passieren ließ.

Es war ein großartiges, erstes Date, trotz meines Patzers. Ich kam nicht umhin, mir einzugestehen, dass Jackson es geschafft hatte, sich dauerhaft in meine Gedanken zu schleichen. Vielleicht sogar ein bisschen in mein Herz. *Wir werden sehen*, dachte ich so bei mir und machte mich fertig fürs Bett. Dort angekommen und in die Decke eingehüllt sah ich noch einmal zu dem Plüschhund. In dem Moment gab mein Handy ein Signal und eine WhatsApp-Nachricht erschien.

„Schlaf gut und träum was Schönes. Jackson"

„Du auch!", schrieb ich zurück und legte das Telefon zur Seite. Mit einem quasi fest getackerten Grinsen schlief ich glücklich ein.

Kapitel 13

Am nächsten Morgen wachte ich entspannt und absolut ausgeschlafen auf. Sonntags stellte ich mir generell keinen Wecker. Mein erster Blick fiel aufs Handy und mein Herz ging ein bisschen schneller, als ich sah, dass eine weitere Nachricht von Jackson eingegangen war.

„Ich wünsche dir einen tollen Tag und kann es nicht abwarten, dich wiederzusehen. Jackson."

Es könnte sein, dass ich in meinem Bett einen kurzen Freudentanz aufgeführt habe. Jetzt musste ich ein wenig aus meinem Schneckenhaus herauskommen, wenn ich es nicht wieder versauen wollte, das war mir klar.

„Ich habe von dir und dem wahnsinnig fantastischen Schokokuchen geträumt", antwortete ich und setzte noch einen Lach-Smiley dazu, ehe ich das Smartphone beiseite legte und aufstand.

Mit mehr Elan als sonst zog ich mir schwarze Yogahosen, ein Tanktop mit dem Band-Logo der Ramones und meine geliebten Chucks an. Wie Jackson hatte ich ein Faible für alte Bands und die Shirts waren eine Hommage an die gute Musik von früher. Schnell noch geduscht, die Zähne geputzt, einen hohen Zopf gebunden und ich war fertig für ein Date mit meiner Mom und Rocco. Ich beschloss, das Frühstück ausfallen zu lassen, denn scheinbar ließen die Schmetterlinge in meinem Bauch keinen Platz mehr für Essen.

Draußen angekommen wurde ich erstmal von Sonnenstrahlen begrüßt und ging gut gelaunt zu meinem Wagen, der hinter unserem Wohnhaus stand. Bevor ich losfuhr, setzte ich meine Sonnenbrille auf und stellte die Musik auf volle Lautstärke.

Enter Sandman von Metallica schallte mir entgegen und ich musste laut lachen. Man könnte glatt meinen, das Universum wollte mir ein Zeichen geben und so machte ich mich auf den Weg. Die Strecke zum Tierheim verbrachte ich lauthals singend, definitiv schräg, aber glücklich. Ich liebte Musik fast so sehr wie meine Bücher. Anhand von Liedern konnte ich mich gut an Ereignisse erinnern. Wenn zum Beispiel Paul Simons *Call me Al* lief, musste ich an die Abende denken, die Dallas und ich nach irgendwelchen Partys betrunken zusammensaßen, jede Menge Wein tranken und uns über das Video kaputtgelacht hatten. Bei der Musik von Depeche Mode fielen mir Konzertnächte ein. Wie wir die Band live und aus nächster Nähe gesehen hatten, und die sonst eher schüchterne Lilly in absoluter Euphorie rief: *Dave, ich will ein Kind von dir!* Wir mussten so lachen, dass mir das Bier aus der Nase lief.

Allerdings gab es auch Lieder, die mir immer noch das Herz brachen. Ich schaltete dann sofort ab, um mich nicht erinnern zu müssen. Doch heute war kein Platz für traurige Gedanken. Ich genoss die Fahrt und den Wind in meinen Haaren.

Meine Mom wartete schon mit einer Decke in der einen und einem Picknickkorb in der anderen Hand auf mich. Ich umarmte sie zur Begrüßung und gab ihr einen dicken Kuss auf die Wange.

„Da hat aber jemand gute Laune“, meinte sie nur mit einem neugierigen Unterton, lachte und musterte mich forschend.

„Ich weiß nicht, was du meinst“, erwiderte ich und grinste zurück.

„Schätzchen, ich kenne dich besser, und du brauchst gar nicht so unschuldig zu tun. Fürs Erste lasse ich dich vom Haken. Hol unsere kleine Kampfmaschine und lass uns einen ruhigen Platz suchen, damit ich dich ordentlich aushorchen kann.“ Sie zeigte herausfordernd auf die Eingangstür.

„Okay, wenn ich jedoch gleich an dir vorbei spurte und von Rocco wieder in den Wald verschleppt werde, ist das deine schuld!“, verkündete ich theatralisch und ließ meine lachende Mom zurück. Rocco war schon angeleint. Er sprang nach dem Verlassen seines Zwingers an mir auf und ab und bekam sich vor Freude gar nicht mehr ein.

„Ist ja gut, mein Hübscher, wir gehen jetzt die Gegend unsicher machen“, erklärte ich Rocco, während ich ihn zum Ausgang führte.

Wie nicht anders erwartet, zerrte der Boxer ohne Ende, bis wir vor dem Tierheim waren. Er sah meine Mom, rannte noch schneller und beinahe hätte ich mich erneut lang gemacht. Abrupt stoppte er direkt vor ihr, setzte sich hin und hob die Pfote. Erstaunt und komplett außer Atem sah ich zu, wie meine Mom sich zu ihm hinunter beugte und seinen Kopf streichelte.

„Da ist ja mein Feiner, warst du auch lieb zu Rose?“, fragte meine Mom in dieser komischen, niedlichen Art, wie es oft bei Tierbesitzern der Fall war. Er sah sie mit treuen Hundeaugen an und ich schnaubte nur spöttisch.

Ab diesem Zeitpunkt war er der ruhigste Hund und ging brav bei Fuß. Kein Ziehen, kein Jaulen, nichts. Ich schüttelte nur mit dem Kopf und nahm mir vor, im

Internet zu recherchieren, um mir den einen oder anderen Tipp im Umgang mit Hunden zu holen.

Sobald wir im Wald angekommen waren, Rocco von der Leine gelassen und uns ein gemütliches Plätzchen gesucht hatten, fing die Inquisition auch schon an.

„Und, was hast du gestern Abend gemacht, dass du heute so gute Laune hast?“, kam es unschuldig von der Seite. Irgendwie hatten Mütter einen siebten Sinn für Neuigkeiten. Sie blickte mich erwartungsvoll an und nahm sich dann eine Flasche Mineralwasser aus dem Korb.

„Wie kommst du darauf, dass ich gestern Abend etwas Besonderes gemacht habe?“, versuchte ich, sie noch ein bisschen zappeln zu lassen. In aller Seelenruhe holte ich einen Teller aus dem Picknickkorb und füllte ihn mit Obst und selbstgemachten Sandwiches. Danach stopfte ich mir ein Stück Kuchen in den Mund und kaute genüsslich.

„Ich weiß ganz genau, dass du etwas zu erzählen hast. Deswegen klär deine arme Mutter auf, ich werde schließlich nicht jünger.“ Ihr Gesichtsausdruck ähnelte der Unschuldsmiene von Rocco, sodass ich schnell meinen Rest Kuchen hinunterwürgte, ehe ich mich aufgrund des in mir hochsteigenden Lachens verschluckte.

„Also gut, du hast gewonnen. Ich hatte gestern Abend ein Date. Mit Jackson“, erzählte ich ihr, glücklich wie schon lange nicht mehr. Ich strahlte bei diesen Worten wahrscheinlich mit der Sonne um die Wette.

„Oh, ich freue mich so. War es nett und was habt ihr gemacht?“, fragte sie neugierig. Das war es, was ich so an meiner Mom liebte. Sie wollte immer nur das

Beste für mich und würde alles tun, um es mir zu ermöglichen.

„Es war toll. Wir waren in einem Diner, haben viel gelacht und geredet und am Ende habe ich ihn zum Abschied geküsst." Mittlerweile waren meine Wangen vermutlich am Glühen, so heiß fühlten sie sich an.

„Ich hatte also recht, dass Jackson einer von den Guten ist, hm?", stichelte meine Mutter mit einem selbstzufriedenen Gesichtsausdruck.

„Ja, ich glaube, das hattest du. Ich fühle mich das erste Mal seit der Geschichte mit Frank wieder gut und würde ihn wahnsinnig gern wiedersehen", schwärmte ich und stützte mich mit den Ellbogen nach hinten ab. Verträumt und mit geschlossenen Augen legte ich den Kopf in den Nacken.

„Dann trifft es sich ja gut, dass ich heute hier bin", hörte ich eine tiefe Stimme hinter mir und fuhr erschrocken zusammen.

„Verdammt, bist du vielleicht in deiner Freizeit auch noch ein Ninja?", wollte ich von ihm wissen, denn ich hatte ihn nicht kommen hören. Ich hielt in meiner Bewegung inne und sah zu ihm hoch, während meine Wangen immer wärmer wurden. Vermutlich sah ich mittlerweile aus wie ein Feuermelder, so peinlich war es mir, dass er mich bei meiner verliebten Schwärmerei erwischt hatte.

„Ich wünschte, ich wäre es, dann hätte ich noch mehr deiner Geheimnisse erfahren", gab er lachend zurück und sah zu meiner Mom. „Hallo Mrs. McAllister, schön, Sie wiederzusehen", begrüßte er meine Mom mit einem Lächeln.

„Mein Lieber, setzen Sie sich doch zu uns, es reicht für drei!", bat sie ihn und zeigte auf den Platz neben mir. Sie zwinkerte mir so auffällig zu, dass Jackson ein leises Lachen ausstieß.

„Oh bitte, gebt mir ein Loch zum Verschwinden“, murmelte ich vor mich hin und sah zu Boden. Ich merkte, wie er sich zu mir auf die Decke setzte und mich dann mit dem Ellenbogen anstupste.

„Alles ist gut, entspann dich. Ich habe nicht viel gehört“, sagte er und ich sah ihn skeptisch an. Seine braunen Augen funkelten belustigt. Ich konnte nichts anderes tun, als mich in seiner Gegenwart wohlzufühlen.

Jackson und meine Mom verstanden sich wirklich gut. Sie fragte ihn nach seiner Arbeit und er erzählte ihr bereitwillig davon. Ich hörte ihnen zu, redete mit ihm über Musik und erfuhr, dass er die gleichen Bands wie ich mochte. Wir waren auf einigen Konzerten, ohne uns jemals begegnet zu sein. Ab und zu sah ich über meine Schulter, um zu prüfen, was Rocco so trieb, doch der war ganz in seinem Element. Er spielte mit der Hundedame Bella, die Jackson heute wieder dabeihatte.

„Da scheint sich ja ein neues Traumpaar zu bilden“, meinte meine Mom und sagte das so, als würde sie über die Hunde sprechen, visierte jedoch nicht die Vierbeiner, sondern Jackson und mich an.

„Ehrlich Mom, geht es vielleicht noch ein wenig platter?“, wollte ich peinlich berührt wissen. Ich konnte einfach nicht glauben, wie unmöglich sie gerade war und dankte im Stillen Gott dafür, dass sie bei früheren Treffen mit Männern nicht dabei gewesen war. Ich wäre auf immer Single geblieben. Obwohl, wenn man darüber genauer nachdachte, hätte ich mir eine Menge Ärger erspart.

Jackson schien es nichts auszumachen, er nahm sogar meine Hand und drückte sie zärtlich. „Die beiden geben ein komisches Paar ab. Und ich glaube, Bella steht nicht so auf den stürmischen Typ.“ Er hatte der Peinlichkeit ein bisschen die Spitze genommen. Mich beschlich das Gefühl, dass er auch mir zwischen den Zeilen damit sagen wollte, dass er mir die Zeit gab, die ich benötigte, und das rührte mich.

„Ein stürmischer Typ kann eine tolle Sache sein, wenn man sich sicher fühlt“, wisperte ich und schaute wieder zu den Hunden. Jacksons Blick konnte ich überdeutlich auf mir spüren, vermied jedoch weiter angestrengt jeglichen Augenkontakt. Bella war tatsächlich nicht mehr so angetan von dem Gewusel und knurrte Rocco an. Er war ihr wohl doch zu temperamentvoll. Der Rüde zog den Schwanz ein, kam zu uns getrottet und legte sich zu mir, seinen Kopf auf meinem Schoss. Ein bisschen erstaunt, aber auch ziemlich geschmeichelt von seinem Vertrauen, kraulte ich ihn und er schloss die Augen.

„Was würde ich dafür geben, jetzt der Hund zu sein.“ Jackson sprach nah an meinem Ohr und die Gänsehaut zog an meinen Armen hoch, als ich seinen Atem an meinem Hals spürte. Er lächelte mich liebevoll an.

„Vielleicht ergibt sich ja irgendwann mal die Gelegenheit“, murmelte ich und erschauerte wohlig angesichts seines daraufhin noch breiter werdenden Lächelns.

Jackson zwinkerte mir zu und wandte sich anschließend an meine Mutter, um sie wieder in eine Unterhaltung zu verwickeln. Wir genossen unser

Beisammensein, das schöne Wetter und sprachen über alltägliche Dinge. Es war ein perfekter Sonntagnachmittag.

Irgendwann wurde es merklich kühler, sodass wir die Sachen zusammenpackten und nach den Hunden riefen. Rocco blieb diesmal friedlich, vielleicht war er ein wenig eingeschnappt. Er beachtete Bella nicht mehr und ging angeleint an meiner Seite. Die Hündin hingegen lief ohne Leine neben Jackson her, und warf ihm schmachtende Blicke zu, die Rocco wahrscheinlich neidisch gemacht hätten. *Ich konnte Bella so gut verstehen.* Wir spazierten in angenehmem Schweigen nebeneinander her. Irgendwann fühlte ich Jacksons Hand in meiner. Wieder kam dieses Gefühl hoch, als hätte ich das schon Hunderte von Malen mit ihm getan.

Meine Mom nahm uns beide Hunde ab, als wir vor dem Tierheim ankamen. Sie verabschiedete sich mit der Ausrede, noch etwas klären zu müssen. Ich küsste sie zum Abschied auf die Wange, umarmte sie und flüsterte ihr ins Ohr. „Du solltest damit Geld verdienen. Deine Kuppelei ist wirklich unglaublich“, schimpfte ich sie liebevoll.

Lediglich ein leises Schnaufen war von ihr zu hören. „Wenn es wirkt!“, entgegnete sie, löste sich von mir und gab Jackson zu verstehen, dass sie ihn gern häufiger hier sehen würde. Er freute sich und gab ihr das Versprechen, es so oft wie möglich zu versuchen.

Schließlich standen wir vor meinem Wagen und ich hielt nach wie vor seine Hand.

„Das ist ein cooler Schlitten, Rose.“ Er bewunderte meinen Liebling und ich sah ihn lächelnd an. „Ich hätte eigentlich nicht so erstaunt sein sollen. Coole Frau, cooles Shirt und dieses Baby hier. Perfekt!“, sagte Jackson, kam näher zu mir und nahm mich in den Arm.

„Jetzt fehlen nur noch die ganzen Tattoos und ich bin eine echte Rockerbraut, was?“, scherzte ich grinsend und bemerkte, dass er mit dem Kopf schüttelte.

„Nein, du bist perfekt, so wie du bist“, meinte er leise und fuhr langsam mit seinen Lippen über meinen Hals.

„Danke“, war das Einzige, was ich in diesem Augenblick sagen konnte, denn ich konzentrierte mich nur auf seine Berührungen. Verzweifelt versuchte ich, mich davon abzuhalten, irgendetwas Unüberlegtes zu tun.

Jackson hörte auf, schaute auf meinen Mund und dann in meine Augen.

„Ich werde dich jetzt küssen, Rose“, raunte er und verringerte den Abstand zwischen uns, bis ich seinen Körper dicht an meinem spüren konnte. „Den ganzen verdammten Tag lang musste ich an unseren letzten Kuss … an deinen Geschmack denken.“

Mir blieb bei seinen Worten fast das Herz stehen. „Jackson … bitte“, hauchte ich und unsere Lippen berührten sich. Er schlang die Arme noch ein bisschen fester um mich und ich legte meine um seinen Hals.

Der Kuss wurde schnell ziemlich sexy. Vielleicht lag es daran, dass wir den ganzen Nachmittag miteinander verbracht hatten, ohne uns wirklich zu berühren. Ich stöhnte, er knurrte rau und ich wünschte, wir wären allein. Langsam glitt er mit der Zunge über meine Unterlippe und eroberte dann meinen Mund. Ich kam ihm voller Eifer entgegen. Unsere Zungen führten einen sinnlichen Tanz auf und mir wurde in der kühlen

Abendsonne immer wärmer. Eine Gänsehaut breitete sich auf meinem gesamten Körper aus und ich erzitterte. Es war lange her, dass ich so etwas gefühlt hatte und es nahm mir schier den Atem. Jeder Kuss war anders, jeder besser als der vorangegangene, und das war neu und aufregend. Jackson strich mir über die Arme und löste sich langsam von mir. Mit einem hungrigen Blick sah er mich an.

„Ich werde jetzt lieber Gute Nacht sagen, bevor ich mein Versprechen vergesse und dich mit nach Hause nehme. Und ich versichere dir, es fällt mir verdammt schwer, das nicht zu tun." Sein Atem kam angestrengt und seine Stimme war ein bisschen tiefer als sonst.

„Mir fällt es gerade genauso schwer, das kannst du mir glauben", entgegnete ich und fächelte mir mit der Hand Luft zu.

„Ich möchte das hier richtig machen, es langsam angehen lassen … für dich und für mich. Das hier ist mir wahnsinnig wichtig und ich will es nicht verkacken, indem ich zu forsch vorgehe und dich damit verschrecke." Jackson klang ernst und aufrichtig.

Genau in diesem Moment brach ein Stück meines Panzers einfach weg. Es fühlte sich ungewohnt an und ich wusste bis zu diesem Zeitpunkt gar nicht, wie sehr ich immer noch gelitten hatte. Ich rieb mir mit der Hand über den Brustkorb und versuchte, diese neue Empfindung einzuordnen.

Zum Abschied küsste ich ihn noch einmal mit vollem Einsatz und ausgiebig, dann stieg ich in mein Auto. Jackson klopfte gegen mein Seitenfenster und ich kurbelte es hinunter.

„Ich muss morgen beruflich nach Chicago, aber ich melde mich, sobald ich zurück bin", informierte er mich zerknirscht, als hätte er Angst, ich würde ihm nicht glauben. Ein bisschen war ich enttäuscht, dass ich ihn so bald nicht wiedersehen würde, doch das sagte ich nicht.

„Okay, ich wünsche dir viel Spaß und das geschäftlich alles so läuft, wie du es dir vorstellst“, antwortete ich stattdessen, und hoffte, dass ich mich locker anhörte.

„Ich werde jeden Tag an dich denken und versuchen, mich zu melden.“ Er wusste wirklich, wie man ein Frauenherz zum Schmelzen brachte.

„Und ich würde mich freuen, deine Stimme zu hören!“, gab ich ehrlich zurück. Langsam wurde ich immer besser darin, meine Gefühle in Worte zu fassen.

Er beugte sich vor und gab mir einen letzten sanften Kuss, der mir durch und durch ging. *Das wird eine lange Woche werden*, dachte ich so bei mir, ließ den Motor an und fuhr vom Parkplatz im Rückspiegel sah ich ihn langsam kleiner werden und sehnte mich bereits jetzt nach ihm.

Kapitel 14

Die Tage nach Jacksons Abreise vergingen sehr zäh. Ich vermisste ihn schon am Montag und es würde noch bis frühestens Sonntag dauern, bis ich ihn wiedersah. Er war zwar unheimlich beschäftigt, wie er mir Montagabend am Telefon kurz berichtet hatte, versuchte jedoch trotzdem, Zeit zu finden, um mich anzurufen oder eine Nachricht zu schreiben. *Wie schnell man jemanden vermissen konnte, den man kaum kannte.*

Ich bemühte mich, mich zusammenzureißen und nicht wie ein liebeskranker Teenager herumzulaufen, aber das war einfacher gesagt als getan. Bei der Arbeit beobachtete Violet meine gedämpfte Laune, sagte jedoch nichts weiter dazu. Stattdessen unterhielten wir uns über die neuen Schmuckstücke, die eingetroffen waren.

Wieder einmal wurde mir das Herz schwer, dass ich meine Kreativität nie in vollem Maße würde ausleben können. Zwar hatte ich unzählige Ideen für außergewöhnlichen Schmuck und Accessoires, doch mir fehlte das nötige Geld. Ich wollte mich deswegen weder verschulden noch meine Mom anpumpen, das lag nicht in meinem Naturell. Unter allen Umständen wollte ich es alleine schaffen, und vielleicht würde es irgendwann ja auch etwas werden.

Violet räumte die Vitrinen leer und säuberte sie, während ich die langen Ketten und Ohrringe auf der kunstvollen Deko arrangierte. Wir waren ein perfektes Team und ich mochte meine Arbeit doppelt so gern, wenn sie mit mir zusammenarbeitete. Allerdings fiel mir auf, dass Violet ziemlich ruhig war und oft in Gedanken schien. Sonst sprühte sie vor guter Laune und lautem Geplapper. Als ich am Mittag mit zwei Bechern Kaffee und Muffins aus der Bäckerei kam, setzten wir uns hinten in den Pausenraum und ich sprach sie darauf an.

„Sag mal, Violet, ist alles okay? Du wirkst den ganzen Tag schon irgendwie niedergeschlagen." Ich nahm ihre Hand und drückte sie liebevoll. Sie sah mich traurig an und das kannte ich von ihr überhaupt nicht.

„Ich habe keine Ahnung. Eigentlich weiß ich nicht, ob ich dazu irgendeinen Grund habe, aber ich mache mir Sorgen", entgegnete sie. Zum ersten Mal fielen mir ihre Augenränder auf, die letzte Woche noch nicht da gewesen waren. Ich versuchte, sie mit einer aufmunternden Handbewegung zum Weiterreden zu ermuntern.

„Es geht um Charlie. Er arbeitet seit einiger Zeit so viel und hat dauernd Ärger mit seinem Chef. Dann kommt er abends spät nach Hause, ist kaum ansprechbar und zieht sich zurück. Das kenne ich nicht von ihm und es macht mir Angst." Sie zuckte unbeholfen mit den Schultern und ihr Gesichtsausdruck war ängstlich.

„Vielleicht hilft es, wenn du ihn direkt darauf ansprichst. Ihr redet doch sonst über alles und es könnte euch helfen." Ich wusste, dass Charlie in seinem Beruf als Leiter eines Restaurants viel Verantwortung trug. Zu Stoßzeiten bedeutete dies einen enormen Druck. Violet und ich gingen oft ins *Cherrys*, um eine Kleinigkeit zu essen. Nur selten ließ Charlies Zeit es zu, dass er sich währenddessen mit uns unterhielt.

„Versuch, dich nicht verrückt zu machen“, riet ich ihr. Es war nicht einfach, ihr gut zuzureden, wenn man nicht wusste, was genau das Problem war.

„Das ist es ja nicht allein. Er klagt neuerdings ständig über Kopfschmerzen, und Tabletten scheinen auch nicht zu helfen. Wenn ich dann sage, er soll zum Arzt gehen, meint er nur, dafür hätte er keine Zeit.“

„Puh, das hört sich nach einem schlimmen Fall von Machogehabe und Workaholic an. Rede mit ihm und erklär ihm, dass du dir Sorgen machst.“ Ich rückte an sie heran und nahm sie in den Arm. „Alles wird gut“, flüsterte ich und langsam kam die alte Violet wieder hervor. Wir beendeten unsere Pause und machten uns erneut an die Arbeit.

Es wurde schon dunkel, als ich nach dem Einkaufen und schwer beladen mit Tüten in meine Wohnung kam. Müde räumte ich die Lebensmittel weg, zog meine Klamotten aus und trat unter die Dusche. Das heiße Wasser ließ meinen Körper entspannen. Das Gespräch mit Violet hatte mich aufgewühlt und meine Gedanken fuhren Achterbahn. *Was war mit Charlie los? Hatte er sich überarbeitet und war einfach nur kaputt, oder war er ernsthaft krank*? Eine kleine, fiese Stimme in meinem Kopf mutmaßte, dass es vielleicht etwas anderes sein könnte. Hatte er womöglich eine Affäre? Ich drehte das Wasser noch heißer und schalt mich selbst dafür, überhaupt in so eine Richtung gedacht zu haben. Charlie war einer von den Guten. Er und Violet waren ein absolutes Traumpaar, er würde sie niemals hintergehen. Nein, sowas würde er nicht tun.

Verschrumpelt und endlich entspannt stieg ich wenig später aus der Dusche. Ich rubbelte mich mit einem großen Badetuch trocken und föhnte mir anschließend die Haare. Weil es zu früh war, um ins Bett zu gehen, zupfte ich noch meine Augenbrauen, schmierte mir eine Maske ins Gesicht und schnippelte mir in der Küche einen Obstsalat. Diesen balancierte ich dann auf meinen Knien, während ich auf dem Sofa durchs Fernsehprogramm zappte.

Ein Piepsen machte mich darauf aufmerksam, dass ich eine SMS bekommen hatte. In der Hoffnung, es wäre Jackson, beugte ich mich zu meiner Tasche, die neben der Couch stand. Mein Puls beschleunigte sich, als ich seinen Namen las, nachdem ich in den Untiefen meiner Handtasche fündig geworden war.

„Hört es sich verrückt an, wenn ich sage, dass ich dich jetzt schon vermisse?“

Dieser Mann war zu gut, um wahr zu sein.

„Dann sind wir wohl beide ein bisschen verrückt, denn mir geht es genauso.“

Mit klopfendem Herzen schickte ich meine Antwort los. Es dauerte nur Sekunden und ich bekam eine weitere Nachricht.

„Puh, ich bin ich ja so froh. Allein in Crazytown zu sein macht keinen Spaß!“

Ich schmunzelte und begriff, dass selbst die Entfernung nicht dabei half, meinen Herzschlag zu beruhigen oder weniger durcheinander zu sein. Statt einer erneuten Antwort klingelte mein Smartphone und ich nahm das Gespräch mit einem Lächeln an.

„Und, hast du die Weltmacht schon an dich gerissen?“, zog ich ihn auf.

„Fast. Es gibt hier ein interessantes Projekt, das gut zu unseren anderen Clubs passen würde, aber ich muss das mit den Jungs durchsprechen. Eigentlich wollten wir erst einmal sehen, wie es in Queens anläuft."

„Ich denke, nach dem grandiosen Start braucht ihr euch keine Gedanken zu machen. Der Nachtclub ist fantastisch und die Leute werden auch weiterhin Schlange stehen."

„Danke. Es freut mich, dass dir der Laden gefällt", gab er zurück. „So, genug von mir. Wie geht es dir und wie war dein Tag?" Was sich sonst bei vielen anderen nach notwendigen Standardfragen anhörte, klang aus seinem Mund aufmerksam und echt.

„Soweit ganz okay, doch ein Gespräch mit meiner Kollegin und Freundin hat mich ein bisschen beunruhigt." Ich merkte selbst, wie meine gute Laune schwand.

„Möchtest du es mir erzählen?", fragte er besorgt, und ich war so gerührt, weil er sich dafür interessierte, dass ich weitersprach.

„Sie und Charlie sind seit fünf Jahren ein Paar und haben eine fast märchenhafte Beziehung. Doch sie macht sich jetzt Sorgen, da er sich komisch verhält und sich zurückzieht", führte ich aus. Währenddessen knautschte ich mein Kissen zusammen, eine Angewohnheit von mir, die mich irgendwie beruhigte.

„Meinst du, er verbirgt etwas?", hakte er nach. Seine Frage kam vorsichtig und ich ahnte, worauf er hinauswollte. Die gleichen Gedankengänge hatte ich ja ebenfalls bereits gehabt.

„Ich habe keine Ahnung, mein arschiges Ich sagt mir, dass er sie betrügt. Aber mein Bauchgefühl widerspricht und behauptet, dass er das nie tun würde." Nach wie vor wollte ich mir nicht vorstellen, dass Charlie Violet tatsächlich auf diese Art und Weise hintergehen würde.

„Du hast nicht wirklich viel Vertrauen in die männliche Spezies, oder?“, erkundigte er sich. Ich hörte die Ernsthaftigkeit in seiner Stimme und wusste, dass ich ihm ein bisschen von mir zeigen musste, damit das zwischen uns funktionierte und nicht von vornherein zum Scheitern verurteilt war.

„Nein, nicht unbedingt. Dafür habe ich zu oft herausfinden müssen, wie es ist, der Verlierer in einer Beziehung zu sein. Und als wäre das nicht bereits schlimm genug, hat mein Vater meine Mom all die Jahre betrogen und hintergangen. Mein Misstrauen ist die Konsequenz meiner Erfahrungen, Jackson.“

Mir war klar, dass man mir den Zorn und die Enttäuschung anhörte, trotz der langen Zeit, die seitdem vergangen war. Aber wenn er schon mehr über mich wissen und mich vor allem verstehen wollte, dann war dieser Teil wichtig, wenn nicht sogar der Wichtigste. Das, was ich selbst eingesteckt oder indirekt in der Ehe meiner Eltern miterlebt hatte, hatte mich geprägt.

„Das tut mir leid, Rose. Für deine Mom und für dich. Doch nicht jeder Kerl ist ein notorischer Fremdgeher“, wandte er ein.

„Das weiß ich grundsätzlich ja auch. Ich bin einfach vorsichtig, wem ich vertraue und wem nicht“, erklärte ich ihm und hoffte, dass er ein wenig Geduld mit mir haben würde. Diese jahrelange Negativprägung würde sich nicht von heute auf morgen in Luft auflösen. Ich wollte Jackson vertrauen, aber dafür brauchte ich Zeit.

„Das kann ich gut verstehen und ich verspreche dir, ich werde alles in meiner Macht Stehende tun, um dir zu beweisen, dass ich nicht so ein Kerl bin. Ich meine es ernst mit dir, Rose, das musst du mir glauben." Seine Stimme klang aufrichtig, und ich wünschte mir, es wäre so leicht, wie es sich bei ihm anhörte.

„Ich bin bereit, es zu versuchen, wirklich. Gib mir einfach ein bisschen Zeit. Ist das okay für dich? Ich würde nämlich auch gerne sehen, wo das mit uns hinführen kann."

All meine Unsicherheiten und meinen Wunsch nach mehr legte ich in diese Antwort und hoffte, dass Jackson so viel Geduld besaß.

„Ich werde dir so viel Zeit geben, wie du brauchst, versprochen, Rose. Das mit uns … ich möchte das wirklich."

Die Kolibris in meinem Bauch flogen so wild umher, dass ich nicht länger leugnen konnte, was Jackson in mir auslöste.

„Dann bis morgen, Rose, und träum was Schönes. Vorzugsweise von mir", antwortete er mit einem wahnsinnig sexy Tonfall, der mich automatisch an andere Dinge denken ließ.

„Ich kann für nichts garantieren, Charming, aber es wäre sehr gut möglich, dass du in meinen Träumen vorkommst!", keuchte ich etwas atemlos. „Gute Nacht, Jackson", erwiderte ich verlegen und legte grinsend auf.

Als meine Gesichtshaut unangenehm spannte, fiel mir wieder die Maske ein, die ich aufgetragen hatte. Schnell hastete ich ins Bad, um sie dort von meinem Gesicht zu entfernen. Das gestaltete sich gar nicht so einfach und vor allem war es nicht schmerzfrei. Ich hatte wirklich Glück, dass meine Augenbrauen nicht an dem Ding festklebten! Meine arme Haut! Sie fühlte sich zwar glatt wie ein Babyhintern an, war aber rot und gefleckt. Ich schwor mir, dass das das erste und letzte Mal war. *Schönheitstipps wurden definitiv überbewertet.* Zurück im Wohnzimmer verdrückte ich den Rest meines Obstsalates während einer Folge *Once upon a time.* Ich wusste nicht, ob es an meinem Telefonat mit Jackson lag, dass ich die Serie auf einmal nicht mehr so realitätsfern fand.

Kapitel 15

Für heute Abend hatte ich Lilly und Dallas zu mir eingeladen, damit wir endlich mal wieder Zeit miteinander verbringen konnten. Die letzten zwei Wochenenden hatten wir uns nicht gesehen und sie fehlten mir. Meine Verabredungen mit Jackson waren mir wichtig, doch die beiden brauchte ich wie die Luft zum Atmen. Dallas, die ständig unterwegs war für ihre Reportagen, und Lilly, die sogar sonntags irgendwelchen reichen Schnöseln Häuser zeigte, vermissten mich auch schon, also wurde es höchste Zeit für Sekt, Eis und den üblichen Mädchenkram.

Leider hatte ich keine Gelegenheit, während der Arbeit noch einmal mit Violet zu sprechen. Gerade war Hauptsaison und jede Menge Touristen rannten uns die Bude ein. Wir waren den ganzen Tag damit beschäftigt, Schmuck aus den Vitrinen zu holen und kleine Anstecknadeln mit den Sehenswürdigkeiten von Queens an Schulklassen zu verteilen. Später versuchten wir, wieder Ordnung in das Chaos zu bringen. Auf die Frage, ob sich alles mit Charlie eingerenkt hätte, schüttelte Violet nur traurig mit dem Kopf und verließ vor mir das Geschäft. Sie flüchtete so schnell, dass ich nicht hinterher konnte, weil ich den Laden abschließen musste. Ich beschloss, sie morgen noch einmal darauf anzusprechen. So kannte ich sie nicht und es gefiel mir überhaupt nicht.

Ich ging noch in ein kleines Spezialitätengeschäft um die Ecke und kaufte alles, was lecker aussah. Über die Kalorien und was sie mit meinen Hüften anstellten, machte ich mir lieber keine zu ausführlichen Gedanken. Um mein schlechtes Gewissen zu beruhigen, besorgte ich noch ein bisschen Obst. Dass das wiederum nur eine Beilage für den Schokobrunnen war, ignorierte ich geflissentlich. Egal, der Wille zählte. Zu Hause angekommen schnippelte ich alles klein, stellte den Schokobrunnen an und sah einen Moment dabei zu, wie die dunkle Schokolade langsam über den Rand lief. Meine Sucht Nummer eins war Schokolade. Keine Chips, keine anderen süßen Sachen. Nur das leckere Hüftgold, in sämtlichen Variationen. *Besser als jeder Sex, den ich bis jetzt hatte. Ob der Sex mit Jackson mein Suchtmittel vielleicht toppen könnte?* Der Gedanke an seinen nackten Körper ließ mich erröten wie einen Teenager, und so machte ich mich lieber schnell daran, alles Essbare auf dem Couchtisch zu drapieren. Danach versuchte ich mich am Verschluss des Sekts, der mit einem lauten Knall in die Luft schoss und fast meine Deckenlampe zerstört hätte. *Verdammt gefährlich, so ein Mädels-Abend.* Hastig nahm ich mein Handy, schickte Jackson ein Bild von all den Leckereien und schrieb ihm, dass ich an ihn dachte.

Anschließend sprang ich in Windeseile unter die Dusche. Danach schlüpfte ich in eine graue Yoga-Hose und ein rosa Shirt, band die Haare zu einem Knäuel zusammen und betrachtete mich prüfend im Spiegel. Ich freute mich tierisch auf Dallas und Lilly. Um acht Uhr klingelte es endlich. Als ich den Summer betätigte, hörte ich sie kurz darauf bereits lauthals lachend die Treppe hochkommen.

„Hey, ihr beiden! Ich habe euch Hühner so vermisst“, begrüßte ich sie. Meine Arme schlang ich um Dallas und Lilly, sobald sie durch die Tür kamen.

„Was heißt hier Hühner, du Vogel?! Wo bleibt der Sekt?“, rief Dallas. Sie zog ihre Schuhe aus und machte es sich auf der Couch bequem, die Sektflasche schon in der Hand.

„Hey, meine Süße!“, murmelte Lilly und nahm mich noch einmal in den Arm. Wie immer war sie der ruhigere Part. Nachdem wir es uns alle drei gemütlich gemacht hatten, fing Dallas auch gleich zu erzählen an, was es so Neues an der Männer– und Arbeitsfront gab.

„Ihr könnt euch doch sicher an diesen Kerl erinnern, den ich Anfang letzten Jahres für ein Magazin interviewen sollte und der so unhöflich war? Carter Johnson heißt das Arschloch, wisst ihr noch?“, fragte sie in die Runde.

Eine Zornesfalte zeigte sich auf Dallas‘ Stirn. Wenn sie eines nicht leiden konnte, war es Unhöflichkeit. Vage schob sich ein Bild von einem gutaussehenden, aber ernst wirkenden Mann, den mir Dallas vor längerer Zeit auf Google gezeigt hatte, vor mein inneres Auge. Er war gerade neuer Trainer einer Baseballmannschaft geworden und sie sollte ihn dazu befragen. Doch Carter Johnson war wohl ziemlich wortkarg, wusste ihrer Meinung nach alles besser, und hatte sie damit so auf die Palme gebracht, dass sie ihm um ein Haar den Hals umgedreht hätte. Und als wäre das nicht schon schlimm genug gewesen, musste sie für ihren Auftraggeber eine ganze Reihe über ihn und seine Jungs bringen. Mir schwante Böses.

„Lass mich raten. Du musst ihn noch einmal interviewen?“, fragte ich vorsichtig und versuchte, ein Grinsen zu verbergen.

„Ja, verdammt, und der Job wird zu gut bezahlt, um es nicht zu tun. Außerdem hat er ausdrücklich nach mir gefragt. Was soll der Scheiß? Er wird in der Zwischenzeit wohl kaum gelernt haben, wie sich ein normaler Mensch verhält! Ich war ja schon froh, dass er überhaupt den aufrechten Gang beherrscht hat!“

Sie war jetzt völlig in Rage und trank den Sekt, als wäre er Saft. Es gab selten jemanden, und vor allem keinen Mann, der sie so zur Weißglut bringen konnte. Wenn ich es nicht besser wüsste, würde ich sagen, dass er eine Saite in ihr zum Klingen brachte, die ihr Interesse weckte. Aber Dallas das auf den Kopf zuzusagen, kam nicht infrage, ich war ja nicht lebensmüde.

„Vielleicht hat er sich ja geändert und möchte sich für sein Verhalten entschuldigen,“ sprang Lilly für Johnson in die Bresche.

„Genau, und hinter den sieben Bergen gibt es noch einen beschissenen Topf aus Gold“, schnaubte Dallas.

„Da verwechselst du was, du Königin der Zornesfalte. Pass auf, sonst bleibt die Kante für immer in deinem Gesicht!“, ärgerte Lilly Dallas, die daraufhin zu lachen anfing und sich über die Stirn rieb.

„Du hast recht. Ich bin ein Profi und werde mich wie einer verhalten. Es wäre doch gelacht, wenn ich das nicht noch einmal schaffen würde. Wie schwer kann das schon sein?“ Von sich selbst überzeugt nahm sie einen weiteren Schluck ihres Sekts.

Lilly und ich sahen uns hinter Dallas‘ Rücken an und zuckten mit den Schultern.

„Und was geht so bei dir, Lilly? Irgendein teures Haus verkauft? Vielleicht an einen alleinstehenden und sexy aussehenden Geschäftsmann?“, fragte ich sie leicht angeheitert, um Dallas durch den Themenwechsel die Gelegenheit zu geben, ein bisschen runter zu kommen.

„Keine Singlemänner in Sicht, aber die Geschäfte laufen sehr gut. Ich glaube, ich werde es noch einmal bei einer Partneragentur oder Tinder versuchen“, erwiderte sie mit einem grüblerischen Gesichtsausdruck.

„Oh nein, meinst du, das ist eine gute Idee? Da treiben sich doch nur Freaks und Jammerlappen rum!“, schnaufte Dallas entrüstet und schüttelte mit dem Kopf. Sie konnte dem ganzen Online-Dating genauso wenig abgewinnen, wie meine Mom.

„Lass sie doch, du Männerverschlingerin! Freaks gibt es an jeder Straßenecke, wie wir ja bestens wissen. In so einer Agentur werden die Männer wenigstens überprüft, was Serienmörder abschrecken dürfte“, verteidigte ich meine Freundin. Ich gab die Hoffnung für Lilly nicht auf.

„Also ich denke, ich finde dort den Richtigen. Einen, der das Gleiche möchte wie ich. Kinder, ein schönes Haus und Liebe, die ewig hält“, verkündete Lilly mit einem träumerischen Gesichtsausdruck. Dallas starrte sie entsetzt an, denn für sie war das der absolute Albtraum.

„Okay Prinzessin, du bekommst keinen Sekt mehr, sonst wird das morgen ganz übel für dich“, tadelte ich Lilly lachend und stupste sie an, schenkte uns aber dennoch allen nach.

Unsere Gespräche nahmen ein abruptes Ende, als mein Handy piepte und eine neue Nachricht von Jackson anzeigte. Ich versuchte, es zu ignorieren, obwohl es in meinem Bauch nur so kribbelte und ich förmlich vor Neugierde platzte. Um mich abzulenken, schob ich mir eine saftige Erdbeere in den Mund, die mit Schokolade überzogen noch besser schmeckte.

Meine Freundinnen schauten mich erwartungsvoll an, aber ich schwieg mich erst einmal aus und machte mich erneut über das Obst her. Dallas und Lilly taten es mir gleich, und so stopften wir uns so voll, bis nichts mehr da war, während wir über alles Mögliche quatschten.

„Ich glaube, ich werde nie wieder irgendwo hingehen können, es möge mich bitte jemand rollen“, jammerte Lilly und rieb sich ihren imaginären Bauch.

„Als würden Prinzessinnen jemals gehen“, stichelte Dallas und gab Lilly einen liebevollen Schubs, der aber durch den Alkohol ein bisschen kräftiger ausfiel und sie von der Couch auf den Boden fallen ließ.

„Sag mal, Hulk, spinnst du? Jetzt tut mir nicht nur der Bauch, sondern auch noch der Hintern weh!“, schimpfte Lilly. Jaulend sah sie von unten hoch und rieb sich besagten Hintern.

„Arsch, Lilly, es heißt Arsch“, verbesserte ich sie, denn wir nannten sie nicht umsonst Prinzessin.

Lilly fiel es unheimlich schwer, Schimpfworte zu benutzen, da waren *Dumme Kuh* und *Blöde Gans* schon Highlights in ihrem Schimpfwortvokabular. Das mochte an ihrer strengen Erziehung liegen, oder vielleicht daran, dass sie mit uns einfach zu viele Märchen gelesen hatte und dort überhaupt nicht geschimpft wurde.

Getötet, vergiftet, eingesperrt: ja. Geschimpft: nein. Vielleicht, weil wir so verschieden waren, waren wir seit unserer Kindheit unzertrennlich. Wir ergänzten uns, hielten zusammen, liebten uns, wie Schwestern es tun würden und stritten uns auch wie solche, aber am Ende waren wir immer füreinander da. Deswegen nahm Lilly uns ihren Spitznamen für sie nicht übel. Dallas und ich rutschten die Couch hinunter und blieben ebenso auf dem Boden sitzen. Mein Handy piepte ein zweites Mal, doch als ich danach greifen wollte, war Dallas schneller.

„Ach, sieh mal an, der Kerl, der dich überhaupt nicht interessiert, schickt dir Nachrichten?“, stichelte sie. Eine perfekt gezupfte Augenbraue hob sich bei ihrer Frage an mich.

Vermutlich lag es am Alkohol, denn ich versuchte nicht einmal, es zu leugnen. Stattdessen grinste ich grenzdebil und leuchtete wahrscheinlich wie eine verdammte Tausend-Watt-Birne, so heiß wurde mir.

„Es könnte sein, dass ich mit ihm ausgegangen bin und es könnte auch sein, dass wir uns geküsst haben. Mehrfach, mit Zunge! Und heilige Scheiße, kann er gut küssen!“, platzte es zu meinem eigenen Entsetzen aus mir heraus, ehe ich so richtig darüber nachgedacht hatte. Definitiv war der viele Sekt daran schuld, dass ich so redselig wurde.

Ich konnte nicht mehr an mich halten, als ich ihr Gesicht sah. Kichernd betrachtete ich Dallas, die mich ihrerseits ungläubig anstarrte.

„Und wieso erfahre ich das erst jetzt?“, fragte sie, zog einen Schmollmund und sah zu Lilly, die nicht überrascht war, denn ich hatte sie ja vor meinem Date mit ihm angerufen. „Sag mal, wusstest du davon, Lilly?“, deutete Dallas ihre Reaktion richtig und schnaubte, als diese nickte. „Ich bin immer die Letzte, die etwas erfährt.“ Böse schaute sie zwischen Lilly und mir hin und her.

„Ich wollte dich nicht ausschließen, Dallas, wir hatten beide so viel um die Ohren. Lilly habe ich fünf vor zwölf angerufen, weil ich kurz davor war, die Nerven zu verlieren“, erklärte ich ihr in einem beschwichtigenden Tonfall. Ich nahm ihre Hand und gab ihr einen Kuss auf die Wange.

„Okay, ihr zwei Schnepfen, ich verzeihe euch. Aber ich will jetzt alles haarklein erzählt bekommen und wehe, du lässt nur das kleinste Detail aus!“ Schon war die Schmolllippe weg und wurde von einer erwartungsvollen Miene abgelöst. Ich rollte mit den Augen und trank noch einen Schluck Sekt direkt aus der dritten Flasche, die Lilly soeben geöffnet hatte. Danach beschrieb ich alles von den Geschenken, den Blumen und den Nachrichten bis zu unserem Treffen im Wald. Lilly hatte Herzchen-Augen, Dallas hingegen grinste versaut und klatschte in die Hände, wie nur Frauen es tun, wenn sie sich freuen. Wir lachten, als wären wir wieder Teenager.

„Verdammt Rose, er ist der fucking perfekte Traumprinz! Wieso wart ihr noch nicht im Bett und habt es krachen lassen?“, hakte Dallas neugierig nach.

„Weil Jackson eben wirklich fucking perfekt zu sein scheint und er es richtig machen will“, verteidigte ich ihn, obwohl ich selbst nicht leugnen konnte, dass ich gern herausfinden wollte, wie der Sex mit ihm sein würde.

„Verdammt, das ist irgendwie scharf!“, gab Dallas zurück. Wieder sah sie aus wie ein Sextroll und fächelte sich Luft zu. Lilly war bis zu diesem Augenblick ziemlich still geblieben, aber man sah ihr an, dass sie sich für mich freute.

„Na Lilly, was sagst du zu Jackson?“, fragte ich dann doch, weil mich immer interessierte, was die beiden dachten.

„Ich finde, er hat eine Chance verdient und du solltest ihm antworten“, erwiderte sie und schaute dabei auf mein Handy in Dallas‘ Händen.

„Stimmt ja, lass mal sehen, was er geschrieben hat“, sagte ich aufgedreht und nahm ihr mein Telefon weg.

„Spielverderberin“, kam es von der Seite, aber ich war in Gedanken schon bei Jackson und machte die Nachrichten auf.

Die erste bestand aus: „*Ich wäre jetzt gern bei dir. Viel Spaß, Jackson.*“

Doch es war die zweite SMS, die mich völlig in seinen Bann zog.

„*Ich muss die ganze Zeit an dich und die flüssige Schokolade denken … an das, was man damit alles anstellen könnte … Schlaf gut.*“

Ich starrte das Handy an, während mein Kopfkino in der Abteilung *nicht jugendfrei* ankam. Mir war schwindelig und ich mir sicher, dass der Raum plötzlich zehn Grad heißer wurde.

„Soll ich dir irgendwie Luft zufächeln?“, neckte Dallas mich mit einem wissenden Gesichtsausdruck.

„Was?!“, hakte ich nach und atmete geräuschvoll ein.

„Ob du frische Luft brauchst, habe ich dich gefragt. Was hat er denn bitte geschrieben? Du siehst aus, als hättest du gerade Sex gehabt“, scherzte sie.

Belustigt sahen beide zu mir, während ich mir in diesem Moment nichts sehnlicher wünschte, als jetzt nackt in Jacksons Bett in Chicago zu sein.

„Ich glaube, er mag Schokolade ebenso gern, wie ich“, verkündete ich schließlich mit einem Grinsen. Lilly und Dallas brauchten einen Moment, bis sie begriffen und herzlich auflachten.

„Den Mann solltest du dir definitiv warmhalten, Rose“, ermahnte mich Dallas.

„Sehe ich genauso“, stimmte Lilly mit einem Lächeln auf den Lippen zu, ehe wir das Thema wechselten.

Es wurde eine viel zu kurze Nacht, die beiden gingen oder vielmehr torkelten so gegen zwei Uhr morgens aus meiner Wohnung. Mit einem Kopfschütteln schloss ich die Tür hinter ihnen und sah zu, dass ich ins Bett kam.

Kapitel 16

Ziemlich übermüdet kippte ich mir am Morgen für die Arbeit einen extra starken Kaffee in meinem Thermobecher und warf noch schnell zwei Aspirin ein. Ich schwang mich auf mein Alu-Bike, um schneller im Geschäft zu sein, damit ich vorher unbedingt mit Violet sprechen konnte. Dort angekommen war ich alleine. Eine SMS von ihr verriet mir, dass sie heute nicht kommen würde, sondern sich krankmeldete. Jetzt machte ich mir wirklich Sorgen, doch als ich bei ihr anrief, nahm sie nicht ab. Ich schloss die Tür auf und versuchte, mich auf die Kundschaft zu konzentrieren. Zwei Päckchen wurden vom Paketboten gebracht, eins war per Express geliefert worden und an mich adressiert. Das andere war eine neue Bestellung für den Laden.

Ich riss hektisch am Klebeband, weil ich Jacksons Handschrift mittlerweile kannte und wahnsinnig neugierig war, was er mir dieses Mal geschickt hatte. Es befanden sich ein dunkelrotes Seidenband und eine exklusive Schachtel Pralinen in dem Karton. Natürlich war auch eine Karte dabei, die mir wieder einmal Farbe ins Gesicht zauberte.

„*Das wäre eine weitere Möglichkeit, Schokolade zu genießen. Nur schmecken, nicht sehen. Bist du ein Genussmensch, Rose?*"

Ich nahm das seidene Band in die Hand und ließ es durch meine Finger gleiten. Der Mann war einfach unglaublich. Er hatte mit dem Inhalt all meine Sinne angesprochen und ich konnte mir vorstellen, wie es wäre, wenn er mich mit den Pralinen füttern würde. Vorzugsweise wäre ich dabei nackt und in seinem Bett. Es war noch nicht einmal zwölf Uhr und ich bereits total angetörnt. Ein Griff in meine Tasche und meine Finger flogen nur so über die Tastatur meines Handys, denn was er konnte, konnte ich schon lange.

„*Vielen Dank für die Schokolade. Es wird mir ein Vergnügen sein, sie zu essen. Ich werde sie ganz langsam auf meiner Zunge zergehen lassen. Du weißt ja, welche Geräusche ich beim Essen von mir gebe.*“

Ich hoffte, er war nun ähnlich abgelenkt wie ich und würde auf seinem Chefstuhl unruhig werden. Es ging nicht an, dass nur ich wie sexgesteuert durch die Gegend lief. Zwei Minuten später kam eine SMS von ihm.

„*Ich habe dich schon vorher vermisst, jetzt jedoch kann ich es kaum abwarten, dich zu sehen und zu hören.*“
Es war vielleicht zu früh, aber ich war verliebt! Es machte mir Angst, höllische, doch ich konnte und wollte mich nicht länger von ihm fernhalten. *Einen vorsichtigen Blick konnte man ja riskieren*, dachte ich so bei mir und schob das Handy in die Tasche.

Eine junge Frau holte mich in die Realität zurück und fragte mich nach einer Kette in der Auslage. Wir kamen ins Gespräch und sie erzählte mir, dass sie für ihre Hochzeit Accessoires bräuchte. Ich zeigte ihr noch andere Stücke, die meiner Meinung nach mehr ihrem Typ entsprachen. Danach kam ein älterer Mann in den Laden, der für seine Frau ein Armband suchte, an dem verschiedene Anhänger befestigt werden konnten. Er sah sich diverse an und entschied sich dann für ein Herz, eine Rose und das Unendlichkeits-Zeichen. Auf die Frage, warum es gerade diese sein sollten, stahl sich ein Leuchten in seine Augen und er erzählte mir, dass es ein Geschenk zum fünfundzwanzigsten Hochzeitstag wäre.

Heute schien wirklich Liebe in der Luft zu liegen, dachte ich so bei mir und bekam zum ersten Mal seit langer Zeit keinen Brechreiz bei dem Gedanken daran.

Als ich den Laden schloss, versuchte ich es noch einmal bei Violet, aber es ging wieder nur die Mailbox an. Sie hätte einen Tag wie diesen geliebt. Nur glückliche Menschen, keine Spur von Gehässigkeit oder Eile, nur Verbundenheit und Liebe.
Trotz fehlender Motivation fuhr ich nach der Arbeit in den Park und drehte ein paar Runden mit dem Fahrrad um den See. Fürs Laufen reichte es nicht, denn die zu kurze Nacht rächte sich allmählich und ich wollte es ja auch nicht übertreiben. Ich gönnte mir eine kleine Verschnaufpause, indem ich mein Fahrrad an die Seite stellte und mich auf eine Bank setzte. Zum ersten Mal seit einer Ewigkeit ließ ich mich von der Ruhe einhüllen, ohne die üblichen wirren Gedanken, was ich wo machen sollte und wie ich wann fühlen musste. Ich sah verliebte Pärchen händchenhaltend an mir vorbeigehen, Jogger kreuzten ihren Weg und hier und da schnatterten ein paar Enten, die am See nach Brotkrümeln suchten. Womöglich lag es daran, dass mein Herz nicht mehr so kaputt war, wie noch vor drei Jahren, vielleicht aber auch an Jackson, denn plötzlich störten mich die vielen Anzeichen von *Love is in the Air* nicht mehr.

Vor nicht allzu langer Zeit war ich im Kino ausgerastet, weil vor mir ein verliebtes Pärchen ständig geknutscht hatte. Mein zu lauter Spruch „*Habt ihr kein beschissenes Zuhause?*“ hatte im Grunde nichts anderes als meinen Neid zum Ausdruck gebracht. Lilly, die neben mir gesessen hatte, war das Ganze dermaßen peinlich gewesen, dass sie in ihrem Sitz so weit wie möglich nach unten gerutscht war.

Ein gebrochenes Herz tat die scheußlichsten Dinge mit einem, man wütete und schlug zornig um sich. Ich hatte Jackson nach wie vor nicht gesagt, warum ich ab und zu in den Fluchtmodus wechselte. Das ging auch nicht zwischen Tür und Angel, sondern verlangte nach Mut und dem richtigen Zeitpunkt.

Mit einem Seufzen machte ich mich auf den Nachhauseweg. Einen gekauften, langweiligen Salat und ein paar leckere gegrillte Hähnchenstücke später lag ich schon um neun Uhr im Bett, aber nicht, ohne nochmal auf mein Handy zu schauen, in der Hoffnung auf eine SMS von Jackson. Doch der Bildschirm war leer und ich konnte mich ganz den Träumen von Haut und Schokolade hingeben, die er mit seinem Geschenk und seinen Nachrichten ausgelöst hatte.

Eine Zunge fuhr langsam meine Kniekehle hinauf, ich lag auf dem Bauch und konnte die Spannung kaum ertragen. Sie vollführte zärtliche Kreise bis hin zum Ansatz meines Hinterns, und die Muskeln in meinem Unterleib krampften sich vor Lust zusammen. Ich wollte mehr. Raue Fingerkuppen fuhren zielstrebig meine Oberschenkel hoch und zogen mir das Höschen aus, ehe ich an der Taille gepackt und herumgedreht wurde. Danach senkte sich ein Mund auf meinen Venushügel und platzierte dort sanfte Küsse.

„Bitte Jackson, fass mich an. Bitte“, flehte ich und schob mich ihm entgegen. Seine Finger glitten zielstrebig zwischen meinen Beinen nach oben und ich wusste, gleich ist es soweit …

Ring, ring, ring.

Ich fuhr hoch, mein Orientierungssinn versagte völlig und ich war sowas von angepisst, weil das gerade alles nur ein Traum war. Die Türklingel verstummte, wer auch immer mich aus meinem Schlaf gerissen hatte, hatte scheinbar aufgegeben.

Verdammt!

Ich sank mit meinem Kopf zurück ins Kissen und versuchte, nicht daran zu denken, was mein Traum-Jackson im Begriff zu tun gewesen war. Im Schlaf hatte er sich schon oft in mein Höschen geschlichen. Doch nie hatte es sich so echt angefühlt wie gerade eben und ich verfluchte alle Menschen dieser Erde, die Samstagmorgen nichts Besseres zu tun hatten, als mich aus Sexhausen zu vertreiben. Mit einem weiteren *Ring* ging die Türklingel just in diesem Moment erneut los. Voller Wut zog ich mir ein Shirt über und eine Shorts an, danach rannte ich zur Tür, in der Hoffnung, so richtig Dampf ablassen zu können. Nachdem ich den Summer betätigt hatte, wartete ich auf meinem Erzfeind. Um die Ecke kam Violet, die ich seit Anfang der Woche weder gehört noch gesehen hatte.

„Hey meine Süße, komme ich ungelegen?" Leicht zerknirscht stand sie nun vor mir und ich war viel zu erleichtert, sie zu sehen, um weiter meinem Traum hinterher zu trauern.

„Violet, Gott sei Dank geht es dir gut", begrüßte ich sie und zog sie in eine feste Umarmung. „Ich habe mir solche Sorgen gemacht, verdammt, was war denn los?" Sie schloss die Tür hinter sich und setzte sich mit einer Tüte Bagels und wahnsinnig gut riechendem Kaffee in To-Go-Bechern auf meine Couch.

„Es ist wieder alles okay und als Entschuldigung, weil du dich um mich gesorgt hast, habe ich Frühstück mitgebracht.“ Sie strahlte mich an und ich war einfach nur glücklich, wieder die alte Violet vor mir zu haben.

„Du kannst froh sein, dass du an Kaffee gedacht hast, wo du mir den besten Morgensex überhaupt versaut hast!“ Ich drehte mich lachend um und holte Teller sowie Besteck aus der Küche.

„Ist etwa der heiße Kerl mit den Blumen hier?! Ich hätte anrufen sollen, sorry!“, hörte ich sie sagen und schmunzelte, als ich zu ihr zurückkam. „Soll ich lieber wieder verschwinden?“

„Nein, Jackson ist nicht hier, ich hatte nur gerade einen verrückten Traum, bevor du geklingelt hast“, erklärte ich. Ich zwinkerte ihr zu und setzte mich neben sie. „Und jetzt erzähl, was ist passiert? Muss ich ihm die Eier abreißen?“, wollte ich wissen und trank einen Schluck des leckeren Gebräus.

„Nein, es war zwar nicht schön, denn wir haben uns furchtbar gestritten, doch danach kam dann die Versöhnung. Ich habe, wie du mir geraten hast, das Gespräch mit Charlie gesucht und er beharrte darauf, dass sich das alles bald wieder ändern würde. Er verstand nicht, dass ich mir Sorgen um ihn machte und meinte, ich würde mich anstellen. Stress wäre nichts Neues und seine langen Arbeitszeiten hätten mich vorher auch nicht gestört. Das Ganze hat sich schließlich hochgeschaukelt, ich habe ihm Vorwürfe gemacht, dass er jetzt keine Zeit mehr für uns hat und warum er nicht wegen seiner Müdigkeit und der Kopfschmerzen zum Arzt gehen würde. Da hat er ohne ein weiteres Wort die Wohnung verlassen und bei einem Freund übernachtet. Ich war total fertig und konnte so nicht arbeiten“, führte sie aus und sah mich entschuldigend an.

„Das ist doch völlig verständlich. Und was passierte dann?“, hakte ich nach.

„Er kam am nächsten Tag mit einem riesigen Strauß Rosen und hat sich entschuldigt, weil er einfach gegangen ist. Ich habe ihn gefragt, ob ich ihm nicht mehr genug bin und er vielleicht eine andere getroffen hat. Ach Rose, ich war so verunsichert und konnte nicht mehr geradeaus denken.“

„Ich versteh dich nur zu gut, Violet.“ Ich drückte ihre Schulter und gab ihr den Kaffee. „Hier, bevor er kalt wird. Wäre doch ein Jammer.“ Damit versuchte ich, sie aufzuheitern, was mir auch gelang.

„Du hast recht, das wäre eine Katastrophe“, erwiderte sie mit einem Augenzwinkern. Sie hielt den Becher mit beiden Händen, trank und erzählte weiter. „Charlie war wirklich total entsetzt, wie ich so etwas überhaupt nur denken könne, und nahm mich fest in den Arm. Er schwor mir Besserung, versprach, im Job mehr zu delegieren und früher nach Hause zu kommen. Ich bin so unendlich froh, du weißt gar nicht, wie ich meinen Mann vermisst habe, obwohl er körperlich ja anwesend war. Er hat es danach aber mehr als wieder gut gemacht.“ Sie strahlte jetzt ziemlich offensichtlich und wackelte anzüglich mit den Augenbrauen.

„Also darf er seine Eier behalten. Gut für ihn. Ich hätte ihm ungern weh getan“, scherzte ich. Erleichtert umarmte ich sie.

Wir verbrachten den Vormittag mit einem gemeinsamen Frühstück und ich erzählte ihr von den Tagen im Laden und dem einen besonderen, der nur für Verliebte gemacht zu sein schien. Danach redeten wir auch über Jackson und darüber, was mir auf dem

Herzen lag. Meine Vergangenheit ließ sich nicht so einfach abschütteln und das wusste sie. Violet war zusammen mit meinen Freundinnen und meiner Mutter die einzige, die mitbekommen hatte, was passiert war. Sie hatte mich oft aufgefangen, wenn der Schmerz zu groß wurde.

Gegen eins rief Charlie Violet auf dem Handy an, denn er hatte sich spontan frei genommen, um sie zu überraschen. Sie freute sich unheimlich über seine Geste und nach einer innigen Umarmung zum Abschied machte sie sich auf den Weg. Ich war froh, dass die beiden ihre Probleme lösen konnten, denn in meinen Augen waren sie ein Traumpaar.

Mein *Traummann* hatte sich nur kurz gemeldet, denn er war mitten in den Verhandlungen, seit seine Freunde dem Objekt zugestimmt hatten. Dies bedeutete aber auch, dass er wahrscheinlich länger vor Ort bleiben musste, als geplant. Natürlich war ich darüber traurig, versuchte trotzdem tapfer, mir nichts anmerken zu lassen, denn schließlich waren wir ja kein Paar.

„*Alles wird gut*", redete ich mir selbst ein und beschloss nach einer kurzen Dusche, meine Wohnung auf Vordermann zu bringen. Ich hasste Hausarbeit, wirklich alles daran, doch es musste sein, wenn ich nicht wie ein Messie leben wollte. So vergingen Stunden, in denen ich Wäsche in die Maschine steckte, meine Küche putzte und mich bei der Gelegenheit fragte, warum diese überhaupt dreckig war, denn ich kochte doch so gut wie nie.

Mein Bett war frisch bezogen, mein neuestes Buch lag auf dem Tisch und wartete darauf, von mir gelesen zu werden. Erschöpft von so viel körperlicher Aktivität machte ich es mir vor dem Fenster auf meinem alten

Sessel bequem, den ich meiner Mom abgeschwatzt hatte, als sie das Haus verkauft hatte und keinerlei Erinnerungen mitnehmen wollte. Ich hatte ihn neu beziehen lassen mit einem dunkelblauen Samtstoff, und nun war er perfekt zum Einkuscheln und lesen.

Die Sonne schien warm in die Wohnung, das leise Gemurmel der draußen vorübergehenden Leute war zu hören und ich schnell in der Geschichte über einen Rockmusiker und seine scheue Freundin gefangen.

Ich musste wohl eingenickt sein, denn mein Handy klingelte und weckte mich. Es war schon dunkel und nur das Aufleuchten des Telefons erhellte mein Wohnzimmer. Ich stand auf und nahm ab, ohne vorher nachzuschauen, wer dran war, denn die Müdigkeit hatte mich noch fest im Griff.

„Hallo?“, krächzte ich und wurde mit einem leisen Lachen belohnt.

„Hey meine Schöne, habe ich dich geweckt?“ Seine leicht raue Stimme ließ mich sofort hellwach werden und ich freute mich über Jacksons Anruf.

„Ich bin nur ein bisschen eingenickt. Was verschafft mir die Ehre, Charming? Ich freu mich natürlich, dass du anrufst, dachte aber, du wärst schwer beschäftigt.“ Ich versuchte, locker zu klingen und nicht wie eine zickige Alte, die immer wissen wollte, was ihr Kerl gerade tat. *Mein* Kerl war er bisher ohnehin nicht. Als mir aufging, was das Wörtchen *bisher* ausdrückte und welcher Wunsch sich dahinter versteckte, wurden meine Wangen heiß.

„Es war viel zu tun, doch wir sind vor einer halben Stunde zu einem Abschluss gekommen. Mein Schurkenimage hat ihnen Angst gemacht und als sie dazu den Umhang gesehen haben, der dramatisch im Wind flatterte, haben sie kapituliert. Wir haben den Laden bekommen!" Bei seiner Antwort hörte ich ihn lächeln, was wiederum mich zum Lachen brachte, denn es gab nichts, das so sexy war, wie ein Mann mit Humor.

„Die armen Kerle. Wie sollen sie mit dieser Schmach weiterleben können? Und, wie lange musst du dortbleiben?"

Okay, ganz konnte ich meine Sehnsucht nach ihm dann doch nicht abstellen, ich war schließlich auch nur eine Frau.

„Deswegen rufe ich an. Ich fliege heute Nacht noch zurück und wollte dich fragen, ob du Lust auf ein weiteres Date hast?"

„Hm, lass mich mal überlegen …" Ich machte eine kurze Pause, um ihn ein wenig zu ärgern.

„Rose, zwing mich nicht, zu betteln. Ich würde dich wirklich wahnsinnig gern sehen", sagte er mit so viel Wärme in der Stimme, dass meine Knie ganz weich wurden.

„Natürlich habe ich Lust. Hast du schon etwas Bestimmtes im Sinn?", erkundigte ich mich neugierig und mit einem aufgeregten Kribbeln im Bauch. Jackson hatte mir absolut den Kopf verdreht.

„Eigentlich zwei Sachen. Die Schurkenseite in mir will dich nackt, nur mit einem Band über deinen Augen, und sehen, wie dir die Schokolade schmeckt", raunte er in den Hörer. Ich setzte mich in den Sessel, denn meine Beine schienen plötzlich zu vergessen, wie man steht und mein Herz schlug doppelt so schnell wie vorher. „Aber meiner charmanten Seite lasse ich vorerst den Vortritt und würde jugendfrei bleiben. Das heißt, du bist leider angezogen, vorzugsweise etwas Bequemes, und wir treffen uns um elf vor deiner Tür. Für welches Szenario entscheidest du dich, Rose?“

Entscheiden?!

Ich sah mich jetzt schon in Gedanken nackt, ihn ebenso, und die Schokolade war in diesem Moment völlig unwichtig. Doch ich fand es charmant, dass er mir Zeit geben wollte, auch wenn es uns beiden scheinbar nicht so leicht fiel wie gedacht. Es war wirklich nicht einfach, vernünftig zu sein.

„Ich entscheide mich schweren Herzens für Option zwei“, gab ich zurück und stöhnte mit Absicht dramatisch in den Hörer. Eine kurze Stille trat ein, dann hörte ich ihn tief einatmen und es war fast so, als könnte ich ihn vor mir sehen, wie er versuchte, nichts Zweideutiges zu sagen. „Jackson, bist du noch dran?“, wollte ich unschuldig wissen, um mich und ihn von anderen Fantasien abzulenken.

„Ja, alles okay, ich habe nur für einen klitzekleinen Augenblick vergessen, zu atmen“, erwiderte er mit einer heiseren Note in seiner Stimme, die meine Lust entfachte. Für einen Moment fragte ich mich, worauf ich eigentlich wartete, doch schnell ermahnte ich mich zur Vernunft. „Dann kann ich es kaum abwarten, dich morgen zu sehen. Ich hole dich um elf ab. Ach, und Rose?“

„Ja?“

„Vielleicht gibt es dort, wo wir hingehen, ja auch etwas Süßes“, merkte er mit einem verführerischen Unterton an, ehe er das Gespräch beendete.

Als wir aufgelegt hatten, lag ich noch lange wach. Wie sollte ich nach diesem Telefonat und mit meinem verrücktspielenden Kopfkino jemals einschlafen können? Ich hatte keine Idee, wo er mich morgen hinbringen würde, und dementsprechend keinen Plan, was ich anziehen sollte. Obwohl bequem ja eher in meine Kategorie passte, wollte ich trotzdem gut aussehen, und so machte ich mir die halbe Nacht darüber Gedanken.

Denn eines stand für mich fest: Ich wollte seine Welt auf den Kopf stellen, so, wie er es mit meiner gemacht hatte.

Kapitel 17

Um acht Uhr in der Früh klingelte mein Wecker, und riss mich aus einem sehr unruhigen Schlaf. Zerknautscht stieg ich aus dem Bett und musste mich kurz orientieren, warum ich quasi nachts an einem Sonntag schon auf war. Plötzlich fiel mir Jackson wieder ein und ich war in Warp-Geschwindigkeit unter der Dusche, rasierte mich, ohne mich ernsthaft zu verletzen, und schlüpfte dann in schwarze Spitzenunterwäsche. Ich versuchte gar nicht erst, mir selbst einzureden, dass ich das nur für mich tat, denn meine Libido lief auf Hochtouren und schwang die Pompons. Wenn ich ganz ehrlich zu mir war, fühlte ich mich automatisch sexy, wenn ich heiße Unterwäsche trug.

Ich föhnte meine Haare über Kopf, ließ sie offen über meine Schultern fallen und hielt mein Make-up nur dezent. Danach schlüpfte ich schnell in ein schwarzes Seidentop und Jeans im Used-Look und stürzte in die Küche. Dort angekommen musste ich mir erstmal eine Tasse Kaffee gönnen und ein oder zwei Kekse essen, denn ich brauchte Nervennahrung in jeglicher Form. Wäre es nicht so früh am Morgen, hätte ich jetzt die Flasche Likör geöffnet, die mir Dallas von ihrem letzten Urlaub mitgebracht hatte. Ich war so schrecklich nervös, was sonst eher selten vorkam. Nur in Jacksons Gegenwart verfiel ich eigentlich immer in diesen Zustand, und dieses Wissen führte dazu, dass ich noch zappeliger wurde.

Ich schaute gefühlte tausend Mal in den Spiegel, ob irgendwo Krümel oder Fussel waren, und zog mir um kurz vor elf meine schwarzen Riemchensandalen an.

Mein Handy, Portemonnaie und Schlüssel hatte ich in eine kleine Umhängetasche gepackt, die vorne ein altes Hard-Rock-Café-Logo zierte.

Pünktlich um elf Uhr klingelte es und ich flog praktisch zur Tür, um ihm durch die Sprechanlage mitzuteilen, dass ich nach unten kommen würde. Ich wollte ihn nicht zu mir hoch bitten, denn ich wusste nicht, ob ich mich beherrschen konnte, ohne ihn anzuspringen und überall auf seinem Körper Schokosoße verteilen zu wollen. Mein Hirn schrie quasi *out of order*, wenn es um Jackson ging.

Also rannte ich stattdessen die Treppen hinunter, fiel fast auf die Schnauze, weil irgendein Vollpfosten schon in aller Frühe den verdammten Flur wischen musste, und schlitterte dann wenig elegant an die Haustür. Ich riss die Tür auf, und da stand er mit einem verschmitzten Lächeln und einem Blick, der mir sagte, wie sehr er sich freute, mich zu sehen. Er hatte schwarze Jeans an, ein Shirt mit dem Logo von The Cure und seine Boots. Ich fand ihn so unheimlich sexy, dass ich mir gedanklich einen Schlag auf den Hinterkopf verpasste, weil ich ihn nicht hochgebeten hatte.

„Hi“, war alles, was ich herausbekam, anschließend ging ich auf ihn zu. Jackson kam mir entgegen, nahm mich in den Arm, als wäre es das Natürlichste auf der Welt und drückte mich an sich.

„Hallo meine Schöne, du hast mir wirklich gefehlt“, murmelte er und küsste mich auf die Schläfe.

„Du mir auch, dabei kennen wir uns erst seit kurzem, das ist komisch, oder?“, fragte ich, denn ich kam immer noch nicht klar damit, dass ein Mann mir so schnell so viel bedeuten konnte. Gleichzeitig verteufelte ich mich für meine unbedachte Plapperei.

Jackson ließ seine Arme um mich geschlungen, nahm den Kopf ein bisschen zurück und schaute mir in die Augen. „Da es sich für mich richtig anfühlt, würde ich eher sagen, nein, es ist gar nicht komisch", raunte er, berührte mit seiner Nase meine und küsste mich erst zaghaft, dann immer stürmischer. Ich küsste ihn genauso leidenschaftlich, denn die Sehnsucht nach ihm hatte mir mehr zugesetzt, als ich wahrhaben wollte. Er hielt mich ganz fest an sich gedrückt, seine Wärme ging mir unter die Haut und ich wollte ihn nie wieder loslassen. Es war fast so, als würden meine wirren Gedanken sich beruhigen, sobald er mich küsste. Mein Herz und mein Kopf fühlten sich ultraleicht an, diese Gefühle für ihn waren unbeschreiblich. Mir war es vollkommen egal, dass wir uns vor meiner Haustür küssten wie Teenies und meine Nachbarn vielleicht empört sein könnten.

Bis auf Mr. Goldstein, der würde wahrscheinlich applaudieren und Jackson anerkennend auf die Schulter klopfen. Ich löste mich von ihm, blickte ihn an und hätte ihn am liebsten gleich noch einmal geküsst. Jackson betrachtete mich, als wäre ich etwas Besonderes. Ich merkte, wie ich schon wieder rot wurde, als wäre das hier das erste Date meines Lebens. Innerlich verfluchte ich mich dafür, weil meine Coolness bei ihm versagte und nur die schüchterne Rose übrigblieb.

„Also, wohin geht's denn?", versuchte ich trotzdem, so lässig wie möglich zu klingen.

„Lass dich überraschen", antwortete er heiser, räusperte sich und gab mir einen Kuss auf die Stirn.

Jackson griff nach meiner Hand und zog mich mit sich zu seinem Wagen.

Auf dem Weg, wohin auch immer, hörten wir Musik, redeten über sein neues Projekt und dass er und seine Freunde das gleiche Konzept wie hier durchziehen wollten. Er würde in den kommenden Monaten immer wieder hinfliegen müssen, um das Ganze zu beaufsichtigen, oder falls Fragen aufkamen, und man spürte förmlich, dass sein Job ihn wirklich glücklich machte. Jackson nahm ab und zu beim Fahren meine Hand und drückte sie zärtlich, was mir jedes Mal kleine Stromschläge verpasste.

„Und, hat sich bei deiner Freundin wieder alles eingerenkt?", wollte er wissen und ich war erstaunt, dass er sich daran noch erinnerte.

„Ja, die beiden haben sich ausgesprochen und Charlie hat ihr versichert, dass er seine Arbeit nicht mehr über ihre Beziehung stellen wird. Ich hoffe, sie packen das."

„Ganz bestimmt … es lohnt sich immer, für das zu kämpfen, was einen glücklich macht." Ich sah ihn ungläubig an, und fragte mich, wo dieser Mann herkam und wieso er keinen sabbernden Fanclub hinter sich herzog oder verheiratet war. Seine Art zu denken und zu handeln entsprach der Vorstellung meines Traumprinzen, so kitschig sich das auch anhören mochte.

„Du bist wirklich toll … ein guter Kerl, Jackson", sagte ich liebevoll. „Und gute Kerle sind verdammt selten."

„Rose, du tust so, als würde es keine netten Männer geben, sondern nur Arschlöcher. Ich kann mir einfach nicht vorstellen, dass irgendjemand dich freiwillig wieder gehen lassen würde … wenn er es doch tut, ist er ein Vollidiot“, entgegnete er und sah mich zärtlich von der Seite an.

„Pah, du hast ja keine Ahnung, wie scheiße *Mann* sein kann.“ Ich schnaubte wenig damenhaft und meine Stimme klang ironisch, denn ansonsten hätte der Schmerz zu offensichtlich durchgeschimmert. „Manchmal finde ich es sogar ziemlich gruselig, was und wer einem im Leben begegnet. Umso erstaunlicher bist du für mich. Glaube mir, ich weiß wovon ich spreche, wenn ich sage, dass es wirklich einige Arschgeigen gibt“, fuhr ich fort.

Jacksons Miene wurde nachdenklich, er sagte jedoch nichts. Ich war wütend auf mich, dass ich das Thema nicht einfach abgehakt hatte, sondern über Männer sprach, als wären sie die Pest. Für ihn musste ich unglaublich verbittert und vorurteilsbehaftet klingen, denkbar schlechte Voraussetzungen für ein zweites Date. Wieso hatte ich meine Klappe nicht halten können? Er schien noch nie negative Erfahrungen gemacht zu haben und kam mir langsam wie ein Einhorn vor. Ein Mythos, der zu schön war, um wahr zu sein.

Stille trat ein und ich wusste, dass es meine Schuld war. Wir fuhren noch eine halbe Stunde, bis er auf einen großen Parkplatz einbog und anhielt.

„Wir sind da!“ Jackson stieg aus, kam ums Auto herum und hielt mir wieder die Beifahrertür auf, bevor ich überhaupt begreifen konnte, wo wir uns befanden.

„Ein Zoo?“ Ungläubig und erstaunt sah ich zum Eingang des Central Park Zoos.

„Ich war noch nie hier und ich dachte, da wir uns schon zweimal in Begleitung von *wilden* Tieren getroffen haben, wäre das hier passend. Was meinst du?“, fragte er verschmitzt.

Ich drehte mich zu ihm um und strahlte ihn an. „Das ist eine wahnsinnig schöne Idee“, erwiderte ich und nahm dann all meinen Mut zusammen. „Im Übrigen wäre ich dir dankbar, wenn du mich wegen meiner Aussagen die männliche Spezies betreffend nicht gleich über das nächste Bärengeländer werfen würdest.“ Langsam trat ich auf ihn zu. „Es tut mir leid, Jackson, ich will das hier nicht verderben. Es fühlt sich nur so ungewohnt an. Also vergiss bitte, was ich vorhin gesagt habe.“

Ich nahm seine Hand und zog ihn Richtung Eingang - oder versuchte es zumindest, denn er blieb stehen und ich stolperte zu ihm zurück. Seine rechte Hand legte er an meine Wange und hielt mit der anderen mein Kinn zwischen Daumen und Zeigefinger, sodass ich gezwungen war, ihn anzusehen, ob es mir nun peinlich war oder nicht.

„Rose, nichts muss dir leidtun, okay? Du musst nur eines verstehen: Ich bin nicht wie die anderen Männer und ich werde dir das beweisen, wenn du mich nur lässt. Aber dazu musst du dich eben auch ein Stück weit aus deiner Deckung wagen und zumindest versuchen, mir zu vertrauen“, raunte er mir zu.

Im ersten Moment war ich einfach nur sprachlos und starrte ihn an. Mein Verstand ermahnte mich, vorsichtig zu sein, doch mein Herz war angesichts des Ausdrucks in seinen Augen anderer Meinung. In ihnen konnte ich alles sehen, selbst das, was ich nicht ganz begreifen konnte.

„Könntest du mich bitte fest kneifen oder küssen, damit ich weiß, dass du echt bist?“ Meine Stimme war jetzt nur noch ein leises Flüstern. Ich war so dermaßen überwältigt und das aus so vielen Gründen, die nichts mit seinem wahnsinnig heißen Körper zu tun hatten.

„Aufs Kneifen verzichte ich vorerst, aber ich werde dich küssen, so oft du willst. Nichts lieber als das", antwortete er lächelnd und küsste mich stürmisch. In dem Moment, wo seine Lippen meine berührten, konnte ich nichts anderes tun, als meine Arme um seinen Hals zu schlingen und den Kuss erwidern. Jacksons Zunge fand die meine, streichelte, neckte sie und ich wäre am liebsten auf der Stelle zurück zu mir gefahren. Ich bekam eine Gänsehaut am ganzen Körper und war angetörnt bis zu den Haarwurzeln. Jackson vertiefte den Kuss noch einmal, bevor er sich langsam von mir löste, diesmal mit einem fetten Grinsen im Gesicht.

„Ich bin dir sehr dankbar, dass du mich nicht gekniffen hast", sagte ich völlig berauscht von seinem Geschmack und der Intensität meiner Gefühle. Er nahm meine Hand in seine, sah mich liebevoll an und küsste mich wieder.

„Jederzeit zu Diensten!", verkündete er mit einem Ausdruck in seinen Augen, dass mir fast das Höschen wegflog.

Jackson hatte sich einen Platz in meinem Herzen erobert, und wusste es nicht einmal.

Der Zoo war bekannt für seine verschiedenen Tierarten. Die Tiergehege waren den jeweiligen natürlichen Umgebungen der Wildtiere angepasst worden und somit ein toller Ausflugsort für Jung und Alt. Es gab eine Eis-Welt mit Pinguinen und

Walrössern, einen Kleintierzoo für Kinder zum Anfassen und viele Attraktionen für die ganz Kleinen.

Wir kauften uns Tierfutter in einem Souvenirshop, fingen bei den Giraffen an und gingen dann zu den Seelöwen, wo gerade eine Fütterung stattfand. Sie machten einfach alles für ihren Fisch, und ich lachte jedes Mal, wenn wir eine kleine Ladung Wasser abbekamen. Ich liebte es im Zoo, die Geräusche der Tiere, das Lachen der Kinder und man konnte einfach in eine andere Welt abtauchen.

Als ich noch ein Kind war, waren meine Eltern oft mit mir in verschiedene Zoos gefahren. Abends war ich immer so kaputt gewesen, weil ich alles sehen und alles essen musste, dass meine Mom mich ins Bett tragen musste.

Wir verließen die Seelöwen und gingen Hand in Hand weiter. Die Sonne schien mittlerweile kräftig und passte perfekt zu dem Gefühl, das ich hatte, wenn wir uns berührten. Händchenhalten war für mich etwas Besonderes, denn es war eine Verbindung zu dem anderen, die ohne Worte stattfand.

Wir kamen an einem Streichelzoo vorbei, wo man unter anderem Ziegen füttern konnte.

„Na, traust du dich?“, versuchte Jackson, mich herauszufordern.

„Pah, das ist ein Kinderspiel für mich. Mit Böcken komm ich gut klar!“, schoss ich zurück, zwinkerte ihm zu und ging mutig ins Gehege.

Was konnte hier schon schief gehen? Ich schüttelte mit der Verpackung des Futters, um sie anzulocken, was besser als erwartet funktionierte. Einige Ziegen rannten auf mich zu und umzingelten mich. Die eine biss in meine Jeans, die andere stellte sich auf die

Hinterbeine, platzierte ihre Vorderhufe auf meiner Hüfte und knabberte an meinem Top, während die restlichen Tiere mich nach hinten drängten.

„Hilfe“, rief ich. Ich versuchte wirklich, nicht wie ein kleines Mädchen zu kreischen, leider war ich war vollkommen überfordert mit diesem tierischen Massenandrang. Das Futter hielt ich hoch, damit die Ungeheuer es mir nicht aus der Hand reißen konnten.

„Du hast wirklich eine Menge Verehrer, Rose“, hörte ich Jackson lachend sagen, der immer noch hinter der Absperrung stand und somit in Sicherheit vor den Bestien war.

„Sehr witzig, Charming, die wollen mich auffressen. Und wo bitteschön bleibt mein Held, um mich zu retten?“

Ich probierte, sie mit meiner freien Hand zu verjagen und mich wieder Richtung Jackson zu schieben. Aber die Meute war so stürmisch und ich nur noch damit beschäftigt, mein Top zu umklammern, weil ich nicht plötzlich nur im BH dastehen wollte, sodass ich einen Felsen hinter mir übersah. Mit einem Fuß stieß ich dagegen, taumelte rückwärts, ruderte mit den Armen, fiel nach hinten und versuchte, mich im freien Fall mit den Händen abzufangen. Dabei warf ich die Packung in die Luft und wenig später landete ich unsanft mit dem Arsch zuerst auf dem Boden, Ziegenfutter rieselte auf mich herab und eine Menge Ziegen blökten mir ins Gesicht.

Das ist wie in einem beschissenen Comic, dachte ich und schämte mich zu Tode. Die Tiere ließen mich abrupt in Ruhe und vergingen sich an dem Futter. Nur ein kleines Zicklein kam herbei und wuselte in meinen

Haaren, wo wohl auch etwas von dem Fressen gelandet war.

Ich schlug die Hände vor meine Augen, denn ich wünschte mir gerade nichts sehnlicher, als dass einer von diesen Stinkern mich mit einem Happen verschlang und ich diese Schmach hinter mir hatte.

Ein seltsam erstickt klingendes Geräusch weckte meine Aufmerksamkeit und ein Blick durch meine Finger verriet mir, dass Jackson sich krampfhaft bemühte, seinen Lachanfall zu unterdrücken. Der Schreck ließ langsam nach und ich musste in sein Gelächter mit einstimmen.

Ja, es war ultrapeinlich, dass ich mich wieder mal vor dem Kerl zum Vollidioten gemacht hatte, den ich nackt sehen wollte. Doch andererseits sah er gleich, mit wem er es zu tun hatte und konnte immer noch die Flucht vor mir ergreifen.

Mein Körper schüttelte sich und mir stiegen vor Lachen Tränen in die Augen, was die Ziegen kein Stück interessierte, Jackson hingegen schon.

„Rose, verdammt! Ist alles in Ordnung? Hast du dir weh getan?“ Er stand jetzt besorgt vor mir und verscheuchte die kleinen Ungeheuer.

„Nein, nur mein Stolz hat ein wenig gelitten. Der ist in den Urlaub gefahren und kommt so schnell nicht wieder!“ Kopfschüttelnd nahm ich die Hände vom Gesicht, wischte mir die Tränen ab und sah zu ihm auf. Jackson ergriff meine Finger, zog mich hoch, klopfte mir den Dreck von der Hose und war dabei sehr gründlich, was mich den peinlichen Auftritt fast vergessen ließ.

Er grinste mich schräg an. „Mein Gott, man muss deine Verehrer ja quasi mit der Brechstange von dir entfernen“, scherzte er und nahm mich erneut an die Hand. Mit der anderen holte er die restlichen Körner aus meinem Haar.

„Ich glaube, ich werde dich jetzt zu Coke und Burger einladen, dort kannst du wieder zu Kräften kommen.“

„Das müssen aber eine verdammt große Coke und Burger sein, damit ich mich von diesem Überfall erhole“, erwiderte ich kopfschüttelnd und war erleichtert, dass er mich nicht für einen Totalausfall hielt.

Händchenhaltend gingen wir zu einem kleinen Café, das mitten im Zoo lag und bestellten uns gigantische Portionen, denn so ein Kampf um Leben und Tod machte nun mal hungrig. Wir redeten nicht viel, sondern genossen unsere Umgebung und das Essen. Als wir fertig waren und ich pappsatt, ertappte ich Jackson dabei, wie er auf seine Armbanduhr schaute und dann wieder zu mir.

„Was guckst du denn so komisch?“, fragte ich ihn vorsichtig.

„Ich habe noch eine Überraschung für dich“, verkündete er und sah mich mit einem erwartungsvollen Blick an.

„Na, so lange es keine stinkenden Vierbeiner mehr sind, die ich füttern muss, ist es sicher eine tolle Überraschung!“, gab ich mit einem Lächeln zurück. Jackson wirkte für einen Moment ein wenig verunsichert, aber sein Optimismus gewann schnell wieder die Oberhand.

„Sagen wir mal so, es sind durchaus Vierbeiner, nur sehr viel größer. Du darfst sie füttern und ich verspreche dir, dass sie dich nicht umrennen werden.“

Ich runzelte zweifelnd die Stirn, meine Neugierde war dennoch so groß, dass ich natürlich einwilligte. Noch peinlicher als im Streichelzoo konnte es für mich ohnehin nicht mehr werden.

Hand in Hand schlenderten wir durch den Zoo, an Löwen vorbei, die so laut brüllten, dass ich vor Schreck fast auf Jacksons Arm gesprungen wäre. Es dauerte ein paar Minuten, bis mein Herz wieder halbwegs normal schlug. Nicht, dass es das sonderlich oft tat, wenn er in meiner Nähe war.

Ich hörte das Tröten und Stampfen schon, bevor wir um eine weitere Ecke gingen. Direkt vor einem großen Elefantengehege blieben wir stehen. Ein Tierpfleger erwartete uns bereits.

„Hallo, sind Sie Mr. Hunter?", fragte der Pfleger freundlich.

„Ja, das bin ich, und das ist meine Freundin Ms. McAllister. Wir hatten eine Fütterung gebucht", erwiderte Jackson und lächelte mir zu.

Ich war schon bei dem Wort Freundin kurzeitig ausgestiegen, meine Gefühle hatten Partyhütchen aufgesetzt und feierten Fasching. Es war viel mehr die Bedeutung, die hinter diesem einem Wort steckte. Und die Art, wie er es mit einer Selbstverständlichkeit aussprach, zeigte mir, dass er sich sicher war. Ich wusste im ersten Moment nicht, wie ich darauf reagieren sollte, ohne ihm die Klamotten vom Körper zu reißen. Deswegen drehte ich mich atemlos zu ihm um.

„Deine Freundin?", hakte ich ungläubig nach. Ich zog an seinem Shirt und er lehnte sich ein wenig zu mir hinunter.

„Natürlich bist du das. Wenn ich ehrlich sein soll, habe ich bereits, seit wir uns das erste Mal trafen, das Gefühl, du gehörst zu mir.“

Jackson legte einen Arm um meine Schulter, zog mich noch näher an sich und küsste mich genauso selbstverständlich, wie er mit dem Wort Freundin umging. Er vertiefte den Kuss, ließ ihn leidenschaftlicher werden und meine Gedanken drifteten automatisch zu all den unanständigen Dingen, die ich ihn gern mit mir machen lassen wollte. Seine Zunge strich über meine, neckte mich, ihm entgegenzukommen, und das tat ich, sogar ziemlich stürmisch. Meine Hände lagen mittlerweile in seinen Haaren und daran zog ich ihn noch dichter an mich. Unsere Körper klebten förmlich zusammen und ich stöhnte leise vor Wonne.

„Ähm, Verzeihung, ich will Sie ja nicht stören, aber die Elefanten sind hungrig und wir haben einen festen Fütterungsplan“, ertönte die Stimme des Tierpflegers und ließ uns abrupt auseinanderfahren.

Oh mein Gott, wir hatten unsere Umgebung und damit auch ihn völlig vergessen.

Errötend stammelte ich ein „Sorry“ und nahm meine Hände aus Jacksons Haaren, die jetzt total zerwühlt wirkten und zu allen Seiten abstanden.

Er dagegen war die Gelassenheit pur, strich mir noch einmal mit einem Finger über die Wange und flüsterte leise in mein Ohr: „Deinetwegen werfe ich meine guten Manieren über Bord … aber das gefällt mir verdammt gut.“

Jackson nahm meine Hand, sah zu dem Tierpfleger und meinte, dass wir jetzt bereit wären. Brian, so stellte sich der Mann vor, führte uns in den abgezäunten

Bereich. Ein paar Meter vor uns befand sich die Elefantenherde, die aus drei Weibchen und zwei kleinen, süßen Elefantenbabys bestanden.

„Gibt es keine Männchen hier im Gehege?", fragte ich neugierig und sah mir die wunderschönen Tiere an.

„Nein, die Elefantenkühe sind nach der Geburt gegenüber den Elefantenbullen schnell aggressiv, deswegen befinden sich diese in einem separaten Teil", erklärte mir Brian und zeigte uns den Weg zu der Wassergrube, wo die Gruppe sich bei einer Hitze, wie sie heute vorherrschte, gut abkühlen konnten.

Ich war ein bisschen neidisch auf die Dickhäuter, denn die Sonne stand jetzt am höchsten und es war wahnsinnig heiß. Brian gab Jackson und mir einen Eimer mit Karotten, Kohlrabi und Äpfeln, anschließend pfiff er einmal schrill, was die Elefanten wohl als Aufforderung verstanden, jedenfalls setzten sie sich langsam in Bewegung. Je näher sie kamen, desto beeindruckender war das Spektakel. Die Tiere waren gigantisch und rochen ein bisschen wie die Ziegen vorhin.

Jackson schien genauso beeindruckt, aber weniger ängstlich als ich zu sein, denn er stellte sich neben Brian. Ich hingegen hielt mich lieber hinter ihnen. Sicherheitsabstand konnte ja nicht schaden, ein Unfall am Tag reichte mir.

Jackson stupste mich mit dem Ellenbogen an. „Hey Rose, nicht verstecken. Wo bleibt deine Abenteuerlust? Diesmal sind ja keine männlichen Tiere anwesend, die es auf dich abgesehen haben könnten!", neckte er mich.

„Charming, du wandelst hier auf ganz dünnem Eis. Meine Abenteuerlust ist noch bei den Ziegen und tobt sich dort aus“, entgegnete ich, stieß ihn in die Seite und sah ihn warnend an. Er lachte leise und ich stimmte mit ein.

In seiner Gegenwart ging es mir immer gut, und ich hatte lange nicht mehr so viel gelacht, wie mit ihm. Und auch wenn wir uns jetzt nicht berührten, fühlte ich stets seine Nähe und mich damit automatisch sicher. Ich gehörte eigentlich nicht zu den Frauen, die man beschützen musste, aber an seiner Seite konnte ich mich fallen lassen, brauchte nicht stark zu sein, sondern konnte mich anlehnen und loslassen.

Die Elefanten schienen genauso gierig zu sein wie die Ziegen, denn als sie vor uns stoppten, was Brian mit einem langen Stock und einem weiteren Pfiff bewirkte, gingen die Rüssel sofort in die Eimer. Vorsichtig griff ich mir einen Apfel aus dem Behälter, der jetzt schon extrem mit Elefantensabber beschmiert war, und hielt dem Elefantenbaby das Obststück hin. Der kleine Bursche hob den Rüssel und saugte das Obst wie ein Staubsauger an, um ihn sich anschließend ins Maul zu stopfen.

Ich sah zu Jackson, der die großen Geschöpfe fütterte und sie ab und zu vorsichtig über den Kopf streichelte. Mit dieser Aktion hatte er sich wieder ein Stück mehr in mein Herz gezaubert, denn wer so offen und liebevoll mit Tieren umgehen konnte, der konnte einfach kein schlechter Mensch sein. Mein Ex mochte nicht einmal Katzen, was ihn eigentlich schon zu einem Arsch degradierte.

Als unsere Eimer leer waren, gab Brian den Elefanten ein Zeichen. Auch dieses Mal gehorchten sie sofort und liefen zu der Wasserstelle. Die Großen gingen langsam hinein, die beiden Kleinen jedoch rannten ungestüm ins Becken, legten sich danach am Ufer hin und wälzten sich in einer Mischung aus Schlamm und Wasser hin und her. Jackson nahm mich in den Arm und wir sahen dem Spektakel eine Weile zu. Es war atemberaubend, diesen Geschöpfen so nah zu sein, und wenn sie tröteten, war es der Wahnsinn.

Die beiden jüngsten hörten sich leicht schräg an, was aber umso niedlicher war.

„Und, hast du Spaß, Charming?", fragte ich Jackson und verschränkte unsere Finger miteinander. Er schaute auf unsere Hände, dann in mein Gesicht und hatte wieder diesen Ausdruck in den Augen, der mich ganz schwindelig machte. „Es gibt niemanden, mit dem ich lieber hier wäre", antwortete er und nahm mich in den Arm. Ich zog ihn an seinem Shirt zu mir und gab ihm einen Kuss, der ihn leicht stöhnen ließ und mich in das Land der unanständigen Gedanken katapultierte. Ein lautes Schnauben störte unseren Kuss und als wir beide zu den Elefanten sahen, waren die drei Großen dazu übergegangen, mit den Rüsseln Wasser einzusaugen und über die Jungtiere zu spritzen. Diese waren so begeistert, dass sie gleich mitmachten.

„Ihr müsst etwas aufpassen, es könnte ein bisschen wild werden. Die Babys spielen, wie Kinder es tun und werden schnell übermütig", warnte Brian uns und wir gingen vorsichtshalber ein Stück zurück. Die Zwei saugten am Rand des Beckens ihre Rüssel voller Schmutzwasser. Ehe wir auch nur blinzeln konnten, ergoss sich neben mir eine kleine Lache Wasser, die mich an der Jeans traf und meine Schuhe durchnässte. Ich schrie auf, machte einen Satz nach hinten und das nächste, was ich sah, war ein viel größerer Schwall braunes Wasser, der über Jackson ausgeschüttet wurde - oder vielmehr geprustet.

Keine zwei Sekunden später bekam ich einen heftigen Lachflash. Ich konnte einfach nicht aufhören und jeder Blick in Jacksons Gesicht, das immer noch ziemlich schockiert und gleichzeitig fassungslos wirkte, machte es umso schlimmer. Ich japste und hielt mir den Bauch. Der Tierpfleger hätte vielleicht als kleine Info hinzufügen können, dass ein wenig mehr Abstand schlauer gewesen wäre.

„Rose, meine Schöne, kann es sein, dass du schadenfroh bist, hm?“, tadelte Jackson mich, als er seine Stimme wiedergefunden hatte.

„Ach, nur minimal“, presste ich hervor und musste mir auf die Lippe beißen.

Er griff in sein pitschnasses Haar, strich es zurück und sah dann an sich hinunter. Es gab wirklich nichts an ihm, was trocken geblieben war. Sein Shirt, das ihm wie eine zweite Haut am Körper klebte, war ein Ansporn für meine hormongeplagten Gedanken. Im Stillen dankte ich den Elefanten für diese Aktion. Jackson war ein attraktiver Mann, aber als er sein Oberteil auszog und sich damit das Gesicht abwischte, war es mit mir endgültig vorbei.

Das war besser als diese sexy Werbung im Fernsehen, wenn der Kerl sich nackig machte, um eine Coke zu trinken. Jackson war tausendmal heißer, selbstbewusster und männlicher als dieser Typ. In diesem Moment hatte ich das Gefühl, dass ich einem komplett nackten Jackson nicht gewachsen wäre, ohne zu hyperventilieren, denn schon sein halbnackter Zustand brachte mich völlig aus dem Konzept. Der Anblick seiner definierten Bauchmuskeln nahm mir jeglichen Sauerstoff aus den Lungen. *Nicht sabbern,* ermahnte ich mich innerlich und mühte mich damit ab, meine Mimik unter Kontrolle zu halten.

Auch wenn ich gewollt hätte, ich konnte nicht aufhören, zu starren, und natürlich bekam Jackson das mit. Langsam kam er auf mich zu und wirkte dabei wie die Ruhe selbst. Er ließ mich nicht aus den Augen und mit jedem Schritt, den er näherkam, wurde ich kribbeliger. Es war wie in einem sehr guten Sextraum, wenn dein Gegenüber dich ins Visier nimmt und du gar nicht flüchten kannst … oder willst. Exakt so ging es mir jetzt mit ihm. Ich biss mir erneut auf die Lippen, aber diesmal wollte ich ein lautes Seufzen vermeiden. Meine innere Musikbox spielte *Sex on fire* von Kings of Leon, während ich nur dastand und wartete.

Irgendetwas hatte sich verändert, es knisterte gewaltig zwischen uns. Vielleicht lag es daran, wie ich ihn ansah, dass wir seit Wochen umeinander herumschwirrten oder weil der Hunger in seinen Augen mich völlig verrückt machte. Fast konnte ich es mit Händen greifen, und meine Haut kribbelte, als würde unter ihr stetig und immer stärker Strom fließen.

Bei mir angekommen legte er seine Finger in meinen Nacken, seine Stirn berührte meine und er sah mich aus dieser verkürzten Distanz an. Es war ein stiller Dialog zwischen uns, unsere gierigen und verlangenden Blicke sagten alles. Wir atmeten schnell und diese Sache zwischen uns wurde immer größer.

„Danke für das einmalige Erlebnis, Brian", ergriff Jackson nach einer ganzen Weile gepresst das Wort, sein Gesicht nach wie vor nah an meinem und sein ganzes Sein konzentrierte sich ausschließlich auf mich.

Schon wieder hatten wir den Pfleger und alles um uns herum vollkommen vergessen.

„Keine Ursache, ich bringe sie beide noch ans Tor."

Langsam lösten wir uns voneinander, aber die Dynamik blieb, unsere Hände schlugen buchstäblich Funken beim Berühren und ich hatte das Gefühl, komplett elektrisiert zu sein. Ich glaubte, Jackson noch murmeln zu hören, dass er eine kalte Dusche bräuchte, und musste grinsen. In stiller Eintracht gingen wir Richtung Ausgang. Unsere Klamotten klebten an uns und scheinbar wollten wir beide so schnell wie möglich nach Hause. Ich war froh, dass er sich wieder sein nasses Shirt angezogen hatte, ansonsten hätte ich für nichts garantieren können. Wir sagten eine Zeitlang nichts, sondern waren tief versunken in unsere Gedanken.

Beim Auto angekommen machte ich mir Sorgen um seine Sitze, da es das neueste Modell auf dem Markt war. „Wollen wir nicht fragen, ob sie irgendwelche Müllbeutel oder Ähnliches haben, um die Sitzpolster zu schützen?"

„Ehrlich gesagt wäre es mir lieber, wenn wir jetzt so schnell wie möglich nach Hause fahren, damit ich die nassen Sachen loswerden kann." Jackson zog sein Shirt angewidert von sich und rümpfte die Nase.

„Na klar, das verstehe ich vollkommen. Ich will auch dringend raus aus meiner Hose", plapperte ich drauflos. Mein Mund hatte beschlossen, zu reden, bevor ich überhaupt nachdenken konnte und ich merkte zu spät, wie das herüberkam. Jackson hielt mir die Tür auf und tat Gott sei Dank so, als hätte er meine Verbalentgleisung nicht mitbekommen.

„Was dagegen, wenn wir erst zu mir fahren? Du könntest meine Dusche benutzen und dann bestelle ich uns etwas vom Inder. Was meinst du?“, schlug er vor.

Entweder war er der schlaueste und abgebrühteste Kerl der Welt, oder er war einfach nur nett und hatte wirklich keine Hintergedanken. Ich entschied mich, weiterhin mutig zu sein, und war auch neugierig, wie und wo er wohnen würde.

„Kein Problem, ich bin gespannt, was du noch so zu bieten hast!“ Es war zum verrückt werden! Ich war doch echt vollkommen beschränkt! Das passierte mir nur bei ihm, und ich hatte darauf scheinbar keinen Einfluss. Genervt von mir und meinen geistigen Ausfällen stöhnte ich laut auf, Jackson lachte daraufhin nur und stieg ein.

Ich tat es ihm gleich und erschauerte unwillkürlich, als er sich zu mir hinüberbeugte. Der Blick, mit dem er mich bedachte, war so sexy, dass mein Schoß zu pochen anfing.

„Eine Menge, Rose, eine Menge!“, raunte er heiser und ich glaubte ihm aufs Wort.

Kapitel 18

Wir waren höchstens eine Viertelstunde unterwegs, bevor er vor einem großen Gebäudekomplex langsamer wurde, in eine Nebenstraße einbog und in die Tiefgarage fuhr. Das Haus lag mitten in der Innenstadt, war wahnsinnig modern und glich fast einem Hochhaus. Dagegen war meine Wohngegend eher etwas für die Abrissbirne. Ich versuchte, mir nichts anmerken zu lassen, denn es war schon sehr beeindruckend und schrie förmlich nach Geld und Wohlstand.
Ein weiteres Mal war ich froh, ihn nicht mit in meine Wohnung genommen zu haben. Es lag nicht in meiner Natur, mich für etwas zu schämen, das ich nicht ändern konnte, aber unsere Lebensumstände klafften gewaltig auseinander und passten so gar nicht zusammen.

Noch beeindruckender als das Haus fand ich jedoch Jackson, der nicht einmal mit seinem Reichtum geprahlt oder versucht hatte, mich durch teure Dates für sich zu gewinnen. Hatte er auch gar nicht nötig, denn ein Blick von ihm reichte aus, um ihm überall hin zu folgen.

Jackson stellte den Wagen auf seinen persönlichen Stellplatz und wir stiegen aus. Eine Hand legte er auf meinen unteren Rücken und er führte mich in Richtung des Fahrstuhls. Er streichelte quälend langsam hin und her und machte mir das Denken ziemlich schwer. Jackson drückte den Knopf für die oberste Etage und mir wurde jetzt ein bisschen mulmig.

„*Reiß dich mal zusammen, Rose, du hast doch sonst keinen Stock im Arsch*“, schimpfte ich mit meiner inneren Mimose.

„Wow, ganz nach oben, Charming? Gleich stehen wir in deiner Penthouse-Suite, die ungefähr dreihundert Quadratmeter groß ist, oder wie?“, scherzte ich. Ich lachte über meinen Witz, hatte ihn nur hochnehmen wollen, aber dann sah ich ihn an. Er lächelte nicht, sondern blickte fast beschämt zu Boden und nickte. „Ach du Scheiße“, platzte es aus mir heraus. Ich hielt mir die Hand vor den Mund, um zu verbergen, dass mir dieser jetzt doch offenstand.

„Es ist nur eine Übergangslösung, bis ich weiß, wo ich mich niederlassen möchte. Es ist lediglich eine Wohnung, in der ich im Moment eh nicht so viel Zeit verbringe, wie du weißt. Sie ist nur gemietet“, rechtfertigte er sich und ich bemühte mich um ein beschwichtigendes Lächeln.

Es machte *Ping*, die Fahrstuhltür öffnete sich und wir standen mitten in seiner … ja was eigentlich? Wohnung schien mir ein nicht so passendes Wort zu sein. Palast, Luxusbude, Millionärshütte traf es eher. Er ging voraus und drehte an einem Regler, der das Appartement in warmes Licht hüllte.

„Willkommen in meinem vorläufigen Zuhause“, verkündete er und ging in einen offenen Küchenbereich, der jeden professionellen Koch neidisch gemacht hätte. Selbst mich haute der Anblick schlichtweg um. Endgültig um mich geschehen war es jedoch, als ich an ihm vorbei in das riesige Wohnzimmer kam, das komplett in schwarz-weiß eingerichtet war, ohne viel Deko, aber mit einer spektakulären Aussicht auf die Stadt. Die Fensterfront zog sich über die ganze Länge des Raums und der Ausblick war fantastisch.

„Möchtest du auch etwas trinken, Rose?“, wandte sich Jackson, der mir in den Wohnraum gefolgt war, an mich.

„Ja gerne, Wasser wäre gut.“ Ich versuchte immer noch, den Luxus zu verdauen, der sich mir bot.

„Hier bitte“, ertönte seine Stimme kurze Zeit später. Er kam mit einem Glas auf mich zu, in der anderen Hand eine Coke für sich und stellte sich zu mir ans Fenster.

„Wahnsinn! Ich wusste nicht, dass ich es mit einem Millionär zu tun habe. Was kommt als Nächstes, ein Spielzimmer?“ Die letzte Frage kam sowohl ängstlich als auch ein bisschen aufgeregt aus meinem Mund. Meine Augen schauten streng geradeaus, um jeden Blickkontakt zu vermeiden, dabei hielt ich mich krampfhaft am Wasserglas fest. Jackson drehte sich jetzt mit dem ganzen Körper zu mir, und kam noch näher.

„Willst du spielen, Rose?“, murmelte er an meinem Ohr. Wir waren uns so nah, dass unsere Oberkörper sich leicht berührten.

„Hm?“, quetschte ich hervor, zu mehr war ich nicht fähig. Meine Atmung ging schneller, als ich zu ihm aufsah. Sein Gesichtsausdruck spiegelte das gleiche Verlangen wider, das auch ich empfand.

„Spiele? Meine Schöne, magst du sie? Wenn ich dich so ansehe, fallen mir viele ein. Obwohl ich kein Spielzimmer mein eigen nenne, sind meine Gedanken gerade wieder bei dem Seidentuch, das ich dir geschenkt habe.“ Sein Atem floss über meine Lippen, seine Augen verschlangen mich, und ich hätte in diesem Moment allem zugestimmt.

„Ich weiß nicht … ich glaube schon, dass es mir gefallen würde“, antwortete ich. Meine Stimme klang atemlos und gehaucht. Es war mir in meinem ganzen Leben noch nicht passiert, dass man mir mein Verlangen so deutlich anhörte und ich das nicht abstellen konnte. Er atmete tief durch, und sein Körper schien noch mehr Wärme auszustrahlen.

„Du machst es mir so verdammt schwer. In deiner Nähe verliere ich den Verstand, und ich wollte es doch in deinem Tempo machen“, raunte er. Seine Lippen berührten mich beim Sprechen, und ich sehnte mich so sehr nach einem Kuss, dass es fast weh tat. Aber es kam kein Kuss, denn plötzlich machte Jackson einen Schritt zurück. Seine Hände waren zu Fäuste geballt und sein Blick intensiver als je zuvor. „Obwohl ich nichts lieber täte, als dich jetzt hier vor aller Augen zu nehmen, schlage ich vor, dass wir duschen gehen.“

Beide Optionen hörten sich gut an, und duschen kann man am besten gemeinsam, dachte ich so bei mir. Er schüttelte mit dem Kopf, als könnte er meine Gedanken lesen.

„Komm, ich zeige dir das Gästebad und lege dir eine Jogginghose und ein Shirt von mir raus. Beides wird dir zwar zu groß sein, doch ich denke, es wird schon gehen.“ Er bemühte sich, diese knisternde Atmosphäre aufzulockern, doch so ganz gelang es ihm nicht. Ich wollte ihn so sehr, aber gerade bei ihm konnte ich den ersten Schritt nicht machen. Irgendetwas sagte mir, dass der Sex mit Jackson anders sein würde als mit den Männern vor ihm. Intensiver und wichtiger.

„Okay, klingt super“, gab ich betont locker zurück, obwohl ich viel lieber gesagt hätte, dass er mich gleich hier an der Fensterfront nehmen könnte und es mir scheißegal war, wenn wir beide nach Elefant und Ziege rochen.

Er brachte mich zum Badezimmer, das ungefähr so groß wie meine ganze Wohnung war. Während ich ehrfürchtig staunte, mir die beleuchteten Chrom-Armaturen und verschiedenen Knöpfe der Regenwasserdusche anschaute, holte Jackson für mich Handtücher und ein paar Kleidungsstücke. Ich nahm ihm die Sachen ab, dabei berührten sich unsere Hände und ein weiterer kleiner Stromschlag durchfuhr mich. Auch er zuckte zurück, sah mich noch einmal intensiv von oben bis unten an, drehte sich dann aber abrupt um und verließ den Raum. Ihm schien es ähnlich zu gehen wie mir.

Einen Moment stand ich einfach nur da und überlegte, wie ich vom ersten über den Haufen rennen in einem Supermarkt hier in seiner Wohnung gelandet war. Ich hatte mir doch eigentlich selbst geschworen, keinen Mann mehr an mich heranzulassen, denn Nähe bedeutete in meiner Liebeswelt Schmerz und Verrat. Die zwei Männer, die ich aus vollem Herzen geliebt hatte, hatten mich fallen gelassen, ersetzt und einfach so weiter gemacht, als wäre ich nur ein flüchtiger Augenblick gewesen. Zwei Männer und meinen meiner Mutter untreuen Vater brauchte es, um mir die Vorstellung einer Liebe wie aus den Märchen meiner Kindheit für immer zu nehmen. Bis zu dem Zeitpunkt, als ich Jackson traf. Nun befand ich mich in seiner Wohnung und wollte nichts sehnlicher, als in seinen

Armen zu landen, um mich eines Besseren belehren zu lassen.

Nachdenklich zog ich mich aus, stellte mich unter die Dusche und wusch meine Haare mit dem bereitstehenden Shampoo. Danach nahm ich das Duschgel, das wunderbar roch und überlegte, wie ich ihm erzählen konnte, was mir passiert war, ohne erneut zu zerbrechen oder ihn zu verlieren. Ich wollte die Stimmung und den wahnsinnig schönen Tag nicht durch meinen persönlichen Verlust zerstören, aber er musste es bald erfahren. Jackson musste wissen, worauf er sich einließ und was das für eine mögliche Zukunft bedeutete.

Nachdem ich all den Tiergeruch und die Überreste von Ziegenfutter beseitigt hatte, kuschelte ich mich in das große Badetuch, das er mir hingelegt hatte, und suchte nach einem Föhn. Er hing seitlich neben dem riesigen Spiegel und was ich in ihm sah, ließ mich schaudern. Meine Sommersprossen waren durch die Sonne noch mehr hervorgekommen und ich hatte einen leichten Sonnenbrand im Gesicht.

Als ich fertig mit Haare föhnen und angezogen war, ging ich Jackson suchen. Seine kurze Jogginghose hatte ich am Bund umgekrempelt, damit sie nicht herunterrutschte, und das Shirt am Bauch mit einem Knoten zusammengebunden. Mein Slip befand sich mit den anderen Sachen in meiner Tasche, denn auch er war von der Wasserattacke nicht verschont geblieben. Den BH konnte ich Gott sei Dank anbehalten, er stank nicht nach Tier und ich wollte ungern ohne vor Jackson herumlaufen. Ein Blick von ihm und es wären meine Brustwarzen, die ihn fröhlich begrüßten, und das wäre dann doch zu offensichtlich.

Ich betrat vorsichtig das Wohnzimmer, wo nur sanftes Licht schien. Jackson musste wohl die Außenjalousien heruntergelassen haben und mir fiel der Satz von vorhin wieder ein. Sofort jagte eine gewaltige Hitze durch meinen Körper und ich war bis aufs Äußerste gespannt. Mittlerweile war es schon acht Uhr, was mir die Digitaluhr an der Wand zeigte. Gerade, als ich den Raum wieder verlassen und nach Jackson rufen wollte, ging eine Tür weiter hinten auf und er kam raus, nur mit einem Handtuch um die Hüften. Das war der Punkt, an dem mein Verstand gleichzeitig abschaltete und mein Kopfkino auf vollen Touren anlief. Ich musste an die Kerle aus meinen Büchern denken, doch die waren einen Scheiß gegen ihn. Er hatte den schönsten Körper, den ich je gesehen hatte. Seine Oberschenkel waren muskulös, sein Bauch war ja vorhin im Zoo schon eine Offenbarung gewesen, aber das ausgeprägte V gab mir den Rest. Jetzt war ich es, die ihre Fäuste ballte, um nicht auf ihn zuzugehen und dieses V mit der Zunge nachzuziehen.

Als hätte er meinen Blick auf sich gespürt, schaute er auf und mir direkt ins Gesicht. „Du in meinen Sachen … daran könnte ich mich gewöhnen.“ Er legte den Kopf leicht schräg, sah auf meine Hände und dann wieder in mein Gesicht. Jackson ging immer weiter auf mich zu, ohne mich aus den Augen zu lassen, als fürchte er, dass ich zurückweichen würde. Aber es gab kein Zurück und im Grunde hatten wir das beide schon nach unserem ersten Kuss gewusst.

Meine Beine trugen mich wie von selbst zu ihm und wir blieben dicht voreinander stehen. Ich erlaubte mir jetzt ganz direkt einen langsamen Blick von unten nach oben. Am Handtuch angekommen, bemerkte ich die

Erhebung unter besagtem Stück Stoff, welche mir das Atmen noch schwerer machte. Seine Erregung und der Ausdruck in seinen Augen reichten aus, um mich nicht mehr bremsen zu können. Ich legte meine Hand flach auf seinen Brustkorb und konnte sein rasendes Herz wahrnehmen. Es stolperte und hämmerte ebenso schnell wie meines. Um ihm zu zeigen, dass er mich genauso aus dem Takt brachte, nahm ich seine Finger und führte sie an meine Brust. So standen wir einen kurzen Augenblick da und fühlten den Herzschlag des anderen.

„Scheiß drauf", hörte ich ihn murmeln und plötzlich waren seine Hände in meinem Haar. Sein Mund lag auf meinem und sein Körper war so dicht an meinen gepresst, dass ich seinen rasenden Puls förmlich spürte. Ich stöhnte fast erleichtert und schlang meine Arme um seinen Hals. Ein tiefer Laut kam aus seiner Kehle, der so animalisch war, dass er Eis zum Schmelzen gebracht und mein Höschen feucht gemacht hätte, würde ich denn noch eins tragen.

Der Kuss war nicht sanft. Er war fordernd, glich einem erotischen Kampf, weil sich die aufgestaute Begierde zwischen uns mit einem Knall entlud. In dem Bedürfnis, ihm noch näher zu kommen, zog ich mich an ihm hoch. Jackson reagierte augenblicklich, er schob seine Hände unter meinen Hintern und hob mich an, als würde ich nichts wiegen. Meine Beine schlang ich um seine Hüften. Er ging, mich immer noch küssend, zielstrebig auf einen Raum zu, der sich kurze Zeit später als Schlafzimmer entpuppte. Für das Zimmer hatte ich in diesem Augenblick aber keinen Gedanken übrig, alles, was zählte, war er.

Wir küssten uns und schauten einander dabei an, denn ich wollte nichts von ihm verpassen, keine Reaktion, keine Empfindung. Dieser Akt war so intim, denn ich zeigte Jackson einen großen Teil meiner Gefühlswelt und machte mich für ihn verletzlich. Was ich in seinen Augen wahrnahm, war Hunger, Gier und pure Leidenschaft. Er legte mich trotz stürmischer Küsse langsam auf dem Bett ab und setzte sich auf meine Oberschenkel, seine Hände zu beiden Seiten neben meinem Kopf abgestützt. Ich schaute an ihm herunter und war verblüfft, weil er jetzt vollkommen nackt war. Das Handtuch musste sich auf dem Weg hierher verabschiedet haben und ich konnte einen kurzen Blick auf seinen bereits halbsteifen Schwanz werfen.

Der ganze Mann war zu schön, um wahr zu sein, und das ließ mich fast den Verstand verlieren. In meinem ganzen Leben hatte ich nie jemanden so sehr gewollt wie ihn in diesem Augenblick. Meine Hand legte ich sanft an seine Wange, um mich zu erden. Jackson lehnte sich in die Berührung und küsste meine Handinnenfläche.

„Du glaubst gar nicht, wie oft ich mir diesen Moment vorgestellt habe. Auf tausend Arten habe ich dich genommen, geliebt, gefickt und um den Verstand gebracht. Ich will, dass du meinen Namen schreist, ihn nie wieder vergisst, und selbst dann werde ich nicht aufhören können. Letzte Chance, die Notbremse zu ziehen. Du kannst jetzt sagen, dass dir das zu schnell ist und wir gehen beide kalt duschen. Doch wenn wir erst einmal angefangen haben, gibt es kein Zurück mehr. Ich will dich, das habe ich dir gesagt. Ich will alles von dir und ich werde mich mit weniger nicht zufriedengeben“, raunte er und sah mich dabei intensiv und abwartend an. Seine Worte hatten sich in meine Seele gebrannt. Er wartete auf eine Antwort, die für mich schon feststand, als ich ihn das erste Mal sah, damals hatte ich es nur nicht wahrhaben wollen.

Das Herz liebt, wen es lieben will, wir können uns das nicht aussuchen oder davor schützen. Und genau das war passiert. Ich hatte mich in ihn verliebt.

„Ich will dich auch, Jackson“, antwortete ich und meine Stimme brach vor Emotionen. „Ich will dich so sehr, dass es weh tut und wenn du mich nicht gleich küsst, verliere ich den Verstand!“

Und mehr brauchte es nicht, um seine Beherrschung einzureißen. Diesmal küsste er mich, als würde er verhungern, so intensiv, so leidenschaftlich. Er lockte mich mit seiner Zunge und knabberte an meinem Kinn. Seine Hände strichen rastlos an meinen Seiten hinab bis zum Ende des Shirts, das er dann vorsichtig hochschob und mir mit einem leichten Anheben meines Oberkörpers auszog. Sein Blick war immer noch auf mein Gesicht gerichtet, als würde er jede Reaktion meines Körpers speichern wollen.

Seine Finger wanderten federleicht über meinen BH, ein sanftes Gleiten, kurz darauf strich er langsam, aber fest über meine Nippel, die unbedingt geküsst werden wollten. Ich wimmerte vor Lust, wölbte mich seinen Händen entgegen und schloss meine Augen, denn seine Berührungen in Kombination mit seinem Blick ließen mich beinahe aus der Haut fahren.

Eine kleine Handbewegung später war mein BH fort und seine Lippen legten sich um meine Brustwarze. Ich spürte seine Zähne leicht über die Oberfläche kratzen und flippte fast aus. Es fühlte sich an, als würde ich vor Begierde verrückt werden. Er leckte und saugte abwechselnd, während meine andere Brust durch seine Finger gereizt wurde. Meine Nippel waren hochempfindlich und das Gefühl unbeschreiblich. Als er beherzt in den einen kniff und bei dem anderen fester zubiss, bog ich meinen Rücken durch, um ihm noch näher zu kommen. Hingebungsvoll stöhnte ich seinen Namen.

„Jackson, bitte", flehte ich. Er sah zu mir auf, dunkel und sexy war sein Blick.

Dann schüttelte er grinsend den Kopf und küsste sich langsam einen Weg nach unten. Seine Erektion drückte sich an meiner Seite abwärts und ich hätte sie gern in meinen Händen gehalten. Doch das ging in dieser Position nicht und so blieb mir nichts anderes übrig, als meine Finger um seine Arme zu legen und mich daran fest zu halten. Meine Gedanken rasten, meine Finger wussten nicht, wo sie am liebsten verweilen wollten, und ich konnte nicht genug von ihm bekommen. Jackson zog mir langsam die Hose aus und hielt kurz inne, als er entdeckte, dass ich darunter nackt war.

Sein Blick wurde animalischer und ich hörte, wie er knurrend einatmete. Mir wurde ein bisschen schwindelig und ich bewegte mich immer unruhiger, je tiefer er mich küsste. Jacksons Zunge strich genießerisch über die Haut oberhalb meiner Beckenknochen, seine Hände lagen an meinen Oberschenkeln und schoben sie ohne zu zögern auseinander. Die ganze Zeit schaute ich ihm dabei zu. Ich konnte gar nicht anders, denn niemand hatte mich je so fühlen lassen und mir gezeigt, wie sehr er mich wollte, wie er es gerade tat. Es war berauschend und vollkommen neu. Ich schämte mich für keinen Teil meines Körpers, weil er mir die Bestätigung mit jedem Kuss und jedem Blick gab.

Jackson kniete sich zwischen meine Beine, leckte sich über die Lippen und senkte seinen Kopf zu meiner Mitte. Als sein Mund meine Pussy berührte, verlor ich mich in meinen Empfindungen und ließ mich auf das Kissen zurückfallen. Er küsste mich dort so, wie er meinen Mund geküsst hatte, fordernd und sinnlich. Ich legte meine Hände an seine Schultern und stöhnte laut auf. Er intensivierte das Ganze noch, indem er meine Oberschenkel umschlang und mich festhielt.

Es war unglaublich, was er in mir auslöste. Seine Zunge fand den Weg in mich hinein, stieß zu und vögelte mich. Jacksons Griff wurde fester, seine Bewegungen energischer und ich konnte nichts dagegen tun, als sich alles in mir zusammenzog. Nie zuvor hatte ich erlebt, dass sich allein durch Oralsex ein derart heftiger Orgasmus ankündigte, wie es jetzt der Fall war. Ich bemerkte ein Kribbeln, das mir durch sämtliche Adern raste und mein Höhepunkt kam angerauscht wie ein Güterzug. Es war zu viel und ich wollte mich Jacksons Griff entziehen, doch in diesem Moment stieß er mit zwei Fingern in mich hinein, drückte meinen G-Punkt und strich hart mit seiner Zunge über meine Klitoris. Mein Schrei kam laut über meine Lippen. Ich zuckte am ganzen Körper und ein Feuerwerk ging durch mich hindurch. Mein Kopf war völlig leer und ich schnappte gierig nach Luft. Jackson küsste meinen immer noch zuckenden Bauch, ließ meine Beine wieder auf die Decke zurückgleiten und schob sich langsam an mir hoch.

Seinen Schwanz spürte ich hart an meinem Schenkel, während er mich küsste und das törnte mich von neuem an. Ich schmeckte mich selbst, was zuerst komisch war, sich aber durch den aufreizenden Kuss schnell verflüchtigte. Obwohl ich gerade erst gekommen war, wollte ich ihn endlich in mir spüren.

„Jackson, ich will dich jetzt, sofort, bitte", wimmerte ich. Es war mir vollkommen egal, dass ich bettelte, ich wollte ihn ganz und das auf der Stelle.

„Meine Schöne, wir haben doch erst angefangen", neckte er mich.

Seine Augen leuchteten, als er seinen Schwanz an mir rieb. Er hielt den Blickkontakt, stöhnte rau und sah dabei so unanständig heiß aus, dass ich an mich halten musste, um nicht nochmal zu kommen, bevor er überhaupt in mir war. Nach einer gefühlten Ewigkeit hörte er auf, uns zu quälen, drehte sich Richtung Nachttisch und holte ein Kondom aus der obersten Schublade. Sein Penis war groß, perfekt geädert, hart und seine Finger bewegten sich langsam an ihm auf und ab. Ein kleiner Lusttropfen lag auf der Spitze, und auch während er ihn verrieb, nahm er nicht eine Sekunde den Blick von mir. Jackson riss die Verpackung auf und wollte das Gummi über seinen Schaft rollen. Ich wollte ihn so gern anfassen, aber er hielt meine Hand auf, bevor ich seiner beeindruckenden Erektion zu nahekommen konnte.

„Wenn du jetzt deine Finger um mich legst, ich schwöre dir, dann ist das hier schnell vorbei. Ich möchte spüren, wie du dich um mich schließt, wenn du ein weiteres Mal kommst", erklärte er und streifte das Kondom über seinen Schwanz. Er küsste mich stürmisch und ich erwiderte diesen Kuss frenetisch, wühlte meine Hände in sein Haar und wickelte meine Beine um seine Hüften. Meine Füße drapierte ich unter seinem Hintern und als er sich positionierte, schob ich ihn ein Stück in mich hinein, denn ich konnte einfach nicht länger warten.

„Verdammt Rose!“ Seine Arme zitterten vor Anstrengung. Jackson stützte sich neben meinem Kopf ab und versuchte, die Kontrolle zu behalten.

Ich beschloss, ihm diese Entscheidung ein wenig leichter zu machen. „Fick mich“, raunte ich ihm ins Ohr. Kurz erstarrte er, dann schob er sich langsam ein weiteres Stück in mich hinein und dehnte mich. Das war bereits so wahnsinnig gut, dass ich unbedingt mehr wollte!

Jackson bewegte seine Hüften, stieß mit seiner ganzen Länge in mich und es fühlte sich fantastisch an, denn er füllte mich komplett aus. Dieses Gefühl ging so tief, dass mir der Atem stockte. Ich würde nie genug davon bekommen, das wusste ich jetzt schon. Wir stöhnten beide auf, als er sich zurückzog, um sogleich wieder in mich einzudringen. Sein Rhythmus blieb langsam, aber fest.

„Du fühlst dich unglaublich an, so warm und feucht“, knurrte er beim nächsten Stoß. „Du bist perfekt für mich“, schob er nach und stieß noch einmal tief und hart in mich. Unsere Becken prallten aufeinander und dennoch war es nicht annähernd genug.

Es gab nichts außer ihm. Er war in mir und um mich herum, einfach überall. Ich biss in seine Schulter und glitt dann mit der Zunge über die Stelle. Meine Hände hatte ich auf seine Oberarme gelegt und bei jeder Bewegung spürte ich seine Muskeln unter der Haut.

„Mehr … härter … tiefer“, flehte ich. All diese Worte kamen mir über die Lippen und er erfüllte meine Forderungen sofort. Solch eine Ekstase war mir gänzlich unbekannt und ich mir selbst ein wenig fremd, weil ich meine Wünsche laut äußerte. Sein Kopf lag in meiner Halsbeuge und ich hörte ihn keuchen. Seine Erregung zu spüren und zu hören, machte mich noch heißer. Unsere Bewegungen wurden hektischer, seine Hand glitt an unseren Körpern hinunter und er drückte seine Finger auf meine Klit.

„Oh Gott, Jackson, so komme ich gleich“, seufzte ich und sein Tempo wurde noch schneller. Er nahm mit der freien Hand mein rechtes Bein und hielt es seitwärts, so dass er in einem anderen Winkel in mich eindringen konnte.

„Sag mir, dass du soweit bist, Rose. Ich halte es nicht mehr aus. Du fühlst dich so verdammt gut an.“ Ein weiterer fester, harter Stoß und ich verlor mich mit voller Kraft in einem gewaltigen Orgasmus. Ich schrie meine Lust hinaus, meine Haut kribbelte, es rauschte in meinen Ohren und ich war wie von Sinnen. Jackson stöhnte laut und rief meinen Namen, als er mir kurz darauf folgte.

Sein Gewicht lag nun komplett auf mir, aber das störte mich nicht. Ich küsste seinen Hals und streichelte mit den Fingerspitzen über seinen Rücken, während mich ein Gefühl von tiefer Befriedigung durchströmte. Jackson hob seinen Kopf und küsste mich erneut, dieses Mal träge und befriedigt, bevor er sich von mir löste. Er stand auf, entsorgte das Kondom im Badezimmer, kam zurück ins Bett und zog mich an sich.

„Ich wusste, dass es perfekt sein würde. Gib mir ein bisschen Zeit und ich zeige dir ein paar andere Sachen, die ich mir vorgestellt habe“, flüsterte er immer noch außer Atem.

„Ich muss selbst erst wieder Sauerstoff in meine Lungen bekommen, denn das eben war der pure Wahnsinn!“ Meine Atmung ging nach wie vor hastig und ich fragte mich, ob ich eine zweite Runde überleben würde.

Doch das Risiko würde ich sehr gerne eingehen.

Kapitel 19

Ich blieb die ganze Nacht bei Jackson. Wir bestellten nach einer erneuten Runde atemberaubenden Sexes etwas zu Essen vom Inder, aßen dieses aus Pappschachteln am Esszimmertisch und unterhielten uns über alles und nichts. Es machte Spaß, mit ihm zusammen zu sein, denn ich konnte ich sein und musste mich nicht verstellen. Ich hatte mir nur sein Shirt angezogen, dieses Mal aber den Knoten weggelassen und ihn nach einer Boxershorts gefragt. Jackson hatte sich lediglich eine Jogginghose übergezogen, doch selbst so ein unerotisches Kleidungsstück sah an ihm einfach nur heiß aus. Ich wog noch ab, ob ich es gut fand, ihn oben ohne neben mir sitzen zu haben. Seine Arme hätten schon für genug Ablenkung gesorgt, seine Bauchmuskeln hingegen waren so sexy, dass ich kaum Hunger verspürte. Ich bekam einzig und allein Appetit auf ihn.

Ab und zu sah ich zu ihm und er lächelte dann, als wüsste er genau, was ich dachte. Im Hintergrund lief leise Musik und wir machten es uns auf der Couch bequem. Er legte sich so hin, dass ich in seinen Arm passte, und drapierte eine Wolldecke über uns. Ich fühlte mich wohl. So wahnsinnig wohl, dass mir schon bald die Augen zufielen. Mein Kopf lag auf seiner Brust, seine Wärme und sein Herzschlag entspannten mich und langsam fielen mir die Augen zu. Ein Tag mit wilden Tieren und diesem tollen Mann würde jede Frau in die Knie zwingen.

Irgendwann bekam ich mit, dass er mich ins Bett trug. Ich war zu müde, um zu protestieren. In Löffelchenstellung schliefen wir, bis Jacksons Wecker am nächsten Morgen ein übles Geräusch machte. Ein Blick auf ihn verriet mir, dass mir noch eine Stunde blieb, bevor ich den Laden aufschließen musste.

„Scheiße“, fluchte ich leise, machte mich aus seiner Umarmung los und wollte schnell duschen gehen, doch weit kam ich nicht. Starke Arme packten mich und nur eine Sekunde später lag ich unter ihm. An meinem Oberschenkel fühlte ich seinen harten Schwanz und konnte mir ein Stöhnen nicht verkneifen. Jackson grinste wissend und wollte seinen Kopf zu mir hinunterneigen, offensichtlich, um mich zu küssen.

„Oh nein, mein Sex-Gott, erstens muss ich zur Arbeit und zweitens brauche ich eine kleine Pause“, stoppte ich ihn.

Das, was ich sagte, ergab überhaupt keinen Sinn. Eigentlich wollte ich nichts lieber, als unter ihm zu liegen, am besten den ganzen Tag. Meine Worte kamen auch wenig überzeugend herüber, da ich mich an Jackson rieb, während ich das sagte. Er fühlte sich unendlich gut auf mir an, und sein Schlafzimmerblick machte es mir noch schwerer. Ich spielte kurz mit dem Gedanken, mich heute vielleicht einfach krank zu melden.

„Guten Morgen, meine Schöne. Hast du gut geschlafen?“ Während seiner Frage ließ er seine Hüften kreisen und ich konnte kaum an etwas anderes als Sex denken. Augenblicklich war mir wieder heiß, aber ich versuchte wirklich, vernünftig zu sein. Ich drückte die Hände auf seinen Brustkorb, um ihn von mir zu schieben, doch ohne Erfolg.

Jackson schien das eher als Ansporn zu nehmen, denn er legte sich jetzt ganz auf mich. Seine starken Arme hatte er neben meinem Kopf so angewinkelt, dass seine Finger in meinen Haaren waren und zugriffen.

„Rose, ich bringe dich zur Arbeit. Du wirst pünktlich sein, versprochen.“ Leise und mit rauer Stimme versuchte er, mich zu beruhigen … oder anzutörnen, ich war mir nicht sicher.

„Aber nur, wenn du sofort deinen sexy Body von mir nimmst, Jackson“, ermahnte ich ihn. Im Grunde wollte ich nicht vernünftig sein und hoffte darauf, dass er mich umstimmen würde. Doch mit einer geschmeidigen Bewegung stand er auf und mein Körper weinte ein klein wenig über den Verlust seiner Wärme.

„Also, Mr. Sex-Gott wird dir jetzt Kaffee kochen. Schau mich nicht so an, du wolltest das so. Und mach dir keinen Kopf um deine Kleidung. Zieh einfach ein Hemd von mir an, das geht bei dir locker als Kleid durch“, schlug er vor.

Bis zu diesem Moment hatte ich an Klamotten noch keinen Gedanken verschwendet. In meine stinkenden Ziegen-/Elefantenjeans konnte ich kaum steigen. Ich sah ihm nach und starrte dabei auf seinen knackigen, nackten Hintern. Meine Muskeln protestierten, als ich aufstand. Zu viel Aktivitäten im Zoo und vor allem im Bett, das war ich nicht gewohnt.

„Nimm dir aus dem Schrank, was du brauchst“, hörte ich ihn aus Richtung Küche rufen.

Ich erlaubte mir einen kurzen Abstecher in sein Badezimmer und bekam einen Schreck beim Anblick meines Spiegelbildes. Mein Haar sah aus, als hätten dort Vögel genistet, also versuchte ich, sie mit einem Knoten zu bändigen. *Frisch gevögelt*, so konnte man den Zustand auch bezeichnen, dachte ich und musste grinsen. Ich duschte in Windeseile und putzte mir schnell die Zähne. Er hatte mir eine neue Zahnbürste hingelegt, was wirklich aufmerksam war. Danach ging ich zurück in sein Schlafzimmer, was im hellen Tageslicht betrachtet riesig erschien und wie der Rest der Wohnung geschmackvoll eingerichtet war.

Nur mit BH und Boxershorts bekleidet entdeckte ich im Schrank ein hellblaues Hemd, das lang genug schien und zog es an. Dann nahm ich noch einen Gürtel heraus, den ich mir um die Taille drapierte. Nicht perfekt, aber es müsste reichen, um nicht für eine Pennerin oder Nutte gehalten zu werden, wenn ich das Penthouse verließ.

In der Küche erwartete mich bereits mein Kaffee und Jackson lehnte fertig angezogen am Tresen.

Gott sei Dank hatte er etwas an, denn ich war über Nacht scheinbar zur Nymphomanin mutiert.

„Du siehst in meinen Sachen toll aus, ich kann das gar nicht oft genug sagen", raunte er und sah mich über den Rand seiner Tasse an.

„Danke. Ich hoffe, es geht so, ohne dass jeder meinen Po sieht. Vielleicht sollte ich lieber ein Zuspätkommen in Kauf nehmen und wir machen noch schnell einen Abstecher in meine Wohnung?", fragte ich ihn und drehte mich einmal um meine eigene Achse.

Jackson beförderte seinen Becher mit Schwung in die Spüle, kam zu mir und nahm mir die Kaffeetasse aus der Hand. Er stellte sie auf den Tresen, dann umarmte er mich und fasste mir mit beiden Händen an den Hintern.

„Das Hemd ist lang genug und bedeckt alles. Du hast einen großartigen Arsch, Rose, doch mir würde es genauso wenig gefallen, wenn ihn jeder sehen könnte!", erwiderte er mit einem eindeutig eifersüchtigen Unterton, der mich zum Lächeln brachte. Stürmisch küsste er mich und ich wollte nur noch hierbleiben.

Kurze Zeit später saßen wir in seinem Auto. Ich erklärte ihm den Weg zu meiner Arbeit und bei seinem rasanten Fahrstil schaffte ich es tatsächlich pünktlich dorthin.

„Und, was hast du heute vor?“, erkundigte ich mich beim Aussteigen und drehte mich noch einmal zu ihm um.

„Ich werde jetzt eine Runde joggen gehen und dann mit Darren telefonieren, ob er und seine Frau Linda am kommenden Wochenende Zeit haben für einen Besuch. Ich würde sie dir gern vorstellen.“ Er sagte das, als wäre es nichts Besonderes.

„Du willst, dass ich deine Freunde kennenlerne?“, wollte ich erstaunt wissen.

„Ja, wieso nicht? Ich kenne Lily und Dallas doch auch schon ein wenig. Nicht denken, fühlen, weißt du noch?“, erinnerte er mich. Jackson schaute mich forschend an und zog mich kurzerhand wieder an den Armen in den Wagen. Jetzt lag ich fast quer und wollte protestieren, allerdings küsste er mich so eindringlich und fordernd, dass meine Zweifel sich in Luft auflösten. „Fühlen, Rose“, flüsterte er an meinen Lippen und ich konnte nur nicken. Atemlos und völlig benebelt löste ich mich von ihm. „Hab einen tollen Tag. Ich melde mich heute Abend.“

„Danke für den gestrigen Tag und die großartige Nacht.“ Lächelnd ging ich Richtung Ladentür, die sich mit einem Ruck öffnete. Eine ziemlich neugierige Violet schob sich an mir vorbei und schaute zu Jackson.

„Aber Hallo, wenn das mal nicht ein echtes Schnittchen ist. Und der Mann dazu sieht auch gut aus.“ Sie war so dermaßen laut, dass er es mitbekam und ich hörte ihn noch lachen, als ich sie zurück in den Laden drängte und die Tür schloss.

„Du bist einfach …“, fing ich an, doch sie unterbrach mich.

„Schätzchen, du siehst aus, als hätte man dich neu sortiert und ordentlich durchgevögelt. Dein Gesichtsausdruck spricht Bände. Also nimm dir einen Kaffee, im Pausenraum liegen Donuts, und dann komm wieder her, wenn du dich gestärkt hast. Du scheinst es wirklich gebrauchen zu können.“ Mit dieser Ansage schob sie mich Richtung Pausenraum.

„Danke“, rief ich ihr über die Schulter zu, verschwand nach hinten und setze mich kurz hin.

Meine Gedanken kreisten um die vergangene Nacht. Um die Dinge, die wir getan, und um die Dinge, die wir gesagt hatten. Jackson war einfach umwerfend, liebevoll, sexy wie die Hölle und machte mich verrückt. Ich biss in den Donut und versuchte, herauszufinden, wo meine Ängste blieben. Es war lange her, dass ich nicht misstrauisch oder zweifelnd war. Doch wollte ich das auch gar nicht mehr sein, also schwor ich mir feierlich, dass ich diesmal nur mit dem Herzen dachte und nicht mit dem Kopf.

Frisch gestärkt ging ich nach vorn. Zwischen Kundschaft und Telefonaten mit Lieferanten erzählte ich Violet von Jackson, dem gestrigen Tag und dass ich mich in ihn verknallt hatte. Sie freute sich für mich und wollte alles wissen. Was er so machte und wie es jetzt mit uns weiter gehen würde.

„Ich habe keinen Plan, Violet, und dafür ist es auch noch viel zu früh. Dieses Mal will ich nicht bis ins kleinste Detail analysieren, sondern es einfach genießen, das habe ich mir geschworen." Das zwischen Jackson und mir fing gerade erst an, ich hatte ein gutes Gefühl und wollte die Fehler der Vergangenheit nicht wiederholen, indem ich alles von A bis Z durchplante.

„Endlich Schätzchen, das wurde auch Zeit. Ich bin mir sicher, dass Jackson das für dich werden könnte, was Charlie für mich ist", antwortete meine Kollegin und klang dabei so begeistert, dass ich lächeln musste.

„Das wäre zu schön, um wahr zu sein." Das kleine Mädchen in mir, das Märchen mit Happy End so geliebt hatte, wollte Violet nur zu gern zustimmen und daran glauben, dass es die große Liebe doch gab.

Den restlichen Tag bediente ich die Kundschaft mit einem glücklichen Grinsen und bester Laune. Ich bekam sogar Trinkgeld, welches ich gleich in Kaffee für Violet und mich umsetzte. Abends waren wir gerade dabei, zusammen Feierabend zu machen, da stupste sie mich mit dem Ellenbogen an.

„Schau mal, ich glaube, du wirst abgeholt!", wisperte sie mir aufgeregt zu. Ich drehte mich um und da stand er. Angelehnt an seinen Wagen, mit überkreuzten Beinen, sexy ohne Ende, und wartete tatsächlich auf mich. „Viel Spaß", hörte ich sie noch sagen, als ich schon auf ihn zu ging.

„Bis morgen, Violet", rief ich schnell über meine Schulter, als mir auffiel, wie unhöflich ich mich gerade benahm, doch durch sein Auftauchen war ich komplett abgelenkt worden. „Was machst du denn hier und woher weißt du, wann ich Schluss habe?", erkundigte ich mich.

Jackson lächelte amüsiert und schloss die Arme um mich. „Google, der Freund und Helfer eines jeden wahnsinnig schlauen Schurken", scherzte er und wackelte mit den Augenbrauen.

„Wahnsinnig ja, schlau … na, ich weiß nicht", schoss ich schmunzelnd zurück.

„Sei vorsichtig, was du zu einem Schurken sagst, sonst muss ich dich in meine Höhle schleppen und dir zeigen, was das für Konsequenzen hat." Der leicht heisere Klang seiner Stimme jagte mir einen wohligen Schauer über den Rücken. Er grinste verschlagen und ich musste lachen.

„Ich glaube, diesen Konsequenzen stelle ich mich gerne", entgegnete ich und zwinkerte ihm zu.

Lachend küssten wir uns wieder, und auch dieses Mal war es ein erster Kuss. Dieser Kuss war vertraut, zeugte von Nähe und war wie ein Versprechen. Ich wusste bis dato nicht, dass es so viele verschiedene erste Küsse geben konnte, und ich wollte sie alle. Mit ihm.

Kapitel 20

Wir sahen uns fast jeden Abend in der darauffolgenden Woche und es wurde zu einer Selbstverständlichkeit, dass ich bei ihm schlief und er mich morgens zur Arbeit brachte.

Wir schauten uns im Kino den neuesten Star Wars Film an, gingen in einem kleinen Restaurant essen und zweimal konnte er mich tatsächlich überzeugen, mit ihm joggen zu gehen. Es waren vermutlich die kürzesten Runden seines Lebens, aber ich hatte ihn gewarnt. Jackson nahm es mir nicht übel, sondern massierte mir danach sogar meine Waden, ehe er sich meinem restlichen Körper ausführlich widmete.

Ich war wie Wachs in seinen Händen und genoss jede Berührung, und ihm ging es meinem Eindruck nach nicht anders. Denn wenn ich seine muskulöse Brust oder andere Teile seines Körpers küsste und streichelte, wie ich es mir in meinen Gedanken tausendmal vorgestellt hatte, sagte er mir oft, wie gut sich das anfühlen würde. Es war so leicht, mit ihm zusammen zu sein. Manchmal gab es Augenblicke, in denen ich innehielt und mich kneifen musste, um mich zu vergewissern, dass es nicht nur ein Traum war.

Heute war Samstag. Jackson hatte gestern erneut geschäftlich nach Chicago gemusst, würde aber bereits heute wiederkommen, damit wir im Anschluss gleich zu Darren fliegen konnten. Dieser freute sich laut Auskunft meines Freundes schon sehr auf unseren Besuch. Ich war ziemlich angespannt und auch aufgeregt deswegen, schließlich wusste ich, wie wichtig es mir war, dass meine Freundinnen ihn mochten. Ich ahnte, dass es bei Jackson wahrscheinlich ähnlich war.

Also rief ich Dallas an, um meine Nervosität unter Kontrolle zu bekommen.

„Hey Dallas, rate mal, wo ich gleich hinfliege und wer sich deshalb fast vor Angst ins Höschen macht?“

„Wenn du schon so anfängst, kann es nur eine Antwort geben: Vegas und Heirat. Und ich schwöre dir, ich bringe dich um, falls du sowas ohne mich durchziehst“, wetterte sie los und ich konnte nichts anderes tun, als mich zu entspannen.

„Quatsch, keine Hochzeit und auch nicht Vegas, obwohl das extrem cool wäre. Nein, ich fliege gleich mit Jackson nach Nassau, um seinen besten Freund und dessen Frau zu treffen. Und ich finde das ganz schön schnell. Was ist, wenn sie mich nicht mögen oder ich sie nicht mag? Was ist, wenn das alles ein großer …“, weiter kam ich nicht, denn Dallas würgte meinen Panikanfall einfach ab.

„Beruhige dich, verflucht nochmal. Du hörst dich an, als würdest du gleich einen Kollaps kriegen. Jetzt hör mir mal zu. Du wirst den Arsch zusammenkneifen, deine beschissenen Ex-Freunde in eine Tonne kloppen, wo sie schon seit Jahren hingehören und dein Leben genießen. Ich mein es ernst, Rose. Hör auf, in der Vergangenheit zu leben, und hab verdammt nochmal Spaß. Du fliegst mit einem heißen Kerl, der dich am liebsten den ganzen Tag nackt durch die Gegend jagen würde, zu seinen besten Freunden. Was gibt es da zu überlegen?“, fragte sie mich herausfordernd und ich gab mich geschlagen.

„Ist ja gut, du hast recht. Ich reagiere über und deswegen brauchte ich einen verbalen Arschtritt von dir. Weißt du, Dallas, ich bin echt in ihn verknallt und will es nicht vermasseln“, erwiderte ich.

„Das wirst du nicht. Und jetzt leg auf, zieh dir was Heißes an und genieße den Kurztrip, die Palmen und deinen sexy Kerl. Ach und vergiss nicht, nur im Wasser vögeln, am Strand kriecht der Sand in Ritzen, die du vorher nicht gekannt hast“, gab sie mir als Ratschlag noch mit auf dem Weg. Ich lachte und fühlte mich wieder wie ich selbst.

„Danke, Dallas. Für all das und für die Bilder in meinem Kopf, die ich nicht so schnell vergessen werde. Bye.“

Nachdem ich das Telefonat mit ihr beendet hatte, packte ich eine kleine Tasche für zwei Übernachtungen. Ich hatte mir den Montag frei genommen, um Nassau auch richtig genießen zu können. Ich war noch nie dort gewesen und freute mich umso mehr, das mit Jackson zu erleben. Die Bahamas waren aufgrund meines schmalen Budgets nie auch nur annähernd ein Reiseziel für mich, und ich hatte das Ticket für den Flug nur unter Protest angenommen. Für Jackson war das nichts, aber ich wollte nicht, dass er für alles aufkam. Er hingegen blieb allerdings stur und sagte, es wäre ja sein Vorschlag gewesen. Wir hatten nie über Geld geredet. Es war offensichtlich, dass er welches besaß und ich nicht. Es war auch kein Geziere oder Gezicke meinerseits, nein, ich wollte ihm begreiflich machen, dass es mir ausschließlich um ihn ging. Er gab mir daraufhin einen äußerst überzeugenden Kuss, brachte mich ins Schlafzimmer, und ich vergaß unsere Debatte sehr schnell.

Wir flogen mit einem kleinen Linienflug und kamen knapp drei Stunden später in Nassau an. Als wir unsere Koffer vom Band holten und anschließend den

Flughafen verließen, waren wir direkt im Paradies gelandet. Es fühlte sich an, als hätten wir eine andere Welt betreten. Überall standen Palmen, es war heiß und man bekam gleich ein Gefühl von Urlaub.

Jackson winkte ein Taxi heran und als wir unser Gepäck verstaut hatten, gab er dem Mann Darrens Adresse, der circa eine halbe Stunde entfernt am Strand wohnte. Wir würden bei ihm und seiner Frau Linda wohnen, denn das Haus hatte laut Jackson genug Platz. Nachdem ich seine Wohnung kannte, hatte ich daran auch keinen Zweifel.

Wenig später hielten wir vor einem großen Tor, stiegen aus und er bezahlte den Fahrer, ehe dieser unser Gepäck auslud. Jackson klingelte und das Tor ging langsam auf. Zum zweiten Mal war ich sprachlos aufgrund des Reichtums, der mir entgegen strahlte, während wir auf das imposante Gebäude vor uns zuhielten. Die Hecken waren gestutzt, der Rasen getrimmt und das Haus gigantisch. Weiß und wunderschön, mit vielen Fenstern. So sollte mein Traumhaus aussehen. Am besten auch hier, direkt am Wasser. Man hörte die Wellen rauschen und ich schloss die Lider.

„Alles okay?“, wollte Jackson wissen, schlang den freien Arm um mich und ich machte die Augen wieder auf.

„Das ist ganz schön überwältigend. Ich komm mir ein wenig wie Aschenputtel vor … und fühle mich ziemlich mittelmäßig“, gestand ich ihm.

„An dir ist nichts mittelmäßig. Du bist das Beste, was mir passieren konnte“, entgegnete er ernst und küsste mich, als wären wir vollkommen allein. Nachdem er sich von mir gelöst hatte, wollte ich gerade zu einer Antwort ansetzen und ihm sagen, dass ich genauso empfand, als sich die Haustür öffnete und ein Mann in Jacksons Alter herauskam.

„Buddy, ich freue mich, dich zu sehen. Ist viel zu lange her“, begrüßte er Jackson, umarmte ihn und der erwiderte das mit viel Herzlichkeit.

„Das ist Rose, meine Freundin. Darf ich vorstellen, das ist Darren“, machte er uns einander bekannt und strahlte mich dabei an. Darren lächelte und auch ich bekam eine Umarmung, was mich im ersten Moment ein wenig überraschte.

Darren war ein bisschen kleiner als Jackson, aber ebenfalls durchtrainiert und gutaussehend. Gegen Jackson hatte er jedoch keine Chance, jedenfalls nicht für mich. Niemand hatte das.

„Hallo Rose, ich freue mich, dich endlich kennenzulernen. Jackson hat schon viel von dir erzählt. Kommt rein, Linda ist ganz gespannt und wartet“, wandte er sich an mich. Darren war genauso, wie ich ihn mir vorgestellt hatte. Er trat sehr herzlich auf und mein mulmiges Gefühl verschwand dadurch schnell.

Wir folgten ihm ins Haus, wo eine Klimaanlage dafür sorgte, dass es schön kühl war. Auch innen war es ganz in Weiß gehalten. Eine große Treppe führte nach oben, und an den Wänden hingen Bilder von Unterwasseraufnahmen. Darren nahm uns das Gepäck ab und ging mit uns in den ersten Stock, wo ein wundervoll hergerichtetes Zimmer auf uns wartete. Die Wände waren in Cremetönen gestrichen, die hellen Gardinen flatterten im Wind und durch die geöffneten Fenster hörte man das Meer noch besser.

Highlight des Raums war ein riesiges Himmelbett. Ich schaute zu Jackson und wünschte mir, wir wären jetzt alleine. Er sah im selben Moment zu mir und dann zum Bett. Mit einem ziemlich anrüchigen Grinsen auf den Lippen zwinkerte er mir zu, ohne dass Darren etwas davon mitbekam. Verdammt, er war die pure Sünde!

„Oh, ihr seid schon da!“, hörte ich eine Frauenstimme sagen und drehte mich zur Tür. Eine hübsche, kleine Blondine kam zu uns und reichte mir die Hand. „Ich bin Linda und du musst Rose sein. Ich freue mich, dass ihr hier seid“, stellte sie sich vor.

Ich schüttelte ihre Hand und mochte sie auf Anhieb. Die beiden schienen herzliche Menschen zu sein, was anderes hatte ich aber auch nicht erwartet, so, wie ich Jackson bisher kennengelernt hatte.

„Hallo Linda, vielen lieben Dank für die spontane Zusage. Ihr habt es hier wunderschön. Jackson hat mich schon ganz neugierig auf die Umgebung gemacht“, entgegnete ich mit einem Lächeln und war sehr froh, mitgekommen zu sein.

„Oh, es gibt wirklich einiges zu sehen. Jetzt lassen wir euch erstmal auspacken. Darren und ich haben den Grill gerade angeschmissen, wenn ihr soweit seid, kommt auf die Terrasse.“ Beide verließen das Zimmer und ich ließ mich mit einem Seufzen aufs Bett fallen. Neben mir sank die Matratze ein und nur Sekunden später wurde ich von einem stürmischen Jackson geküsst. Er musste ziemlich ausgehungert sein, denn er knabberte an meinem Hals und glitt mit der Zunge an einem sehr empfindlichen Punkt hinter meinem Ohr lang.

„Am liebsten würde ich dich gleich hier und auf der Stelle vögeln, aber wir werden erwartet“, nuschelte er an meiner Haut und küsste sich meinen Ausschnitt entlang.

„Dann musst du jetzt sofort damit aufhören, weil ich, seit ich dieses Bett gesehen habe, nur an dich denken kann, nackt über und in mir“, wisperte ich mit einem sehnsüchtigen Unterton. Ich schob meine Hände unter sein Hemd und strich ihm über die Brustwarzen. Jackson stöhnte und biss mir leicht in den Ansatz meines Busens.

„Ich verspreche dir, heute Nacht gehörst du mir. Und ich kann mir gut vorstellen, dass diese Bettpfosten eine Rolle spielen werden“, raunte er gegen meine Haut und zog mein Shirt am Ausschnitt ein Stückchen nach unten. Mein Herz raste, als hätte ich schon Sex. Mein Höschen war feucht und ich brauchte eine Dusche, jetzt sofort und am besten kalt. Ich gab Jackson einen Schubs und stand schnell auf, ehe ich mich doch noch vergaß.

Er lachte, rückte aber sehr offensichtlich seine Shorts zurecht und zeigte mir das Badezimmer. Aus Sicherheitsgründen duschten wir lieber nacheinander. Eine halbe Stunde später gesellten wir uns zu Linda und Darren, die bereits auf der Terrasse saßen und Wein tranken. Der Ausblick auf den atlantischen Ozean mit diesem Inselfeeling war überwältigend. Linda schenkte uns ein und wuselte hin und her, um Salate sowie frisch gebackenes Brot auf den Beistelltisch zu legen. Ich hatte ihr helfen wollen, aber sie lehnte das ab und meinte, wir sollten entspannen, denn wir wären Gäste. Die Steaks auf dem Grill rochen fantastisch und schmeckten genauso lecker. Es war eine gemütliche Atmosphäre. Die beiden waren freundlich und locker zu mir, als würde ich schon ewig dazu gehören.

„Und, wie habt ihr euch kennengelernt, Rose?“, fragte mich Linda und sah mich neugierig an.

„Na ja, er stand mir beim Einkaufen im Weg und hat mir mein Abendessen versaut“, antwortete ich mit einem Schmunzeln und sah zu Jackson hinüber.

Er lachte und schüttelte mit dem Kopf. „Oh nein, ich war ihr Gott sei Dank gleich zweimal im Weg. Das erste Mal wie gesagt im Supermarkt, als sie nur auf die Verpackung ihres Abendessens geachtet hat, statt auf ihre Umgebung. Und das zweite Mal war im Wald.“ Er grinste diabolisch und ich stieß ihn unter dem Tisch mit dem Fuß an, doch er erzählte weiter. „Wir waren beide mit jeweils einem Hund unterwegs, den man im Tierheim für einen Spaziergang ausführen durfte. Meine Freundin hat sich einen ganz stürmischen Kandidaten ausgesucht. Er ist weggelaufen und sie hinterher, bei der Verfolgung strauchelte sie und lief erneut in mich hinein. Natürlich habe ich sie gerettet, aber sie blieb störrisch und ich bekam die zweite Abfuhr.“

„Du übertreibst maßlos, Jackson. Du warst mir halt andauernd im Weg und nicht schnell genug, um auszuweichen“, stichelte ich und grinste ihn an.

„Nachdem sie meinem Charme bei den ersten zwei Treffen nicht erliegen wollte, musste ich härtere Geschütze auffahren“, ergänzte er unser Kennenlernen, lächelte und nahm währenddessen meine Hand.

„Was hat er gemacht, um dein Herz zu erobern? Ich liebe romantische Geschichten“, hakte Linda nach und ich konnte nur verlegen lächeln.

„Er hat mir jeden Tag einen Blumenstrauß geschickt. Nach einer Woche wurde ich schwach und habe sein Flehen erhört“, führte ich aus und zwinkerte meinem Freund zu.

„Jackson, da hast du ja in die Vollen gegriffen. Ich habe Linda einfach gefragt, ob sie mich heiraten will. Gleich bei der ersten Verabredung und sieh uns jetzt an. Es hat funktioniert“, meinte Darren und schaute seine Frau liebevoll an.

„Du hast sie beim ersten Date gefragt?! Hat sie dich nicht für verrückt gehalten?! Entschuldige, wenn ich das so sage, aber das ist ein bisschen verrückt, oder nicht? Selbst für jemanden wie mich, der auf Märchen steht, ist das zu viel des Guten.“ Schockiert starrte ich Linda an, die amüsiert lachte.

„Natürlich dachte ich, er wäre ein Spinner. Wer macht sowas denn auch? Doch Darren hat mich bei jedem weiteren Treffen gefragt und nach sechs Monaten sagte ich ja.“ Sie strahlte glücklich und mein Romantikerinnen-Herz schlug höher. „Mittlerweile sind es fünf Jahre, die wir hier unseren Traum leben.“ Ich fand es erstaunlich, wie manche Menschen zusammenfanden und dass es die Liebe auf den berühmten ersten Blick scheinbar doch gab.

Jackson unterhielt sich mit Darren über das neue Projekt in Chicago und ich half Linda beim Abräumen, um den beiden Männern ein bisschen Zeit zum Reden zu geben.

„Du hast wirklich ein wunderschönes Zuhause. Es muss ein Traum sein, hier leben zu können. Ich würde gern hier leben und ein eigenes, kleines Geschäft aufmachen, um meine Hundeaccessoires zu verkaufen“, sagte ich träumerisch und stellte das restliche Geschirr auf den Küchentresen.

„Warum machst du das denn nicht? Ich habe leider keine kreative Ader, aber ich könnte mir vorstellen, dass sowas hier gut gehen würde. Gerade die Touristen würden sich bestimmt auf deine Sachen stürzen“, meinte Linda überzeugt und wir setzten uns an den Küchentisch.

„Mir fehlt das nötige Kleingeld, wenn du verstehst, was ich meine. Ich will keinen Kredit aufnehmen und deswegen muss mein Traum vom Strandhaus noch ein bisschen warten.“

„Warum fragst du nicht Jackson? Der könnte dir garantiert unter die Arme greifen“, schlug sie vor, doch ich schüttelte den Kopf.

„Nein, auf gar keinen Fall. Wir sind erst seit kurzem ein Paar, und ich möchte nicht, dass er denkt, ich wäre des Geldes wegen mit ihm zusammen. Ich mag ihn sehr und das würde es nur kompliziert machen“, erklärte ich ihr. Linda nickte verständnisvoll. Ich musste schnell von dem Thema weg, denn es war mir unangenehm und ich wollte die Stimmung nicht verderben. „Was ist mit dir? Was machst du so?“, fragte ich sie und Linda ging Gott sei Dank auf den Themenwechsel ein.

„Ich arbeite halbtags in der Bücherei. So kann ich Geld verdienen und meinem Hobby nachgehen“, antwortete sie lächelnd und ich schmunzelte über unsere Gemeinsamkeit.

„Ich kann dich gut verstehen. Wenn ich nicht Schmuck und Accessoires verkaufe oder mit Jackson zusammen bin, stecke ich meine Nase in Bücher. Am liebsten lese ich die, wo die Kerle Musiker oder Bad Boys sind.“

„Genau mein Reden. Es geht doch nichts über Alpha-Männer, obwohl sie in der Realität wahrscheinlich uns Frauen in den Wahnsinn treiben würden!“, meinte sie belustigt und ich konnte ihr nur Recht geben. Nachdem wir das Für und Wider bezüglich der männlichen Protagonisten in unseren Lieblingsbüchern diskutiert hatten, standen wir auf und gingen zu unseren Männern zurück. Ich setzte mich neben Jackson, der gähnend in meine Richtung schaute. Ich war ebenfalls ein wenig kaputt und wollte am liebsten ins Bett.

„Sorry, aber ich bin ein bisschen müde von der Fliegerei die letzten Tage. Ich brauche jetzt eine Mütze voll Schlaf“, entschuldigte Jackson sich und hielt sich beim erneuten Gähnen die Hand vor den Mund.

„Ich werde mitkommen, denn ich möchte morgen fit sein, wenn du mir die Insel zeigst“, schloss ich mich ihm an.

Wir sagten Gute Nacht und gingen schweigend nach oben. Ich hatte gerade die Tür geschlossen, da wurde ich von meinem plötzlich ziemlich munteren Freund gegen die Wand gedrückt.

„Warst du nicht müde?“, fragte ich atemlos, weil er seine Hände bereits unter meinem leichten Sommerkleid hatte und mir dabei über den Hals leckte.

„Nicht müde, sondern scharf. Auf dich.“ Eine Sekunde später stand ich nur noch in Unterwäsche da. Er hatte mir mein Kleid in Rekordzeit über den Kopf gezogen und achtlos in die Ecke geworfen.

„Dreh dich um.“ Jacksons Tonfall war bestimmend und rau. Diese Seite an ihm kannte ich nicht, aber sie gefiel mir.

Atemlos drehte ich mich um und stützte die Hände an die Wand. Ich fühlte, wie er meinen BH öffnete und mir die Träger von den Schultern streifte. Meine Finger löste ich nur so lange von der Mauer vor mir, bis das nunmehr überflüssige Wäschestück zu Boden fiel. Jackson streichelte meine Seiten auf und ab und ich schloss die Augen vor Wonne. Die ganze Zeit küsste er meinen Nacken und meinen Rücken, bis er bei meinem Po ankam, in den er leicht hineinbiss, was mich heiser aufstöhnen ließ. Mein Slip verschwand und ich bekam eine Gänsehaut überall am Körper vor Erregung. Ich hörte es hinter mir rascheln und kurze Zeit später spürte ich Jacksons nackten Körper an meinem. Er schmiegte sich an mich und stöhnte lustvoll in mein Ohr.

„Ich habe dir versprochen, dass du mir gehören wirst, Rose, und ich halte meine Versprechen … immer“, murmelte er rau.

Er zwickte mich in mein Ohrläppchen, rieb seinen Schwanz an meinem Hintern und ich hörte ihn genauso laut atmen, wie ich es mittlerweile tat.

„Jackson, du machst mich verrückt“, seufzte ich leise und mit einem flehentlichen Unterton in der Hoffnung, er würde mich endlich nehmen.

„Du hast ja keine Ahnung“, kam es von ihm.

Schnell drehte er mich um und küsste mich um den Verstand. Er hatte seine Finger in meinem Haar vergraben, seine Zunge stieß tief in meinem Mund und er dirigierte mich rückwärts zum Bett. Aber anstatt mich darauf zu schubsen, wie es sonst seine Art war, lenkte er mich so, dass ich wieder mit dem Rücken zu ihm stand.

„Halt dich am Pfosten fest, egal, was passiert, du löst deine Hände auf keinen Fall.“ Bei seinen Worten rieselte ein weiterer erregender Schauer meine

Wirbelsäule hinab und zwischen meinen Beinen pochte es immer stärker. Meine Finger um das Holzstück gelegt wartete ich. Je länger ich ohne eine Berührung von ihm war, desto heißer und ungeduldiger wurde ich. Ich rieb meine Beine verzweifelt aneinander, um das Pulsieren in meiner Pussy zu lindern. Ein Knistern war zu hören und ich sah aus dem Augenwinkel eine Kondompackung zu Boden segeln, während ich fühlte, wie Jackson näherkam.

Seine Lippen berührten beim Sprechen meinen Hals. „Ich mag es ab und zu ein wenig härter und gerade jetzt kann ich nicht anders. Dich den ganzen Tag um mich zu haben, zu sehen, wie sexy du bist, wenn du glücklich bist … die Art wie du lachst … das alles macht mich so an.“ Beim Reden hatte er seine rechte Hand in meine Haare gewühlt und zur leichten Faust geballt. Ich bog meinen Rücken durch, um ihm noch näher zu kommen. Mittlerweile war ich so feucht und absolut bereit für ihn.

Die Art, wie er mich hielt und mich spüren ließ, wie sehr er mich wollte, machte mich high. Die Situation war so unglaublich sexy und erotisch. Als er dann mit der anderen Hand meine Hüfte ergriff und ohne Vorwarnung in mich hineinstieß, war es fast zu viel. Wir stöhnten beide laut auf und er fing sofort an, mich zu ficken. Fest zog er mich mit seiner Faust in meinem Haar zu sich. Mein Rücken bog sich noch mehr durch und ich genoss die Gefühle, die er mit seinem dominanten Auftreten in mir weckte. Mein Arsch war ihm entgegengestreckt, während er seinen Schwanz in mich stieß und immer schneller wurde.

„Ich will dich irgendwann ohne diese Barriere spüren, Rose. Ich möchte wissen, wie es sich anfühlt, wenn ich dich ohne Kondom ficke“, sprach er direkt an meinem Ohr, ohne seine Bewegungen zu verlangsamen. Ein wohliger Schauer überkam mich bei der Vorstellung und ich wurde noch angetörnter durch seine Worte. Meine Haut war feucht, meine Pussy nass und ich merkte schon das erste Zucken meiner inneren Muskeln. „Möchtest du das auch, meine Schöne? Lass uns zu Hause Tests machen, damit ich deinen heißen Körper so vögeln kann, wie ich es will.“

„Sofort, wenn wir wieder in Queens sind, aber … oh Gott, bitte, lass mich kommen“, flehte ich ihn an. Seine Hände packten noch fester zu und sein Tempo war atemberaubend.

„Alles, ich will alles von dir“, hörte ich ihn stöhnen, während er mich noch kräftiger vögelte. Er traf genau die richtigen Stellen in mir und ich wimmerte vor Lust. „Du bist so unglaublich eng … so heiß … so feucht …“

Bei seinen Worten kam ich sofort und bemühte mich verzweifelt, nicht laut zu schreien. Es war wie eine Explosion in meinem Kopf und meinem Körper. Als Jackson mir wenige Stöße später folgte und dabei meinen Namen flüsterte, wäre ich fast noch einmal gekommen. Vorsichtig löste er sich von mir, entsorgte das Kondom, hob mich hoch und legte uns beide ins Bett.

Eng umschlungen lagen wir da und unsere Atmung wurde langsam gleichmäßiger. In diesem Moment musste ich mich sehr zusammen reißen, um nicht *Ich liebe dich* zu sagen, während das Rauschen der Wellen uns in den Schlaf beförderte.

Am nächsten Tag schliefen wir aus, duschten gemeinsam und frühstückten mit Darren und Linda. Danach liehen wir uns ihre Fahrräder und fuhren allein los, um die Insel zu erkunden. Jackson sah in seinen weiten Bermudashorts und einem Hawaii-Hemd wie ein Urlauber aus, aber ihn störte das überhaupt nicht. Mein schlichtes weißes Sommerkleid war schön luftig. Darunter trug ich einen Bikini, denn ich wollte unbedingt noch im Meer baden gehen. Etwa eine Fahrstunde von Darrens Haus entfernt wollte Jackson mir einen künstlichen Wasserfall zeigen, der hier angelegt wurde. Man hörte es schon von weitem rauschen und ich hoffte ein bisschen darauf, dass wir uns dort abkühlen konnten. Die Temperaturen waren extrem und mir war brüllend heiß. Mein Freund hielt kurze Zeit später an, stellte sein Fahrrad ab und wartete auf mich.

„Verdammt ist das warm“, stöhnte ich gequält.

„Wenn wir erstmal oben sind, trinken wir irgendetwas Kaltes. Am besten etwas mit vielen Eiswürfeln, und für dich gibt es so ein Mädchengetränk mit Schirmchen“, tröstete er mich. Er nahm mich bei der Hand und wir gingen einen Weg entlang, der von Palmen umgeben war. Ich freute mich schon jetzt auf eine eiskalte Coke oder alternativ so ein Schirmchen-Getränk, mir war alles recht. Aber eine Kleinigkeit störte mich an seinem Satz und ich brauchte einen Moment, bis es *Klick* machte.

„Was meinst du eigentlich damit, wenn wir oben sind? Was heißt denn oben?!“, bohrte ich nach. Wir gingen um die nächste Ecke und da sah ich es, noch ehe Jackson antworten konnte. Der absolute Horror für eine Sportnull wie mich, und erst recht der Super-GAU bei dieser Hitze. „Bist du verrückt?! Ich gehe da nicht hoch, keine Chance!“, zeterte ich und zeigte auf die nicht zu übersehende Treppe, die vor mir lag.

Am Arsch würde ich da herauf gehen. Jackson hatte sie doch nicht alle. Ein Schild neben der Treppe ließ mich nochmals fluchen, denn es stand dort, dass dieses Höllending einunddreißig Meter hoch war, und aus fünfundsechzig Stufen bestand. Diese waren für sich allein schon der Horror, aber so viele davon bei einer solchen Außentemperatur waren der totale Alptraum! Jackson sah mein fassungsloses und von der Anstrengung durch das Fahrradfahren vermutlich rotes Gesicht und lachte mich tatsächlich aus.

„Rose, das ist gar nicht so schlimm. Wir gehen einfach langsam. Von dort hat man einen wundervollen Blick auf die Insel. Außerdem kommt so ein Wasserfall immer von oben, meine Schöne“, führte er aus, legte den Arm um meine Schulter und zog mich Richtung Treppe.

„Du bist so ein Klugscheißer, Charming. Das gibt Abzüge in der B-Note und ich bin mir nicht sicher, ob ich dich noch mag, wenn wir oben sind“, schimpfte ich mit einem bösen Seitenblick.

Es war ein Aufstieg in die Hölle! Bei jeder Stufe aus Kalkstein schwor ich mir, sofort mit Sport anzufangen, falls ich überhaupt jemals oben ankommen würde. Gleichzeitig überlegte ich fieberhaft, wie ich mit einem Mord davonkam. Jackson ging völlig ruhig neben mir her, schwitzte kaum und japste auch nicht so nach Luft wie ich. Nein, er hatte noch den Elan, um mich am Ende der Treppe anzufeuern, wie so ein beschissener Cheerleader! *So ein Arsch*!

Ich wusste nicht, wie lange dieser Todesmarsch gedauert hatte, aber als die letzte Stufe erreicht war, schmiss ich mich einfach auf den Boden. Es war mir scheißegal, ob Leute vorbei wollten. Sollten sie doch über mich hinübersteigen. Ich hatte Seitenstechen und merkte jetzt schon den Muskelkater in meinen Beinen. Ein Schatten legte sich über meinen Kopf und ich sah in Jacksons Augen, die immer noch belustigt auf mich herabschauten.

„Ich schwöre dir“, begann ich und hechelte dabei wie Rocco, wenn er sich verausgabt hatte, „meine Rache wird fürchterlich sein und ich glaube, ich hasse dich gerade ein bisschen.“

„Ich mache es wieder gut, versprochen. Wir gehen erstmal etwas trinken und dann wirst du durch den Anblick für deine Strapazen entschädigt werden“, versicherte er mir, beugte sich hinunter, nahm meine Hand und zog mich hoch.

„Das ist so unfair, ich sehe aus, als hätte ich schon unter dem Wasserfall gestanden, weil ich so schwitze, und du glänzt nur ein bisschen!“, maulte ich noch ein wenig rum, aber jetzt bekam ich wenigstens langsam wieder Luft. Er legte seine Arme um mich, obwohl ich mich wehrte, denn ich spürte mein Kleid an meinem Körper kleben und das war mir extrem unangenehm. Ihn schien das nicht zu stören. Jackson küsste mich wie immer, leidenschaftlich und mit vollem Zungeneinsatz. Ich wusste, er wollte mich nur ablenken, und er hatte damit auch Erfolg.

Wir gingen in ein Café und ich schmiss mich fast in den Sessel, froh, endlich sitzen zu dürfen. Er bestellte für mich eine große Kirschschorle und für sich ein kaltes Bier. Es war himmlisch, wie die kühle Flüssigkeit meine Kehle hinunter rann und ich wollte für immer hierbleiben.

„Die Treppe wurde im achtzehnten Jahrhundert von Sklaven erbaut, um britische Truppen zu schützen. Zu Ehren der Königin Victoria bekam sie deren Namen“, klärte er mich auf, während er sein Bier sichtlich genoss.

„Also, wenn ich Königin wäre, würde ich mich nicht über die Treppen der Hölle freuen“, sinnierte ich, konnte aber mittlerweile über mich und meine Unsportlichkeit lachen.

„Stell dir vor, du dürftest dir etwas von mir wünschen. Was wäre das?“, wechselte Jackson das Thema und sah mich interessiert an.

„Egal was?“, wollte ich wissen und er nickte. „Du … ich würde mir dich wünschen“, sagte ich mutig und sah ihn direkt an. Sein Lächeln erreichte seine Augen und er sah mich mit so viel Zärtlichkeit an, dass mein Herz schon wieder vor Aufregung stolperte. Er stand auf, zog mich an seinen Körper und küsste mich auf die Stirn. Seine Arme lagen um meine Hüfte und ich fühlte mich Zuhause.

„Du hast mich und ich werde nirgendwo hingehen“, versicherte er mir.

„Und was ist mit dir Jackson, was wünschst du dir?“

„Alles was ich mir gewünscht habe, halte ich in meinen Armen“, murmelte er und die Kolibris in meinem Bauch flatterten wild umher, so glücklich machten mich seine Worte.

Als wir aufbrachen, um den Wasserfall zu sehen, merkte ich, dass sich zwischen uns etwas verändert hatte. Es war wie ein leises *Ich liebe dich*, nur ohne es zu sagen. In meinem ganzen Leben hatte ich mich noch nie so wohl und aufgehoben gefühlt, wie bei und mit ihm. Als hätte mein Herz erst brechen müssen, damit Jackson es wieder heilen konnte.

Der Wasserfall war wunderschön und zwischen den Palmen war es Gott sei Dank kühler. Man hatte einen spektakulären Ausblick von hier oben.

„Ich könnte mir vorstellen, noch einmal hierher zu kommen, dann aber für länger", meinte Jackson und sah mich fragend an.

„Jederzeit! Wenn ich im Lotto gewinnen würde, würde ich sofort herziehen", erwiderte ich ironisch und ließ meinen Blick über die Insel schweifen, die mit ihren bunten Häusern und verschiedenen Bauten ihren eigenen Charme versprühte.

„Würdest du hier leben wollen?", fragte er mich mit einem Lächeln.

„Wer würde das nicht wollen? Natürlich, es wäre ein Traum, hier zu leben und vielleicht einen Laden zu eröffnen", schwärmte ich vor mich hin.

Er nickte. „Ja, mir könnte es hier auch gefallen. Der Flughafen ist nah und ich wäre nicht in meiner Arbeit eingeschränkt."

„Dann lass uns …", wollte ich diesen verrückten Tagtraum weiterspinnen, weiter kam ich jedoch nicht, denn zwei Kinder rasten an uns vorbei und schrien um die Wette, so dass mir fast das Trommelfell platzte.

Die beiden jagten sich gegenseitig, während die Eltern mit einem Kinderwagen hinterher schoben und die Ruhe in Person waren. Das Paar war in unserem Alter und das Mädchen im Buggy vielleicht zwei Jahre alt. Sie quietschte vergnügt und brabbelte vor sich hin.

„Kinder würden hier auch toll aufwachsen können", meinte er lächelnd und ein böses Gefühl machte sich in meinem Bauch breit. Jackson strahlte die Kleine an und ich spürte, wie mir die Farbe aus dem Gesicht wich. Mein Herz drohte, erneut zu brechen.

„Willst du mal welche?“, fragte ich vorsichtig und hoffte im Stillen, dass er diese Frage verneinen würde.

„Ja, ich hätte gern irgendwann eins oder zwei. Ich habe mir als Einzelkind immer einen Bruder oder eine Schwester gewünscht. Es muss doch toll sein, jemanden zum Spielen zu haben“, antwortete er fröhlich und sah der Familie hinterher.

Seine Stimme hatte diesen glücklichen Klang, als er davon sprach, und mir wurde sekündlich schlechter. Meine Augen fingen zu brennen an. Ich bekam kaum noch Luft und drehte mich schnell mit dem Rücken zu ihm. So sehr ich auch versuchte, dagegen anzukämpfen, konnte ich doch nicht verhindern, dass mir eine Träne über die Wange rollte. Da hatte ich endlich den Traumprinzen-Jackpot gezogen, und nun grätschte mir meine … *Unzulänglichkeit* dazwischen.

„Rose, was ist los? Habe ich etwas Falsches gesagt?“, ertönte Jacksons beunruhigt klingende Stimme. Ich schüttelte nur mit dem Kopf und versuchte, mich zu sammeln, um das zu sagen, was ich bisher vor mir hergeschoben hatte.

„Nein, hast du nicht. Es gibt da nur eine Sache, die du besser wissen solltest, wenn du dir Kinder wünschst.“ Meine Worte klangen erstickt und ich blinzelte wie verrückt, doch die Tränen liefen jetzt immer weiter. Er nahm mich in den Arm und wiegte mich hin und her, um mich zu beruhigen.

„Es wird alles wieder gut, Rose“, murmelte er und strich mir dabei sanft übers Haar.

„Es wird niemals wieder alles gut sein“, schluchzte ich und weinte in sein Shirt. Er führte mich auf die nächste freie und ein wenig abseits vom Trubel liegende Bank, setzte sich und hob mich auf seinen Schoß. Ich war sehr froh, dass wir jetzt von den restlichen Touristen abgeschirmt saßen, denn für das, was ich ihm sagen musste, konnte ich kein Publikum gebrauchen.

„Du machst mir gerade eine Scheißangst. Sag mir, was los ist, bitte", flehte er. Er war besorgt und ich musste es ihm endlich erzählen, doch es fiel mir so unendlich schwer. Meine Finger waren verkrampft und zitterten unkontrolliert, weil ich Angst hatte, dass es danach vorbei sein würde. Die bloße Vorstellung, ihn zu verlieren, brach mir das Herz und dennoch … ich konnte ihm das nicht länger verschweigen.

„Ich war zwanzig Jahre alt, als ich Frank traf. Er war vier Jahre älter als ich und der typische Bad Boy. Trotz meiner Bedenken verliebte ich mich Hals über Kopf in ihn. Er konnte sehr charmant sein und einem das Gefühl geben, die Einzige zu sein", begann ich, ihm von meiner Vergangenheit zu erzählen. Angespannt knetete ich meine Hände, während Jacksons warmer, abwartender Blick auf mir ruhte. „Wir zogen schnell zusammen, was Lilly und Dallas für keine gute Idee hielten, doch ich war verliebt und so hörte ich nicht auf sie. Frank war beruflich viel unterwegs, denn er war Roadie und machte den Bühnenaufbau für verschiedene Bands. Mich kümmerten die Gerüchte nicht, dass er angeblich nicht nur an den Gerüsten schraubte, sondern auch was mit den Groupies hatte, die die Gruppe nicht wollte."

Meine Stimme wurde immer leiser, weil sich das im Nachhinein selbst in meinen Ohren total dumm und naiv anhörte. Mittlerweile konnte ich nicht mehr verstehen, wie blind ich damals gewesen war.

„Erzähl weiter, Rose“, bat Jackson mich und seine Worte brachten mich ins Hier und Jetzt zurück.

„Wir waren drei Jahre zusammen und haben auch über Kinder gesprochen. Er war der Meinung, dass wir noch Zeit hätten, aber wie das Schicksal so will, bin ich trotz Verhütung schwanger geworden. Keine Ahnung, warum die Pille versagte, denn ich bin nicht krank gewesen oder so. Ich wusste nur, dass ich mich, obwohl es nicht geplant war, auf das Baby freute. Frank war überhaupt nicht begeistert, doch nachdem wir das erste Ultraschallbild in den Händen hielten, freute er sich auch - das dachte ich zumindest“, fuhr ich fort.

Meine Hände fingen stärker zu zittern an und die Tränen wollten wieder an die Oberfläche. Die ganze Zeit spürte ich Jacksons Finger auf meinem Rücken sanft auf und ab streicheln, doch dieses Mal beruhigte mich das nicht. Nichts konnte das in diesem Moment. Also erzählte ich schnell weiter, um es endlich hinter mich zu bringen, obwohl sich mein Innerstes zu einem festen Knoten zusammenkrampfte, der mir nur allzu vertraut war.

„Ich war mittlerweile im fünften Monat und die Untersuchung beim Frauenarzt ergab, dass wir ein Mädchen bekamen. Frank war nicht dabei, denn er war wieder mit irgendeiner Band unterwegs. Ich war so unendlich glücklich, das Baby wuchs gesund und munter in meinem Bauch, und man sah auch schon eine kleine Wölbung. Vom Arzt aus fuhr ich direkt nach Hause, um ihn von dort aus anzurufen. Als ich in die Wohnung kam, lief Musik und ich freute mich umso mehr, dass er zurück war und ich es ihm gleich sagen konnte.

Doch das nächste, was mein Verstand registrierte, waren sein nackter Arsch und eine Frau, die er im Doggy-Style vögelte und die bei jedem seiner Stöße stöhnte. Scheinbar hatte er nicht damit gerechnet, dass ich so früh zu Hause sein würde.“

Ich hörte, wie Jackson die Luft anhielt, seine Hand verharrte auf meinem Rücken. Um mich einen Moment zu sammeln, nahm ich ein paar tiefe Atemzüge, ehe ich weiter erzählte.

„Ich war wie erstarrt und konnte nur zuschauen. Irgendwann, ich habe keine Ahnung, wie viel Zeit vergangen war, drehte sie sich beim Vögeln zu Frank um und sah mich. Sie schrie auf und ab da hatte ich dann auch die Aufmerksamkeit meines Freundes. Er war nicht mal erschrocken, sondern sagte, dass es nichts bedeutete und ich bloß kein Drama daraus machen sollte. Das warf er mir an den Kopf, während er noch in ihr war, verstehst du?“, fragte ich Jackson, ohne wirklich eine Antwort zu erwarten. In seiner Miene lag pures Entsetzen und trotz seiner Bräune wirkte er blass.

Ich zwang mich, den für mich furchtbarsten Teil zu erzählen. „Mein Herz und auch mein Verstand konnten es nicht glauben. Ich erinnere mich nur noch daran, dass ich geschrien und ihm einen Schlag mit der Faust verpasst habe. Danach rannte ich panisch und blind vor Schmerz aus der Wohnung. In meiner Wut stolperte ich dabei über Schuhe, die unsere Nachbarn vor die Tür gestellt hatten. Ich fiel die Treppen hinunter und versuchte vergeblich, meinen Bauch zu schützen. Kurz nach dem Aufprall wurde mir furchtbar schlecht und ich bekam schreckliche Angst. Mein Körper tat weh und mein Unterleib zog sich krampfhaft zusammen. Blut rann an meiner Jeans hinab und dann wurde alles schwarz.“ Ich schluchzte auf, weil mich die Erinnerungen an das schlimmste Kapitel meines Lebens überrollten.

Die Tränen liefen wie Wasserfälle über meine Wangen und tropften auf meine Hände. Unbewusst hatte ich sie beim Erzählen auf den Bauch gelegt.

„Als ich wieder aufwachte, lag ich im Krankenhaus und meine Mom saß an meinem Bett. Sie erzählte mir, dass eine Nachbarin den Krankenwagen gerufen hatte. Ich hatte mein Baby verloren.“ Bei diesen Worten heulte ich wie ein verwundetes Tier auf. „Jackson, einfach so, auf einen Schlag, war mein ganzes Leben vorbei. Ich habe sie so geliebt und mich unglaublich auf sie gefreut. Weißt du, wie es sich anfühlt, wenn man in den Abgrund fällt, immer tiefer und es gibt nichts, was du dagegen tun kannst?“

Weinend hielt ich mir die Hände vors Gesicht und bekam kaum noch Luft. Obwohl es drei Jahre her war, war der Schmerz nicht weniger stark. Ich fühlte Arme, die sich um mich legten, und hörte, wie er sich räusperte.

„Es tut mir so leid, so unendlich leid“, sagte er leise und küsste immer wieder mein Haar.

„Du verstehst nicht, Jackson. Ich kann dir nicht geben, was du dir wünschst!“, platzte es aus mir heraus. Ich machte mich aus seiner Umarmung los, stand auf und schlang meine Arme um mich. Trotzdem fühlte ich mich, als würde ich komplett zerbrechen. Mein Herz tat so weh und meine Tränen wurden nicht weniger. Er sah mich besorgt und fragend an und ich brachte es nur schwer über meine Lippen. „Ich kann keine Kinder mehr bekommen. Niemals! Der Sturz war zu schlimm und die daraus resultierenden Schäden an meinem Uterus zu groß", quetschte ich unter Tränen hervor. Nun war es raus und ich fühlte mich so leer. Ich starrte auf meine Füße und wartete auf das Unvermeidliche.

„Rose, sieh mich an!", bat Jackson mich mit weicher Stimme. Er stand jetzt vor mir und seine Hände legten sich an meine Wangen, als er meinen Kopf anhob. Ich sah ihn tränenverschleiert an, auch wenn ich es kaum ertragen konnte. „Es ist schlimm, was dir passiert ist und es bricht mir das Herz", flüsterte er. Seine Lippen küssten meine Tränen weg, obwohl immer wieder neue kamen. „Ich werde nicht gehen. Hörst du? Wir werden glücklich sein. Wenn wir irgendwann so weit sind, dass Kinder ein konkretes Thema werden, gibt es andere Möglichkeiten. Wir könnten zum Beispiel ein Pflegekind aufnehmen oder adoptieren." Er versuchte alles, um mich zu beruhigen.

Zweifelnd kräuselte ich die Nase. „Du solltest gut darüber nachdenken, auf was du verzichten würdest, Jackson. So etwas solltest du nicht einfach so sagen. Wir stehen noch ganz am Anfang und ich möchte nicht, dass du das später bereust." Natürlich wollte ich ihn behalten, aber kein Mensch sollte bei diesem Wunsch Kompromisse eingehen müssen. Die Angst, dass er mich verlassen würde, fraß mich von innen heraus auf.

„Ich bin mir sicher. Wir sind zwar erst kurz zusammen, ja, doch ich bin überzeugt, dass wir unseren Weg finden werden. Vertrau ein wenig auf uns, Rose", bat er mich und ein neuer Schwall Tränen rollte über meine Wangen, während ich zaghaft nickte.

Er küsste mich vorsichtig, als würde ich bei der kleinsten Berührung kaputt gehen. Vielleicht war es auch so. Ich gab mich für den Moment damit zufrieden und betete, dass er seine Meinung nicht ändern würde. Meine Hände krallten sich in sein Shirt und ich küsste ihn mit all meinen aufgestauten Gefühlen, meinen Ängsten und hoffte, dass es genügen würde.

Wir verbrachten den restlichen Tag am Strand. Schweigend saßen wir im Sand und hingen unseren Gedanken nach. Ich machte mir Sorgen über Dinge, die noch weit in der Zukunft lagen, aber er hatte ein Recht, es zu wissen, obwohl der Zeitpunkt für mein Geständnis absolut ungünstig war. Doch vermutlich gab es *den* richtigen Moment für so ein Gespräch nie.

Jackson gab sich alle Mühe, hörte mir zu und fragte mich ein paar Sachen. Wir sprachen auch über meine Kleine, die nie das Licht der Welt hatte erblicken dürfen. Sarah wäre heute fast drei Jahre alt und er konnte verstehen, warum es mir schwerfiel, wenn ich Kinder toben sah, die in ihrem Alter waren. Das alles würde sie nie können und das machte mich wütend und ohnmächtig vor Schmerz. Ich hatte schon einen Namen für sie in dem Moment, als mir die Frauenärztin sagte, dass es ein Mädchen werden würde. Sarah wäre perfekt gewesen, in jeder Hinsicht.

„Was ist aus diesem Frank geworden? Hat er sich um dich gekümmert oder dich besucht?“, wollte er wissen.

„Nein, das Schwein habe ich nie wiedergesehen, aber ich wollte es gar nicht. Dallas hat all meine Sachen aus der Wohnung geholt, und dann haben Lilly und sie seinen Bus demoliert. Sie waren quasi meine

Rachegöttinnen und fingen mich auf. Ich kam erst bei meiner Mom unter, und als es mir besser ging, besorgte mir Lilly eine neue Bleibe und dort lebe ich jetzt."

„Ich verstehe deinen Schmerz und auch deine Ängste und Vorbehalte mir gegenüber", erwiderte er mit einem nachdenklichen Ausdruck im Gesicht. Es war ein befreiendes Gefühl, ihm diesen traurigen Teil von mir erzählt zu haben. Ich hatte zuvor nicht gemerkt, wie sehr mich die Heimlichtuerei bedrückte. „Ich würde gern dein Zuhause sehen. Alles von dir, wenn du mich nur lässt, Rose." Das war seine Art, mir zu sagen, dass alles gut war zwischen uns beiden und er bleiben würde.

„Du darfst gern vorbeikommen. Aber wehe, du beschwerst dich über meine Küche", sagte ich, erleichtert darüber, dass er ganz anders reagiert hatte, als ich erwartet hatte.

„Wieso sollte mich deine Küche stören?", hakte er mit einem verständnislosen Unterton nach.

„Der Kühlschrank ist eigentlich immer leer, und meine Wohnung ist so klein, dass sie in dein Badezimmer passt", gab ich mit einem leichten Lächeln zurück, das Jackson erwiderte.

„Ist mir egal, Hauptsache du bist drin", entgegnete er und mein Herz quoll angesichts seiner Worte über. Vielleicht würde das mit uns ja doch funktionieren und mir war nach all den Fröschen mein Traumprinz begegnet.

Abends saßen wir wieder mit Linda und Darren zusammen. Es war gemütlich und wir sprachen über meinen peinlichen Aufstieg der Mördertreppe, was zu allgemeinem Gelächter führte. Dennoch merkten die beiden schnell, dass etwas vorgefallen war. Ich war stiller als sonst, obwohl ich versuchte, mir nicht anmerken zu lassen, wie sehr mich das Gespräch mit Jackson aufgewühlt hatte. Sie waren aber zu höflich, um nachzufragen, wofür ich ihnen unendlich dankbar war. Ich war noch nicht bereit, jedem davon zu erzählen.

Teddy, der andere beste Freund von Jackson, konnte leider nicht kommen, denn seine Schwiegermutter hatte sich den Fuß gebrochen. Er und seine Frau Heather waren hingefahren, um sie im Haushalt zu unterstützen. Alle schienen füreinander da zu sein, und ich war mir sicher, sie würden sich gut mit Lilly und Dallas verstehen.

„Entschuldigt mich, aber ich bin müde von dem ganzen Treppen steigen. Ich werde schon mal ins Bett gehen“, sagte ich in die Runde und stand auf.

„Ich werde dich begleiten, Rose. Leute, es war wirklich toll heute Abend, doch ich werde meine Freundin jetzt ins Bett bringen.“ Jackson sah mich liebevoll an und ahnte wohl, dass die letzten Stunden mir sehr zugesetzt hatten.

„Gute Nacht, ihr beiden und schlaft gut“, kam es von Linda und Darren und wir gingen schweigend auf unser Zimmer.

„Komm her zu mir“, sagte Jackson, nachdem er die Tür hinter uns geschlossen hatte, und zog mich in seine Arme. Ich legte meine Arme um seine Hüften und kuschelte mich in seine Umarmung.

„Es tut mir leid, dass ich dir den Ausflug verdorben habe, Jackson“, murmelte ich in sein Shirt und konnte die Emotionen kaum in Schach halten.

„Es gibt keinen Grund, dich zu entschuldigen", versicherte er mir und machte eine kurze Pause, ehe er fortfuhr. „Rose, wenn ich könnte, würde ich dir all den Schmerz nehmen, aber das kann ich nicht. Ich kann nur dafür sorgen, dass du ihn für eine Weile vergisst."

„Dann tue es. Lass mich vergessen", antwortete ich mit tränenerstickter Stimme und küsste ihn fordernd. Danach sahen wir uns in die Augen, und ich konnte wahrnehmen, was er fühlte.

„Ich will, dass es dir wieder besser geht und möchte dir zeigen, dass sich nichts an meinen Gefühlen für dich verändert hat." Dabei zog er mir mein Kleid über den Kopf, löste die Knoten meines Bikinioberteils und ließ das Höschen wenig später folgen. Jede Berührung wurde von Küssen abgelöst und ich bebte mittlerweile am ganzen Körper.

„Ich glaube dir", sagte ich in die Stille hinein und zog ihm zaghaft sein Shirt und die Shorts aus. Nackt standen wir uns gegenüber, und es war beängstigend, wie viel ich für diesen Mann empfand. Mein Freund hob mich auf den Arm, legte mich aufs Bett und liebkoste meinen Hals, meine Brüste.

Unsere Küsse wurden immer drängender, unsere Berührungen fiebriger. Jackson nahm ein Kondom vom Nachttisch, streifte es über und drang langsam in mich ein.

„Ich werde an deiner Seite sein, so lange, wie du mich lässt", flüsterte er nah an meinen Lippen und bewegte sich sanft in mir. Meine Mauern fielen, meine Tränen liefen mir übers Gesicht und ich blickte in die Augen des Mannes, der mir mehr zeigte, als ich zu wünschen gewagt hatte. Ich sah seine Trauer um mich und das, was ich erlebt hatte, die Zärtlichkeit und die Hingabe.

„Jackson, ich … ich wollte dir sagen …“ Weiter kam ich nicht, denn er traf einen Punkt in mir, der mich erbeben und verstummen ließ.

Es war für mich der emotionalste Sex überhaupt. Er erschütterte mich bis in die Fußspitzen und brach die letzten Mauern ein. Ich konnte endlich loslassen, da ich das Gefühl hatte, dass Jackson mich auffing.

Es war nicht sein Verlust, aber er machte es zu seinem, indem er mir ein Stück davon abnahm und mit mir zusammen trauerte. Als wir gemeinsam kamen, hielt er mich noch fester und flüsterte leise: „Ich halte dich, egal, was kommt.“

Kapitel 21

Es waren mittlerweile ein paar Wochen seit unserem Gespräch in Nassau vergangen und ich hatte den Eindruck, als wären wir, oder vielmehr gesagt ich, bereit für eine Zukunft, die ein *Für immer* nicht ausschloss. Wir verbrachten so viel Zeit wie möglich miteinander. Er durfte sogar in meine kleine Wohnung, und komischerweise fühlte er sich bei mir wohler als in seinem Luxuspalast. Mir war es egal, wo wir waren, Hauptsache zusammen.

Nach unserem Kurztrip hatten Jackson und ich beschlossen, uns testen zu lassen, und warteten jetzt auf die Ergebnisse. Ich konnte es kaum erwarten, ihn ohne etwas zu spüren.

Er war einfach der Traummann, den ich mir als Teenager gebastelt hätte. Er war sexy, sanft, stürmisch, liebevoll und ab und zu dominant. Die perfekte Mischung aus all diesen Komponenten, die mein Herz höherschlagen ließen und mit Blicken, die nur mir gehörten, fühlte ich mich fast wieder ganz.

Wenn wir bei mir waren, musste er sich natürlich meine beiden Lieblingsserien anschauen. Die Zombies fand er gut, bei Märchen verzog er eher eine gequälte Grimasse, stand aber auch diese mit mir durch.

Eines Abends saßen wir zusammen gekuschelt auf meiner Couch, als er plötzlich ein nachdenkliches Gesicht machte. „Wieso nennst du mich eigentlich immer Charming? Nicht, dass mir das nicht irgendwie gefällt, dennoch habe ich jedes Mal das Gefühl, ich müsste enge Leggings tragen und eine Krone auf dem Kopf", fragte er, nachdem wir eine Folge *Once upon a time* geschaut hatten.

„Weil du halt unheimlich charmant bist, wenn du nicht gerade sagst, dass du mich ficken willst“, erwiderte ich lachend und er fing mich zu kitzeln an, so dass ich fast von der Couch geflogen wäre. „Gnade“, winselte ich, kicherte unkontrolliert und rang nach Luft.

„Ergibst du dich?“, fragte er mich und wackelte herausfordernd mit den Augenbrauen.

„Niemals!“, japste ich und versuchte, mich aus seinen teuflischen Händen zu befreien.

„Los meine Schöne, erzähl es mir“, befahl Jackson mir, hielt meine Arme an meinen Seiten fest und lag mit seinem kompletten Gewicht auf mir. Unser Atem ging schnell und ich musste einfach grinsen, als ich in sein lachendes Gesicht sah.

„Okay. Aber wehe, du lachst“, knickte ich ein.

Er schüttelte den Kopf und sah mich neugierig an. „Als Lilly, Dallas und ich noch Kinder waren, haben wir uns ständig Märchen vorgelesen. Wir waren geradezu besessen davon. Alle drei wollten wir immer einen Prinzen, der uns in sein Schloss mitnahm und mit dem wir glücklich lebten bis an Ende. Er sollte klug, charmant und gutaussehend sein. Meine persönliche Voraussetzung für einen Traummann war darüber hinaus, dass er mir beim Küssen das Gefühl von Zuckerwatte und Feuerwerk vermitteln müsste.“ Ich grinste aufgrund der Erinnerung an sich und wegen der vielen Frösche, die ich in der Zeit geküsst hatte.

„Wow, das sind ja ganz schön hohe Ansprüche an den Traummann“, gab Jackson trocken zurück. Er beugte sich zu mir hinunter und küsste mich zärtlich. „Und wieso nennst du mich dann nicht mein Prinz, sondern Charming?“

„Weil nur eine Sache fehlt: Du schmeckst nicht nach Zuckerwatte.“

Er schaute mich an und begann erneut damit, mich zu kitzeln. „Na warte, irgendwann werde ich auch das letzte Kriterium erfüllen“, raunte er und zwinkerte mir zu.

„Du bist großartig, wie du bist, Jackson. Ich würde nichts ändern wollen“, entgegnete ich zärtlich und fuhr mit meinen Händen durch seine Haare. Es fiel mir immer leichter, ihm meine Gefühle zu offenbaren, denn das Schlimmste hatten wir hinter uns. Es gab keine Geheimnisse mehr.

„Rose, es gibt etwas, das ich dir …“, fing er an, doch dann klingelte sein Handy und er kletterte von mir herunter. „Warte hier, beweg dich nicht vom Fleck, ich muss nur schnell nachsehen, wer das ist. Es könnte noch Fragen wegen des neuen Clubs geben“, bat er mich und wackelte mit den Augenbrauen. „Aber danach bist du fällig.“ Ich war neugierig, was er mir sagen wollte und setzte mich auf, um den Fernseher leiser zu drehen. Meine Wohnung gab aufgrund ihrer geringen Größe nicht viele Möglichkeiten her, um ungestört reden zu können. Ich beobachtete, wie Jackson sein Handy vom Küchentisch nahm und das Gespräch annahm.

„Ja? Hunter hier!“, meldete er sich und blickte zu mir. Sein Gesichtsausdruck war so sexy, dass ich schon aufstand, um mich freiwillig ausziehen, um anschließend nackt im Bett auf ihn zu warten. Doch die plötzliche Veränderung in seiner Mimik ließ mich in der Bewegung innehalten. Er wurde blass und wirkte, als hätte er einen Geist gesehen.

„Nein, du lügst. Das kann nicht sein. Woher hast du überhaupt meine Nummer?“, wollte er aufgebracht wissen und lief dabei hin und her. „Nein, du hörst mir zu. Ruf nie wieder an. Ich lasse mich nicht verarschen!“, schnauzte er in den Hörer, legte auf und warf sein Handy auf den Küchentisch. So sauer hatte ich ihn noch nie zuvor erlebt.

„Was ist los? Wer war das?“, hakte ich vorsichtig nach und ging auf ihn zu.

„Nicht wichtig!“, wehrte er meine Fragen brüsk ab. So kannte ich Jackson nicht und sein atypisches Verhalten verdeutlichte für mich erst recht, wie ernst der Anruf gewesen sein musste.

„Was heißt hier, nicht wichtig? Du bist eindeutig sauer. Also raus mit der Sprache!“, forderte ich ihn auf.

Er schüttelte nur den Kopf, wich meinem Blick aus und atmete tief durch. „Es ist nichts, Rose, das war nur jemand aus meiner Vergangenheit, es spielt keine Rolle, ehrlich“, antwortete er, kam auf mich zu und wirkte so verwirrt, wie ich mich fühlte.

Das letzte, was ich wollte, war, ihm zu misstrauen. Deswegen stellte ich keine Fragen mehr und schlang meine Arme um ihn. Ich versuchte, mir einzureden, dass es keine Bedeutung hatte, aber das ungute Gefühl in meinem Bauch blieb. Nach ein paar Minuten löste er sich von mir und lächelte wieder wie vor dem Gespräch.

„Wo waren wir stehen geblieben?“, fragte er mit leiser Stimme und schob mich Richtung Schlafzimmer.

„Du wolltest mir etwas sagen“, beantwortete ich seine Frage.

„Ich habe mich entschieden, es dir stattdessen besser zu zeigen." Er schnappte mich, hob mich über seine Schulter und ging zielstrebig weiter.

„Du bist verrückt, lass mich los", schimpfte ich und lachte ausgelassen. Im nächsten Moment quietschte ich empört, weil er mir auf den Arsch gehauen hatte.

„Sei gefälligst still, Weib, dein Prinz ist gekommen, um dich zu erobern", gab er mit dröhnender Stimme seine scheinbare Vorstellung eines Prinzen zum Besten.

Ich spürte sein Lachen in meinem Bauch, der auf seiner Schulter lag.

„Das ist jetzt aber eher die Version Höhlenmensch, Charming! Doch es gefällt mir, also bring deine Königin ins Bett."

Kurz darauf lag ich bereits auf dem Rücken und dachte eine lange Zeit gar nichts mehr.

Kapitel 22

Sein Telefon hatte in den vergangenen Wochen öfter als sonst geklingelt, aber ihm war immer eine Ausrede eingefallen. Mal hatte sich jemand verwählt oder es waren irgendwelche Vertreter. Nur an seiner angespannten Haltung und seinem verkniffenen Gesichtsausdruck merkte ich, dass etwas nicht stimmte und vermutete, dass es erneut diese Nummer sein musste.

Ich fragte mich, wer es wohl war und ein ungutes Gefühl, das von Mal zu Mal schlimmer wurde, machte sich in mir breit. Aber ich tat mein Bestes, um es abzuschütteln, denn das hatte er nicht verdient. Ich hatte mir geschworen, zu vertrauen und mich nicht wieder in alte Ängste zu flüchten. Das neue Projekt für den Club nahm schneller Form an als angenommen und Jackson war deswegen oft unterwegs.

Ich lenkte mich in dieser Zeit damit ab, indem ich ein bisschen herumexperimentierte. Eigentlich hatte ich mich auf Schmuck eingeschossen, doch als ich mich an meine Ausflüge mit Rocco erinnerte, fiel mir auf, wie trist die Halsbänder und Leinen für Hunde waren. Und so klebte ich in meiner Freizeit Strasssteinchen auf robuste Halsbänder oder nähte kleine Perlen auf andere. Ich suchte im Internet nach verschiedenen Herstellern von Hundegeschirr. Auf der Arbeit zeigte ich Violet einige Stücke und sie war so begeistert, dass sie mich ermutigte, am Ball zu bleiben und die Sachen vielleicht online zu verkaufen.

An einem Freitag hatten die Mädels mich überredet, in Jacksons Club zu gehen. Da ich wusste, dass er dort war, um die Buchführung zu machen, fand ich die Idee gleich doppelt so gut, denn wir hatten uns ein paar Tage nicht gesehen, sondern nur telefoniert. Meine Sehnsucht war groß und ich freute mich, ihn wiederzusehen und ihm das nach Möglichkeit auch ausführlich zu zeigen.

Also kamen Dallas und Lilly vorher zu mir, wir tranken Wein und waren schon leicht angeheitert, als wir mit dem Taxi am Club ankamen. Alle drei hatten wir uns für kurze, enge Kleider entschieden. Ich für meinen Teil wollte Jackson heute so heiß machen, dass er mir endlich sagte, was er mir vor dem Anruf vor ein paar Wochen sagen wollte. Mich brachte die Neugierde fast um. Mein Herz wollte etwas ganz Bestimmtes hören, genauso sehr, wie ich es umgekehrt ihm erzählen wollte. Ich liebte ihn, jeder wusste es, meine Freundinnen, meine Mom, nur er hatte es noch nicht von mir gehört.

Zuerst gingen wir auf die Tanzfläche. Es lief der neueste Song von Zayn und wir rieben unsere Hintern ausgelassen aneinander, tanzten uns gegenseitig an und machten laszive Bewegungen. Lilly war so locker, dass sie ihre Augen geschlossen hatte, ihre Hüften sinnlich bewegte und an ihrem Körper mit den Händen entlangfuhr, dass selbst ich sie extrem heiß fand. Aus dem Augenwinkel sah ich einen riesigen Typen neben ihr auftauchen, der sie ansah, als wäre sie das nächste Gericht auf seiner Speisekarte.

Soweit ich das aufgrund der Clubbeleuchtung beurteilen konnte, sah er ziemlich gut aus. Er war ganz in schwarz gekleidet und hatte seine Arme voller Tattoos, die sogar am Rand seines Shirtkragens hervorschauten. Dazu hatte er einen blonden Sidecut und die blauesten Augen, die ich je gesehen hatte. Diese schauten gebannt meine Freundin an. Lilly hatte ihn jedoch noch nicht bemerkt. Sie tanzte weiter, während Dallas mich anstupste und mit dem Kopf auf ihn zeigte.

„Was wird das und wo bitte kommt dieser scharfe Kerl her?“, fragte sie mich über die Musik hinweg.

„Ich weiß nicht viel, nur, dass er nicht nach Prinzessinnenmaterial aussieht“, rief ich zurück.

„Scheiß auf Prinzessinnenmaterial, sie braucht einen echten Mann. Nicht diese Warmduscher, mit denen sie sich andauernd trifft und die so arschlangweilig sind, dass man beim Hinsehen schon einpennt“, schrie sie mir ins Ohr.

„Ist ja gut, Dallas!“, stoppte ich sie. Ich amüsierte mich immer königlich, wenn sie in Fahrt geriet.

In diesem Augenblick öffnete Lilly ihre Augen und der Moment, als sie Mr. Sexy entdeckte, war fast magisch. Sie schaute zu ihm auf und ihre Kinnlade klappte herunter, ehe sie ängstlich zu uns blickte. Wir hielten beide unsere Daumen hoch, grinsten dümmlich und sie runzelte die Stirn. Unsere Reaktion war wohl nicht die, auf die sie gehofft hatte. Mr. Sexy sah kurz in unsere Richtung. Seine Mundwinkel zuckten und er beugte sich zu Lilly hinunter. Ich sah zu, wie er etwas zu ihr sagte, sie mit dem Kopf schüttelte und die Flucht ergriff. Der Unbekannte schaute ihr hinterher, und er tat mir fast leid. Er hatte sich eindeutig die Falsche ausgesucht, denn Lilly war nicht auf der Suche nach einem Bad Boy.

„Ich glaube, ich schaue mal, was unsere Prinzessin so in Angst und Schrecken versetzt hat“, rief mir Dallas über die Musik hinweg zu und ging Lilly nach. Ich sah Jackson Richtung Büro gehen und wollte zu ihm.

Mein Herzklopfen nahm gigantische Ausmaße an, schließlich wollte ich endlich meine Gefühle in Worte fassen.

Also machte ich mich auf den Weg und freute mich auf Jacksons Gesicht, wenn ich ihn gleich überraschte. Ich wollte gerade reingehen, da hörte ich ihn durch die Tür laut sprechen.

„Hör zu, Brenda. Ich spiele das Spiel nicht mit, hast du das endlich kapiert? Ruf mich nicht an, komm nicht hierher. Du lügst, sobald du den Mund aufmachst. Ich glaube dir kein beschissenes Wort“, wurde er immer wütender. Irgendwie kam mir der Name bekannt vor, doch ich kam nicht darauf, wann ich ihn schon einmal gehört hatte.

Es war nicht meine Art, zu lauschen, deshalb klopfte ich an und machte die Tür auf. Das Erste, was ich wahrnahm, war ein sehr wütender Jackson, der hinter seinem Schreibtisch saß und mich überrascht anschaute. Danach fiel mein Blick auf eine große Blondine in einem unglaublich engen und kurzen Kleid, die mit dem Rücken zu mir stand. Einen Augenblick lang fragte ich mich, ob es aufgemalt war, weil es wie eine zweite Haut saß.

Sie drehte sich um und ich schnappte erschrocken nach Luft, die mir bei ihrem Anblick aus den Lungen gehauen worden war. Wir hatten erschreckend viel gemeinsam. Gleiche Größe, gleiche Figur, sogar die Art, wie sie sich kleidete. Nur das ihre Lippen eindeutig vom Schönheitschirurgen gemacht wurden. Jackson hatte wohl einen gewissen Typ, den er bevorzugte.

„Was willst du hier? Das ist ein Privatgespräch, also verschwinde und geh schön die Leute bedienen oder Gläser putzen“, blaffte sie mich an. Ihr Blick war so abfällig, dass ich das dringende Bedürfnis hatte, ihr eine Ohrfeige zu verpassen. „Was stehst du denn da rum? Mach dich nützlich und hol mir einen Screwdriver. Und was ist mir dir, Jackson? Trinkst du deinen Whiskey pur, so wie früher?“, fragte sie meinen Freund, der immer noch stumm und ziemlich erschrocken in seinem Stuhl saß. Die Kuh, die mich wohl für eine Mitarbeiterin hielt, sah mich genervt an. „Sag mal, bist du schwer von Begriff? Soll ich es dir aufschreiben?“, höhnte sie weiter und mir platzte der Kragen.

„Ich schlage vor, dass du deinen knochigen Arsch aus Jacksons Büro schaffst, dir selbst einen Drink besorgst und bei der Gelegenheit auch gleich bessere Manieren“, gab ich wutentbrannt zurück.

Ich war so dermaßen froh, Alkohol getrunken zu haben, der nahm mir zumindest die Hemmungen und brachte mich dazu, mich gegen diese blöde Kuh zu wehren. Entrüstet sah sie mich an und schaute dann zu Jackson. Der machte den Eindruck, als hätte ihn ein Bus gerammt. Sein Körper strahlte Anspannung aus und auch wenn seine Lippen wegen meiner Bemerkung zuckten, blieben seine Augen aufgewühlt und zornig.

„Ich habe jedes Recht, hier zu sein, du kleine Schlampe. Schließlich bin ich die Mutter seines Kindes!“, ließ Brenda die Bombe mit einem widerlichen und selbstgefälligen Grinsen platzen.

„Halt endlich deine Klappe und verschwinde!“, schnauzte Jackson sie an, sprang auf und zerrte sie am Arm nach draußen. Er stieß sie vor die Tür und stellte sich bedrohlich in den Rahmen. „Du verpisst dich augenblicklich aus meinem Club und hast ab sofort Hausverbot. Das nächste Mal informiere ich die

Polizei. Ach und noch etwas, Brenda. Beleidige nie wieder meine Frau, hörst du? Und jetzt raus mit dir, bevor ich den Sicherheitsdienst rufe.“ Seine Stimme hatte einen ruhigen Klang angenommen, verlor aber nicht an Kraft. So wütend hatte ich ihn niemals zuvor gesehen.

„Du machst einen großen Fehler, Jackson. Du wirst von meinen Anwälten hören“, entgegnete sie gehässig und ging.

Ich hörte die Tür laut zuknallen, doch so richtig nahm ich nichts mehr zur Kenntnis. Meine Hände zitterten, mir war kotzübel und ich hatte Mühe, mich aufrecht zu halten. Der Stuhl vor seinem Schreibtisch war meine Rettung, bevor meine Beine unter mir nachgaben. Alles, was ich dachte, war: *Jackson hat ein Kind! Er ist Vater! Er hat ein Kind mit einer anderen! Du wirst niemals gut genug sein!*

Jede Unsicherheit, die ich mit mir herumtrug, kam in Wellen über mich geschwappt und ich konnte nicht richtig atmen. Es fühlte sich an, als würde mir das Leben immer wieder ins Gesicht schlagen, sobald ich so töricht war, zu hoffen, Glück zu verdienen.

„Beruhige dich, Rose, bitte. Es stimmt nicht“, hörte ich ihn fast ängstlich sagen, als er sich vor mich kniete. „Nichts davon ist wahr. Ich habe sie seit zwölf Jahren nicht mehr gesehen. Sie ist eine Lügnerin, du musst mir glauben“, setzte er nach, nahm meine eiskalten Hände in seine und sah mich eindringlich an. Seine Augen bestätigten mir, dass er nicht log, doch ich war mir bewusst, dass er mich bei etwas anderem angelogen hatte.

„Es war sie, die ganze Zeit, habe ich recht? Die Anrufe, das war immer sie“, hakte ich mit zitternder

Stimme nach und versuchte, die Übelkeit herunter zu schlucken.

Er seufzte geräuschvoll. „Ja, es war Brenda. Damals bei dir in der Wohnung sagte sie mir bereits, ich wäre Vater, aber sie ist komplett verrückt. Sie ist nur auf Geld aus, davon bin ich überzeugt. Brenda hat durch die Zeitung erfahren, dass ich es doch zu was gebracht habe und will ein Stück vom Kuchen. Ihre Aussage kann nicht stimmen. Ich war schon beim Anwalt und habe über diesen einen Vaterschaftstest verlangt, leider hat sie bis heute immer wieder eine Ausrede erfunden. Außerdem hätte ich es mitbekommen, wenn ein Kondom gerissen wäre!“

„Brenda ist deine Ex-Freundin, von der du mir erzählt hast?“, wollte ich wissen. Er nickte langsam und sah so unglücklich aus, wie ich mich fühlte. „Und wieso denkst du, dass es nicht stimmt? Du hast sie nach dem Ende eurer Beziehung nie wiedergesehen. Vielleicht lügt sie ja nicht?“ Ich versuchte wirklich, so ruhig wie möglich zu bleiben, aber es fiel mir verdammt schwer. Was das Ganze für uns bedeutete, wollte ich mir im Moment nicht ausmalen. Mein Gehirn weigerte sich strikt, darüber nachzudenken.

„Ich bin mir hundertprozentig sicher, dass sie lügt. Bilder von dem Jungen wollte sie mir auch nicht zeigen, und der Test wird beweisen, dass sie mich verarscht“, antwortete er energisch und stand auf. „Ich weiß, dass dich das Thema nach wie vor beschäftigt und es tut mir so leid, dass ich dir nichts davon gesagt habe, aber ich wollte dich nicht beunruhigen!“, erklärte er sich mit einem flehenden Ausdruck.

Seine Arme hielt er ausgestreckt und wartete, ob ich seine Entschuldigung annehmen würde. Einerseits wollte ich weglaufen. Weg von allem, was hier gerade passierte, aber ich konnte es nicht. Ich stand auf, legte meine Arme um seine Hüften und meinen Kopf auf seine Brust. Seine Umarmung war fast zu fest, doch mir machte es nichts aus. Nähe war das, was uns verband, und so einfach würde ich nicht aufgeben.

„Jackson?", durchbrach ich nach einer Weile die Stille zwischen uns.

„Ja?"

„Lüg mich nie wieder an", wisperte ich leise in sein Shirt. „Ich kann verstehen, warum du so gehandelt und geglaubt hast, mich schützen zu müssen, aber dennoch … schließ mich nicht noch einmal so aus, ja?"

„Versprochen!" Er drückte einen Kuss auf meinen Scheitel. „Nie wieder."

Kapitel 23

Brenda blieb auch noch vier Wochen später hartnäckig und Jacksons Nervenkostüm war zum Zerreißen gespannt. Wir redeten nicht viel über die Sache, obwohl wir es vermutlich hätten tun sollen. Beide waren wir in unseren Gedanken gefangen, und das aus unterschiedlichen Gründen.

Er wollte nicht wahrhaben, dass die Möglichkeit auf einen Sohn bestand und ich dachte pausenlos darüber nach, wie sehr er sich freuen würde, wenn es doch so war und er seinen Sohn Sam kennenlernte. So viel wussten wir inzwischen von dem Kind, denn Brenda hatte ihre Drohung in die Tat umgesetzt und ebenfalls ihre Anwälte auf Jackson losgelassen. Sie war wohl seit zwei Jahren geschieden, nachdem ihr Ehemann berechtigte Zweifel an der Vaterschaft geäußert hatte, da die Ähnlichkeit zu Sam nicht existent war. Schließlich hatte ihr Exmann herausgefunden, dass Sam tatsächlich nicht von ihm war und sie verlassen. Die Abfindung, die sie bekommen hatte, war schnell verprasst worden. Durch diverse Artikel in den Medien war sie auf Jackson aufmerksam geworden und versuchte nun ihr Glück bei ihm. All das hatten wir von Jacksons Anwalt erfahren und der forderte jetzt einen Vaterschaftstest.

Brenda hatte nicht länger etwas dagegen, und das bereitete mir noch mehr Kopfschmerzen. Doch ich blieb ihm gegenüber stumm und verhielt mich wie sonst auch. Ich wollte mit jeder Faser meines Herzens, dass es ein Happy End für uns beide gab. Jackson war noch liebevoller und vorsichtiger mit mir, was mir inzwischen manchmal auf den Keks ging. Ich wollte den spontanen und dominanten Mann zurück, in den ich mich verliebt hatte. Seit meinem Geständnis und Brendas Auftauchen war unser Sex zärtlich und wunderschön, doch gerade jetzt wollte ich die Leidenschaft und die Dominanz spüren, die er mir in Nassau gezeigt hatte. Ganz klarer Fall von Luxusproblem, dennoch wollte ich beide Seiten von ihm, nur fehlte mir der Mut, ihn darauf aufmerksam zu machen.

Deprimiert fuhr ich auf der Suche nach Rat zu meiner Mom. Schon als sie die Tür aufmachte und mein Gesicht sah, zog sie mich wortlos in ihre Arme. Die Tränen, die ich mir seit Wochen verkniffen hatte, flossen jetzt in Strömen über meine Wangen und auf die Rückseite ihrer Bluse.

„Ruhig, mein Schatz, nicht weinen, es wird alles wieder gut“, tröstete sie mich.

„Ich … ich kann … ich will nicht …!“, stammelte ich und brach schließlich ab. Kein vernünftiger Satz ließ sich bei diesem Geheule formen und ich klammerte mich wie eine Ertrinkende an sie.

Mom machte die Haustür zu und führte mich in die Küche, wo sie mich auf einen Stuhl schob. „So, hier sind ein paar Taschentücher, ein starker Kaffee und jetzt erzähl mir, was dich so unglücklich macht. Ist es Jackson? Hat er dir wehgetan? Sollen wir ihm weh tun?“, löcherte sie mich. Bei ihrer letzten Frage musste ich trotz meiner Heulerei schmunzeln. Sie würde es tun, egal wie und mit welchen Mitteln, und ich wollte dann nicht in Jacksons Haut stecken. Laut schnaubend putzte ich meine Nase und wischte die Tränen fort.

„Es ist nicht Jackson, sondern seine Ex-Freundin. Sie sagt, sie hätten ein Kind zusammen“, berichtete ich ihr. Ich musste mich zusammenreißen, um nicht sofort wieder zu weinen. „Er denkt nicht, dass es stimmt, aber sie hat einem Test zugestimmt und das macht man doch nur, wenn man sich sicher ist.“ Ich schnappte nach Luft, weil mein Brustkorb sich zu eng anfühlte und blickte sie über den Küchentisch an, in der Hoffnung, sie würde sagen, dass ich mich irrte. Leider blieb ihr Blick ernst.

„Rose, selbst wenn er der Vater ist, muss sich trotzdem zwischen euch nichts ändern“, wandte sie ein.

„Natürlich, das ändert alles. Mom, er weiß, was mit Frank passiert ist und er will Kinder. Jetzt bekommt er vielleicht eins und ich kann ihm diesen Wunsch nie erfüllen.“ Ich schluchzte schon wieder von neuem und mein Körper schüttelte sich dabei.

„Jackson liebt dich. Schau mich nicht so an, du weißt, dass er das tut. Natürlich wird es eine Umstellung sein, aber er hat seine Wahl getroffen. Also verurteile ihn nicht, bevor du Bescheid weißt. Es war gut, dass du es ihm gesagt hast und ich bin sehr stolz auf dich. Ich weiß, wie schwer es für dich ist, darüber zu sprechen“, entgegnete meine Mom.

Sie hatte Recht und ich konnte an ihrem Gesichtsausdruck erkennen, dass sie wusste, dass ich verstanden hatte, was sie mir sagen wollte. Dafür waren Mütter eben die Besten. Ich fühlte mich ruhiger als die gesamten letzten vier Wochen.

Nachdem meine Tränen versiegt waren, kochte sie noch einmal neuen Kaffee und holte einen selbstgemachten Schokokuchen mit Kirschen aus dem Kühlschrank.

„Hättest du mir den vor zehn Minuten gezeigt, wäre mein Gejaule viel kürzer ausgefallen“, tadelte ich sie mit einem Lächeln auf den Lippen. Mom lachte, schnitt mir ein großes Stück ab und legte es auf meinen Teller. „Woher konntest du eigentlich wissen, dass ich kommen würde? Ist das der Spinnensinn der Mütter?“

„Nein, ich bekomme später noch Besuch, deswegen der Kuchen“, antwortete sie und machte mich damit stutzig.

Nicht, dass sie nie Gäste bekam, oft schneiten Nachbarinnen oder Freundinnen bei ihr herein. Doch dass sie rot wurde und nicht wusste, wohin sie schauen sollte, ließ den Tochterradar aktiv werden und die Lämpchen rot aufleuchten.

„Aha, und wer kommt denn so zum Kaffee?“, bohrte ich neugierig nach und meine Mutter wurde noch eine Nuance dunkler im Gesicht.

„Kennst du nicht!“, wehrte sie meine Frage schnell ab, bewirkte damit aber das Gegenteil von dem, was sie erreichen wollte.

„Soso, kenn ich nicht. Sag mal, ist das eine neue Bluse? Und warst du beim Frisör?“ Erst jetzt fielen mir ein paar Veränderungen an ihr auf und ich stellte schuldbewusst fest, dass wir schon lange nicht mehr so richtig miteinander gesprochen hatten.

Mom hob ihre Hände an die Wangen und sah mich glücklich an. „Ich habe mich verliebt!“, gestand sie mir.

Krass, damit hatte ich überhaupt nicht gerechnet. Dass sie jemanden kennengelernt hatte, ja, aber verliebt? Ich freute mich riesig für sie, denn ich hatte die Hoffnung fast aufgegeben. Lächelnd stand ich auf und nahm sie in meine Arme.

„Das ist toll! Wirklich, ich freue mich für dich. Wie heißt er? Wie alt ist er? Wo wohnt er und wie lange kennt ihr euch denn?“, bombardierte ich meine Mom förmlich, endlich konnte ich den ganzen Fragenkatalog an sie zurückgeben. Sie würde jetzt dadurch müssen, so wie ich all die Jahre zuvor. Wir setzten uns wieder an den Tisch und sie schenkte mir mit leicht geröteten Wangen Kaffee nach.

„Meine Freundin Margret ist seit einiger Zeit ebenfalls auf einer Dating-Seite und hat dort jemanden kennengelernt. Und irgendwie sind sie dann auf mich und Harry gekommen, dass wir auch noch ledig sind und so weiter. Die beiden haben vor zwei Wochen ein Treffen zwischen uns arrangiert“, erzählte sie mit einem Funkeln in den Augen, das ich seit Jahren nicht gesehen hatte. „Ich war ziemlich aufgeregt, aber als Harry ins Café kam und sich mit einem unbeholfenen Lächeln an meinen Tisch setzte, wusste ich, es ging ihm nicht anders.“

„Was macht er beruflich? Hat er Kinder?“, fragte ich sie neugierig aus.

„Harry ist seit sieben Jahren geschieden, hat keine Kinder und ist fünfzig Jahre alt. Er besitzt ein kleines Angelgeschäft in der Nähe von Queens und hat mich schon zum Angeln mitgenommen“, antwortete sie und trank einen Schluck Kaffee.

„Du und angeln? Der muss ja ziemlich heiß sein, dass du dir sowas antust!“

„Es gibt gewiss schönere Arten, ein Date zu verbringen, als glitschige Fische in Eimer zu werfen.“ Sie lachte amüsiert auf. „Doch was mir so an ihm gefällt, ist, dass man mit ihm auch schweigen kann. Er vermittelt mir das Gefühl, etwas Besonderes zu sein und nicht eine von vielen.“ Ich ergriff über den Tisch ihre Hand und drückte sie tröstend. Mein Vater hatte ganze Arbeit geleistet mit seinem Betrug.

„Ich bin schon sehr gespannt auf ihn und was er so angestellt hat, dass du mit roten Wangen herumläufst."

„Das bleibt mein Geheimnis", antwortete sie schwärmerisch und ich lachte laut auf.

„Da hat dich Amors Pfeil aber direkt in den Arsch getroffen, was?", neckte ich sie.

„Rose, sag mal!" Richtig empört war sie jedoch nicht, denn sie gehörte zu den coolen Moms. Daher gab es nicht viel aus meinem Mund, das sie hätte schockieren können.

Ich freute mich schon auf ein Kennenlernen und bat sie, mir Harry bald vorzustellen. „Schließlich muss ich ja sehen, ob er gut genug für dich ist!", stichelte ich und bekam ein deftiges Schnauben ihrerseits zurück. „Da kannst du noch so viel schnauben, Mom, Rache muss sein und ich habe ein paar Jahre gut bei dir."

„Ich ahnte, dass du so etwas sagen würdest", erwiderte sie mit einem Schmunzeln.

Wir wussten beide, dass ich ihre Entscheidung nie hinterfragen würde. Ich täte alles, um ihn willkommen zu heißen, wenn er meine Mom so glücklich machte.

Kapitel 24

Bis zum nächsten Wochenende bekam ich Jackson nicht zu Gesicht. Er war die ganze Zeit in Chicago und jeden Tag miteinander telefonieren reichte nicht im mindesten aus, um meine Sehnsucht nach ihm zu schmälern. Er war genauso angepisst wie ich über die Situation. Unser Telefonsex am Mittwoch führte auch nicht dazu, unseren Hunger zu stillen, sondern fachte das Feuer in mir nur noch mehr an. Jackson lud mich für Samstag zu sich ein und wollte für mich kochen. Bei der Gelegenheit würde ich ihn hoffentlich aus der Reserve locken, seine Sanftheit beiseite zu legen und wieder der sexy Kerl zu sein, der mich über die Couchlehne beugte und mir das Hirn herausvögelte.

Mein Plan war genial und er würde keine Chance haben, sich zu wehren. Ein für alle Mal musste ich klarstellen, dass ich zu ihm gehörte. Dass ich nicht zerbrach, wenn er mich grober anfasste, und wir über das reden mussten, was uns beschäftigte. Und ich würde ihm gestehen, dass ich ihn liebte. Ich konnte nicht länger warten, bis er es zuerst sagte. Alles auf eine Karte zu setzen und zu hoffen, dass er genauso empfand, wäre mir vor ein paar Wochen nicht im Traum eingefallen. Doch mittlerweile waren wir drei Monate zusammen und ich wollte, dass er es wusste.

Am Samstagabend stand ich so unter Strom, dass ich eine ganze Stadt damit hätte beleuchten können. Die Haare hatte ich mir locker hochgesteckt und mein Outfit schnell zusammengestellt. Es war besagtes Kleid, welches ich damals im Club getragen hatte. Dieses Mal verzichtete ich komplett auf Unterwäsche. Ich war in meinem Leben noch nie so mutig gewesen und bei jedem Schritt zu seiner Wohnung merkte ich überdeutlich, dass ich kein Höschen trug. Meine Tasche hatte ich mit einigen Überraschungen bestückt und kam mir dabei unglaublich verrucht vor. Nie zuvor hatte ich bei einem Mann eine derartige Experimentierfreude verspürt, wie es mit Jackson der Fall war. Aber bei ihm fühlte ich mich sicher genug, um mich gänzlich neu zu orientieren und loszulassen.

Aufgeregt fuhr ich mit dem Fahrstuhl zu ihm nach oben. Bei jeder Etage schlug mein Herz einen Tick schneller und meine Handflächen waren feucht. Als die Tür sich öffnete, wartete er schon auf mich. So rasant war ich noch nie hochgehoben und an die nächste Wand gedrückt worden. Seine Lippen lagen auf meinen, bevor ich überhaupt „Hallo" sagen konnte. Ich war berauscht von dem Gefühl, dass er mich genauso sehr vermisst hatte, wie ich ihn.

Unsere Finger fuhren hektisch über den Körper des jeweils anderen. Ich registrierte am Rande, dass er mich nur mit einer Hand unter meinem Hintern festhielt. *Das war so heiß!*

Seine andere hatte einen Weg in mein Haar gefunden, hielt mich daran leicht gepackt, um den Kuss zu intensivieren. Seine Zunge forderte Einlass und ich stöhnte auf, als mich sein Geschmack umgab und wir einander neckten und reizten. Immer fieberhafter fuhr ich mit meinen Fingern über seine Arme, sein Gesicht und konnte nicht genug bekommen. Vergessen war das Abendessen, ich wollte ihn hier und jetzt. Jackson grub seine Finger in meinen Po, und ich keuchte auf, was ihn dazu animierte, noch einmal fest zuzupacken. Vollkommen außer Kontrolle zog ich ihm an den

Haaren, forderte ihn mit Lippen und Zunge auf, weiter zu machen. Doch leider löste er sich viel zu schnell von mir. Ich atmete schwer, als Jackson mich herunterließ und war froh, die Wand hinter mir als Halt zu haben. Er trat zurück, sah mich an und atmete genauso geräuschvoll wie ich.

„Ich will dich auf der Stelle ficken, Rose. An der Wand, von hinten, von vorne, einfach in jeder verdammten Stellung“, sagte er heiser und sah mich lustvoll an.

„Dann tue es, bitte“, flehte ich ihn an, und versuchte immer noch, meinen rasenden Puls unter Kontrolle zu bekommen. Doch Jackson schüttelte den Kopf und grinste diabolisch. „Vorfreude ist die schönste Freude, nicht wahr?“, neckte er mich grinsend und rieb sich mit der Hand über die Lippen. Ich spielte sein Spiel mit, denn ich wusste ja, was ihn nach dem Essen erwarten würde.

„Du hast recht. Lass uns essen. Ach übrigens, ich habe für den Nachtisch gesorgt.“

Mit einem leichten Augenzwinkern schlenderte ich an ihm vorbei und versuchte dabei, meine Hüften so sexy wie möglich zu schwingen. „Was gibt es denn Leckeres?“, erkundigte ich mich, da es absolut köstlich roch.

„Steaks und Kartoffelspalten mit Rosmarin. Dazu habe ich noch eine deftige Soße gemacht. Ich hoffe, du magst es feurig,“ antwortete er zweideutig und ging Richtung Küche. Ich lief ihm hinterher und schaute in den Topf mit der Soße.

„Mhm, du hast mir zwar gesagt, dass du kochen kannst, aber das riecht einfach fantastisch und natürlich mag ich es feurig und scharf. Wieso komme ich erst jetzt in den Genuss?“, bohrte ich neugierig nach. Ich setzte mich an den langen Küchentresen und beobachtete, wie er die Steaks anbriet und den Ofen ausmachte.

„Es ist ja nichts Großartiges dabei, Steak und Kartoffeln zuzubereiten. Als Single musste ich ab und zu für mich allein sorgen, und das Rezept zu der Soße ist von meiner Mutter.“ Beim Vorbeigehen strich er mit seinen Fingern beiläufig über meinen Arm.

Ich ballte meine Hände zu Fäusten, um ihn nicht zu packen und ins Schlafzimmer zu schleifen. Der Mann brachte mich nur durch kleinste Berührungen dazu, dass kein sexfreier Gedanke mehr in meinem Kopf bestand. In seiner locker sitzenden Jeans, dem grauen engen Shirt und barfuß mit leicht zerwühltem Haar war er für mich mein persönlicher Sex-Gott. In Gedanken zog ich ihn schon aus, meine Zunge strich über seinen Bauch Richtung Süden …

„Rose?“, störte seine amüsiert klingende Stimme den unanständigen Film, der in allen Einzelheiten in meinem Kopf ablief.

„Hä?“, gab ich wenig geistreich zurück.

„Ich habe dich gefragt, was es zum Nachtisch gibt?“, wiederholte er seine zuvor bereits gestellte Frage.

Mit leicht geröteten Wangen sah ich zu ihm. Sein Gesichtsausdruck wirkte, als wüsste er, was ich gerade gedacht hatte, und dann fuhr er sich auch noch kurz mit der Zunge provokativ über die Lippen. *Mistkerl!*

„Das ist eine Überraschung!“, tat ich geheimnisvoll. Am liebsten hätte ich ihm meinen Plan verraten, denn schließlich war er der Nachtisch. Aber ich riss mich zusammen und versuchte, unschuldig zu gucken.

Jackson hatte den Tisch im Esszimmer mit Kerzen und einem Orchideen-Bouquet geschmückt. Er wusste, dass das meine Lieblingsblumen waren, und durch das gedimmte Licht sah es sehr nach einem Candle-Light-Dinner aus. *Wie bitte schön sollte man so einen Kerl nicht lieben?*

Er stellte die verschiedenen Töpfe auf den Tisch, füllte unsere Teller auf und schenkte uns einen Rotwein ein.

„Du fährst ziemlich harte Geschütze auf, Jackson. Ich bin hin und weg. Wenn das Essen so gut schmeckt, wie es riecht, muss ich wohl hier einziehen", neckte ich ihn und probierte das Steak. Es war einfach fabelhaft, genau wie der Rest des Essens. „Und wie lief es in Chicago? Seid ihr weitergekommen mit euren Plänen?"

„Es geht auf jeden Fall in die richtige Richtung, auch wenn es noch dauern wird, bis wir den Club eröffnen können. Aber das ist gar nicht so schlecht, denn so habe ich mehr Zeit für den Club hier und definitiv mehr Zeit für dich", antwortete er lächelnd. „Und was gibt es bei dir? Hast du deine Hundehalsbänder online gestellt?" Ich freute mich, dass es ihn interessierte, ob mein kleines Hobby Früchte trug.

„Es läuft erstaunlich gut. Die Bestellungen werden täglich mehr und ich hätte mit so einem Zulauf nie gerechnet", entgegnete ich immer noch ein bisschen geplättet über den Erfolg.

„Das ist doch großartig, Rose. Wirklich. Vielleicht wirst du eines Tages deinen eigenen Laden eröffnen. Ich glaube jedenfalls an dich und wenn du meine Unterstützung brauchst, ich bin für dich da." Er bot seine Hilfe so selbstverständlich an, dass ich mich stark zusammenreißen musste, um nicht auf seinen Schoß zu krabbeln und ihn abzuknutschen.

Je mehr Zeit verstrich und je häufiger wir uns in die Augen sahen, desto mehr nahm die Spannung zu. Es war pure Sinnlichkeit, die sich langsam steigerte. Ich konnte es kaum erwarten, ihn endlich zu spüren und in die Tat umzusetzen, was ich mir vorgenommen hatte.

„Wir hatten doch darüber gesprochen, uns testen zu lassen, weißt du noch?“, schoss meine Frage nur so aus mir heraus. Im ersten Moment machte Jackson einen verblüfften Eindruck, allerdings änderte sich das schnell. Das leichte Zucken der Muskeln in seiner Wange verriet mir, wie angespannt er war.

Er nickte. „Ich kann mich sehr gut an die Nacht erinnern und ich habe mein Ergebnis vor ein paar Tagen bekommen, ich bin sauber!“ Bei seiner Antwort wurde seine Stimme dunkler und ich immer kribbeliger und unruhiger. Meine Lust auf ihn steigerte sich nur noch mehr.

„Ich bin es auch“, hauchte ich.

Jackson räusperte sich und sein Blick sagte mehr als tausend Worte. Ich stand auf und räumte das Geschirr zusammen, versuchte, mich auf alles andere als ihn zu konzentrieren, und ging in die Küche. Er kam hinter mir her und drückte sich von hinten an mich.

„Bist du sicher, dass du noch hungrig bist? Mir steht der Sinn eher nach etwas süßem“, raunte er mir zu und ich erschauerte, als ich seine beginnende Erektion an meinem Po spürte.

Beim Sprechen strichen seine Lippen über meinen Hals, ich bekam am ganzen Körper eine Gänsehaut und fühlte, wie ich allmählich feucht wurde. Langsam drehte ich mich zu ihm um und schaute ihn verführerisch an.

Ich legte meine Finger auf seine Brust und fuhr zärtlich seinen Oberkörper entlang, ehe ich mich auf die Zehenspitzen stellte und ihm leise ins Ohr flüsterte. „Komm mit mir mit. Ich habe eine kleine Überraschung für dich.“ Jackson sah mich neugierig an und ich spürte, wie meine Wangen warm wurden, denn ich war tierisch aufgeregt.

Ich nahm seine Hand und führte ihn ins Wohnzimmer, dann schob ich mich an ihm vorbei, holte einen Stuhl und schob ihn genau vor die Fensterfront. Das war das perfekte Szenario für meinen Plan.

„Setz dich, Charming, und genieße“, forderte ich ihn auf und versuchte, meine Aufregung zu verbergen. Als er, ohne Fragen zu stellen, Platz nahm, hinter ihm die Lichter der Stadt und das Verlangen in seinen Augen, war mir klar, dass das hier etwas ganz Besonderes für mich werden würde.

Bevor ich dazu kam, auf ihn zuzugehen, hielten seine Worte mich auf. „Ich habe ein Geschenk für dich. Es liegt auf dem ovalen Tisch neben der Tür.“ Neugierig drehte ich mich um und sah eine kleine Schachtel darauf liegen.

Sie war schwarz, mit einer rosa Schleife bestückt und ich fühlte mich, als hätte ich Geburtstag. Als ich die Verpackung öffnete, blieb mir kurz mein Herz stehen und ich sah ihn mit großen Augen an. Es war eine Schlüsselkarte zu seiner Penthouse-Suite!

„Ich wollte, dass du dich hier jederzeit aufhalten kannst und nicht das Gefühl hast, du seist …“ Bevor er den Satz beenden konnte, war ich bereits bei ihm und küsste ihn stürmisch. Er grinste in unseren Kuss hinein und ich löste mich von ihm.

„Du bist verrückt! Ich weiß gar nicht, was ich sagen soll“, brach es aus mir heraus. Mein Herz rannte mir schon wieder davon, so schnell schlug es, und ich spürte Glück bis in die Haarspitzen, wenn das überhaupt möglich war.

„Irgendwann in der Zukunft haben wir hoffentlich die gleiche Adresse, und ich dachte, das wäre ein guter Platz zum Üben.“ Jackson legte seine Hand an meine Wange und sah mich zärtlich an.

„Du weißt nicht, wie glücklich du mich machst. Ich werde dir jetzt zeigen, wie dankbar ich dir bin.“ Ich klimperte übertrieben mit den Wimpern, was Jackson ein Lachen entlockte. Danach ging ich zu meiner Tasche, schob sein Geschenk hinein und holte die wichtigsten Utensilien für diese Nacht heraus.

„Erinnerst du dich noch an ein anderes Geschenk?“, fragte ich ihn und drehte mich langsam zu ihm um. Als er sah, was ich mitgebracht hatte, wurde sein Blick dunkler und die vermisste Gier in seinem Blick war zurück.

„Ich erinnere mich nur zu gut“, kam es fast knurrend von ihm. Mit wiegenden Hüften schlenderte ich auf ihn zu. In der einen Hand hielt ich eine Tube flüssige Schokolade und in der anderen das Samtband, das er mir vor einer gefühlten Ewigkeit geschenkt hatte, dabei ließ ich ihn nicht eine Sekunde aus den Augen.

„Ich dachte mir, dass du heute Abend perfekt als Dessert herhalten könntest“, murmelte ich. Ich ging um ihn herum und führte meine Finger über seinen Bauch nach unten. Anschließend zog ich an seinem

Shirt, welches kurz darauf von mir in den offenen Raum geworfen wurde, und verband ihm die Augen. Seine Arme schnellten nach oben und hielten meine gefangen.

„Ich weiß nicht, ob ich das aushalte, Rose.“ Seine Stimme war vor Erregung heiser und das motivierte mich nur noch mehr.

Ich führte seine Hände an die Stuhllehnen. „Halt dich daran fest. Nicht bewegen. Nur fühlen, weißt du noch?“, hauchte ich in sein Ohr und glitt kurz mit der Zunge über seinen Hals.

Ein Zucken ging durch seinen ganzen Körper. Ich nahm wahr, wie sie sich zu Fäusten ballten und dann wieder die Lehnen ergriffen. Erneut vorne angekommen kniete ich mich zwischen seine geöffneten Beine und konnte jetzt schon sehen, wie sehr ihn das hier anmachte.

Nachdem ich die Tube aufgemacht hatte, legte ich meine eine Hand auf seinen Oberschenkel, mit der anderen verteilte ich die Schokosoße langsam über seine Brust. Es sah so verdammt heiß aus, wie er so vor mir saß. Die Soße stellte ich neben mich. Ich zog sanft eine Linie mit meiner Zunge über seine Haut und seine Muskeln bewegten sich bei jedem Zungenstrich, den ich ihm zuteilwerden ließ.

Mit absoluter Hingabe leckte ich über seine Brustwarzen, seine definierten Bauchmuskeln und ließ mir dabei Zeit. Jede Berührung meiner Zunge ließ ihn aufstöhnen. Meine Hände fuhren an seinen Oberschenkeln hoch und runter, ohne das wirkliche Ziel zu erreichen. Allein sein Stöhnen machte mich immer feuchter. Es war berauschend und ich wollte mehr.

„Gefällt dir das?“, wisperte ich, während ich ihm vorsichtig kleine Bisse in die Haut oberhalb seines Schlüsselbeins verpasste.

„Ja, sehr. Hör nicht auf, bitte“, flehte er. Seine Stimme war leise und hörte sich angestrengt an.

„Dann wollen wir mal sehen, ob ich dich noch mehr fühlen lassen kann“, antwortete ich und küsste ihn mit bedingungsloser Leidenschaft. Ich hielt mich an seinen Haaren fest und er stöhnte in meinen Mund. Als ich vorsichtig in seine Unterlippe biss und an ihr zog, bewegten sich meine Finger zielstrebig Richtung Süden und öffneten seine Hose.

„Heb deinen Hintern“, forderte ich ihn auf und er gehorchte sofort. Im Nu waren Jeans und Shorts Vergangenheit und ein nackter Jackson saß vor mir. Seine Hände waren weiß angelaufen, so sehr umklammerte er die Stuhllehnen. Seine Lippen glänzten leicht von unserem Kuss. Bei seinem Anblick pochte mein Schoß vor Lust und ich wünschte mir schmerzlich eine Linderung. Anderseits gefiel mir dieses Spiel wahnsinnig gut und ich wollte noch nicht aufhören.

Wieder nahm ich die Tube mit der Soße und verteilte die dunkle Flüssigkeit über seinem Schwanz, was ihn erneut aufstöhnen und seine Hüften nach oben stoßen ließ.

„Du bringst mich um!“, presste er hervor. Er hatte seinen Mund geöffnet und atmete schnell. *Du hast ja keine Ahnung*, dachte ich so bei mir. Ich legte meine Finger auf seine Oberschenkel und strich mit meinen Lippen über sein sexy V. Jackson wurde immer unruhiger auf seinem Sitzplatz. Als ich über seine Spitze leckte, schoss er fast vom Stuhl hoch, doch ich hielt ihn mit beiden Händen auf seinen Beinen davon ab.

Meine Gefühle fuhren sprichwörtlich Achterbahn. Ich konnte sehen, wie sehr er genoss, was ich mit ihm tat. Gleichzeitig wurde er immer ungeduldiger und ich wollte so viele Dinge mit ihm tun.

Am liebsten hätte ich sofort damit losgelegt, aber ich wollte ihn noch ein bisschen reizen.

„Bitte“, bettelte er. Sein Flehen war fast zu viel für mich, denn ich wusste, was er wollte. Ich hatte nicht so große Erfahrungen auf diesem Gebiet, weil Oralsex für mich mit Vertrauen verbunden war, und das verschenkte ich nicht leichtfertig. Jackson allerdings war es wert. Er genoss jede Berührung, ob von Zunge oder Hand, und ich wollte, dass er diese Nacht nie vergaß.

Meine Lippen fuhren über seinen Schaft, meine Zunge leckte die restliche Soße ab und ich nahm ihn den Mund. So tief ich konnte, saugte ich ihn ein und sah die ganze Zeit in sein Gesicht. Der Anblick ließ mich erzittern und ich hätte allein davon kommen können. Er stöhnte bei jedem Auf und Ab meines Kopfes. Sein Geschmack wurde mit einem Hauch von Schokolade vermischt und ich konnte nicht genug bekommen. Meine rechte Hand legte ich um seinen Schwanz, die linke streichelte seine Hoden und er wurde noch lauter.

„Ich werde verrückt. Das ist so verdammt gut. Dein Mund ist der verfluchte Himmel!“, hörte ich ihn stöhnen und das spornte mich noch mehr an. Meine Bewegungen wurden schneller und sein Glied schwoll noch mehr an. Ich versuchte, meine Zunge so flach wie möglich zu halten, um ihn noch tiefer in mir aufzunehmen. Ich hätte nie gedacht, dass ein Blowjob so heiß sein und mir genauso gut gefallen könnte. Seine Erregung übertrug sich auf mich und das war ein fantastisches Gefühl.

„Wenn du nicht gleich aufhörst, Rose, komme ich in deinem Mund! Aber ich will dich! Ich will mich tief in deiner Pussy versenken und dich um den Verstand ficken!"

Es war unbeschreiblich, wie angetörnt er war. Ich konnte mich nicht entscheiden, auf welche Art ich ihn zum Höhepunkt bringen wollte. Einerseits wollte ich ihn dringend in mir, andererseits war es auch verlockend, ihn durch meine Lippen und Zunge zur Ekstase zu treiben.

Doch bevor ich zu Ende überlegen konnte, legten sich zwei Hände auf meine Oberarme und zogen mich hoch. Er setzte mich immer noch ohne etwas zu sehen auf seinen Schoß und fuhr mit seinen Fingern unter mein Kleid. Das Fehlen der Unterwäsche belohnte er mit einem Knurren. Danach riss er sich das Band von den Augen. Glühend heiß und absolut sexy schaute er mich an. Seine freie Hand schob er unter meinen Hintern und platzierte mich über seinem Schwanz. Er testete nicht, ob ich für ihn bereit war, sondern hob seine Hüften an und stieß mit seiner ganzen Länge in mich hinein.

Wir stöhnten beide auf, als wir uns das erste Mal ohne jegliche Barriere vereinten. Danach gab es kein Halten mehr. Ich stützte mich auf seinen Schultern ab, während er mich auf seinem Schoß balancierte. Seine Hände fest auf meiner Taille, schob er sich immer tiefer in mich.

Die Intimität zwischen uns war kaum in Worte zu fassen. Er drang nicht nur in meinen Körper ein, sondern nahm sich mein Herz und meine Seele.

„Ich liebe dich", flüsterte ich keuchend an seinen Lippen.

Jackson hielt trotz seiner Erregung tief in mir inne, sah mich an und lächelte.

„Und ich liebe dich, meine Schöne. Du kannst dir nicht vorstellen, wie oft ich dir das schon sagen wollte", gab er mit heiserer Stimme zurück, küsste meinen Hals, biss fest zu und brachte mich damit fast zum Orgasmus. „Du bist so verdammt sexy und dich ohne etwas um mich herum zu spüren, macht mich härter als jemals zuvor." Er stieß hart zu und sein Rhythmus wurde schneller. „Jetzt bin ich an der Reihe, dir zu zeigen, was sich gut anfühlt." Er zog den Ausschnitt meines Kleides mit einem Ruck nach unten, nahm meine rechte Brustwarze in den Mund und biss hinein. Schmerz und Lust rasten durch meinen Körper, und ich bog mich automatisch seinen Lippen entgegen, was er mit einem weiteren Biss belohnte. Danach leckte er fest über die harte Perle und ich vergrub meine Hände in seinen Haaren. Es war ein Strudel aus Leidenschaft und Liebe und ich sagte ihm all die Dinge, die ich gerade fühlte.

„Du bist das Beste, was mir passieren konnte, Jackson. Du fühlst dich so wahnsinnig gut an in mir. Spürst du, wie sehr ich dich will?", keuchte ich.

Fieberhaft und wie von Sinnen stieß er immer härter zu. Seine linke Hand bewegte sich zwischen uns. Er drückte mit zwei Fingern auf meine Klit und rieb sie dann so fest, dass mein Orgasmus wie ein Orkan angerauscht kam.

„Jackson … ja, ich …", hauchte ich atemlos. Ich versuchte, es aufzuhalten, hinauszuzögern, doch ich wusste nicht, wie.

„Ich bin bei dir, und du fühlst dich so verfickt gut an. Lass los, Rose", stöhnte er vor Erregung laut auf.

Ein weiterer Biss in meine Brust und seine abgehackten Worte waren zu viel. Ich spürte jeden kraftvollen Stoß bis in meine Fingerspitzen. Wir hielten uns fest umklammert und kamen zur gleichen Zeit mit dem Namen des jeweils anderen auf unseren Lippen. Würde man mich in diesem Moment fragen, wie ich hieß, ich hätte es nicht gewusst.

Gott sei Dank hatte Jackson seine Arme um mich geschlungen, sonst wäre ich wie weiche Butter zu Boden geflossen. Jeder Knochen in meinem Leib war aus Gummi und mein Gehirn völlig leer. Ein träges Kreisen seiner Fingerspitzen auf meiner Schulter ließ mich wieder ins Jetzt zurückkehren und ich sah ihn an.

„Das war das beste Dessert, das ich je hatte“, sagte Jackson schmunzelnd und ich musste lachen.

Nachdem wir uns schweren Herzens voneinander gelöst hatten, gingen wir gemeinsam duschen, um die Reste der Schokolade zu entfernen. Dabei hielten wir uns eng umschlungen und wuschen uns gegenseitig. Irgendwann endete es damit, dass meine Hände an der kalten Duschwand Halt suchten und Jackson von hinten in mich stieß. Ich fühlte mich wie ein Teenager auf einem Hormontrip. Auch wenn mein Höhepunkt erst kurze Zeit zurück lag, kam der nächste in Windeseile.

Erschöpft und völlig glücklich kuschelten wir danach im Bett und redeten über unsere Ängste, die Gegenwart und die Zukunft, bis wir irgendwann einschliefen.

Kapitel 25

Eine Woche später rief mich Jackson auf der Arbeit an. Er bat mich, abends bei ihm vorbei zu kommen, denn er hätte mir etwas Wichtiges zu erzählen. Den restlichen Tag lief ich wie auf Autopilot. Ich hasste es, wenn ich nicht sofort wusste, was los war. Noch mehr beunruhigte mich, dass er es mir nicht am Telefon sagen wollte. Das beschissene Bauchgefühl meldete höchste Alarmbereitschaft. Am Ende der Schicht schuldete ich irgendeinem Kunden zehn Dollar, denn wir hatten beim Kassensturz mehr Geld, als wir eigentlich haben sollten.

Egal, alles wird gut, redete ich mir die ganze Zeit ein. Dieser Satz lief in einer Endlosschleife bis zu Jacksons Wohnung in meinem Kopf wie ein Mantra. Wir hatten keine bestimmte Uhrzeit abgemacht, aber ich hatte ja einen Schlüssel und konnte gegebenenfalls auch drinnen warten. Kurz, bevor der Aufzug hielt, klingelte mein Telefon. Ich war erstaunt, dass mich Violet anrief, denn wir hatten uns ja eben erst im Laden gesehen.

„Hi, meine Süße, was gibt es? Hast du deine Schlüssel im Geschäft vergessen?“, fragte ich sie, während ich immer weiter nach oben fuhr.

„… Rose … Rose …“, hörte ich Violet am anderen Ende schluchzen und hatte plötzlich Steine im Magen.

„Violet? Was ist los? Warum weinst du?“ Ich klang panisch, konnte aber nichts dagegen tun. Etwas stimmte ganz und gar nicht und ich wurde verrückt vor Sorge, weil ich nicht wusste, was geschehen war.

„Du musst kommen … ins Queens Hospital … bitte“, flehte sie.

„Natürlich komme ich, Violet. Hattest du einen Unfall?“, wollte ich entsetzt wissen.

„Er … er ist …!“, setzte sie mehrmals an. In meinen Händen spürte ich ein leichtes Zittern, die Fahrstuhltür ging auf und dann geschahen zwei Sachen auf einmal. Meine Augen sahen eine halbnackte Brenda mit nur einem Bandshirt von Jackson bekleidet und zerwühlten Haaren. Sie drehte sich langsam zu mir um und fing siegesgewiss zu grinsen an. Ich hätte in diesem Moment in den Fahrstuhl kotzen können.

In meinen schlimmsten Träumen hätte ich mir so etwas nicht ausmalen können. Nur leider passierte das hier gerade wirklich.

Doch was mich den Knopf nach unten drücken ließ, war die andere Stimme am Telefon.

„Rose? Charlie ist tot!“, rief meine Kollegin und klang wie ein gequältes Tier.

Danach war alles schwarz-weiß. Ich fuhr wie auf Autopilot ins Krankenhaus zu Violet, die sich nicht von ihrem Mann wegbringen lassen wollte. Schreiend und vollkommen hysterisch lag sie auf den Knien vor seinem Krankenbett.

„Können Sie nicht irgendwas für sie tun?“, rief ich in den Flur hinaus, doch ich bekam keine Antwort. Ich kniete mich neben sie, umarmte sie ganz fest, weinte mit ihr und wiegte sie hin und her wie ein Kind. Es gab nichts, rein gar nichts, was ich sagen konnte, um ihren Verlust zu lindern. Sie klammerte sich an mich, ohne mich überhaupt wahrzunehmen. Ich sah ihren ohnmächtigen Schmerz in den Augen.

Irgendwann kamen zwei Ärzte, halfen mit, sie auf einen Stuhl zu setzen und spritzen ihr etwas zur Beruhigung. Dies wirkte ziemlich schnell und Violet saß vollkommen zerstört da. Von der Frau vor ein paar Stunden war nichts mehr übrig.

„Was ist um Himmels willen passiert? Es ging ihm doch gut. Ich kapiere das alles nicht!“, fragte ich die Ärzte aufgebracht, denn ich konnte einfach nicht glauben, dass er tot war.

„Miss, ich verstehe ihre Trauer und es tut uns unendlich leid. Wir bekamen einen Notruf von dem Restaurant, in dem er arbeitet. Er klagte über Brustschmerzen und brach zusammen“, erklärte mir der eine Arzt in sachlicher Tonlage, während ich versuchte, die Geschehnisse zu begreifen und immer wieder zu Violet sah, die das Ganze unbeteiligt mit anhörte. „Die Rettungssanitäter haben ihn auf direktem Weg hierher geflogen, aber währenddessen kam es zum Herzstillstand, und jeder Versuch der Reanimation war vergebens. Leider konnten wir nur noch seinen Tod feststellen.“

Ich hörte, was sie sagten, und konnte sie trotzdem nicht verstehen. Charlie wollte weniger arbeiten, es ging ihm viel besser und sie waren doch eine Einheit! Wie hatte das nur passieren können?!

Meine Gedanken überschlugen sich. Was sollte ich zuerst tun? Wie bekam ich Violet dazu, mit mir nach Hause zu kommen und wie organisierte man eine Trauerfeier? Einen kurzen Moment dachte ich, Jackson könne mir beistehen, bis mir das, was ich in seinem Penthouse gesehen hatte, mit der Kraft einer weiteren Abrissbirne ins Gesicht schlug. Ich taumelte vor Schmerz zurück. Nein, er war jetzt nicht wichtig. Das Einzige, was zählte, war meine Freundin, die vor Kummer vorn über gebeugt saß und lautlos weinte.

Ich kniete mich vor sie und nahm ihre Hände. „Violet, Schatz, wir müssen nach Hause“, sprach ich mit möglichst ruhiger Stimme auf sie ein.

„Nein, ich gehe nicht weg von ihm“, widersetzte sie sich, entzog mir ihre Finger und schüttelte entschieden mit dem Kopf. „Ich kann ihn doch nicht allein lassen, Rose“, setzte sie leise nach. Ihre Worte versetzten mir einen Stich und ich hasste es, dass ich nichts für sie tun konnte, um diesen Schmerz zu lindern.

„Du musst, mein Herz. Lass uns zu mir nach Hause fahren. Dort legst du dich ein bisschen hin und ich rufe deine Eltern an“, bat ich sie.

Schluchzend sah sie zu mir hoch. Die Tränen liefen ununterbrochen ihre Wangen hinab. Es war nur schwer zu ertragen, sie so zu sehen.

„Rose? Was mache ich denn jetzt ohne ihn? Ich kann nicht! Ich kann nicht ohne ihn leben!“, brach es aus ihr heraus. Sie schnappte immer wieder nach Luft und hielt ihren Oberkörper mit ihren Armen umklammert. Es war ein so schrecklicher Anblick und ich fühlte mich so wahnsinnig hilflos.

„Ich weiß es nicht Violet, aber ich bin bei dir“, versicherte ich ihr. Wie eine Frau, die alles verloren hatte, erhob sie sich mühsam. Ihre Beine gaben nach, sobald sie stand und ich fing sie auf.

„Langsam, Violet. Ich halte dich. Ich verspreche dir, ich gehe nicht weg“, versuchte ich, sie irgendwie zu beruhigen, während wir zu meinem Auto gingen.

„Was ist mit der Beerdigung? Was soll er tragen? Welche Blumen soll ich für sein Grab nehmen und wer soll …“ Ich unterbrach sie schnell, denn sie steuerte auf ein Minenfeld zu, das sie im Moment nicht verkraften würde.

„Wir regeln das gemeinsam, hörst du?“ Sie schaute mich so verzweifelt an, dass mir schlecht wurde. Als wir im Auto saßen, nahm ich ihre Hand in meine, und spürte, wie sie zitterte. Violet entzog sich mir, legte ihren Kopf an die Seitenscheibe und weinte, bis wir bei mir zu Hause ankamen.

Wir verbrachten die nächsten beiden Tage in meiner Wohnung. Ich organisierte Aushilfen, die im Laden für uns einsprangen, denn ich wollte Violet keine Minute allein lassen, auch wenn sie meine Anwesenheit gar nicht wahrnahm. Sie saß meist apathisch in meinem blauen Sessel, schaute aus dem Fenster und weinte ununterbrochen leise vor sich hin. Seit Verlassen des Krankenhauses sprach sie kein Wort. Mit Taschentüchern, Tee und Umarmungen versuchte ich, ihr Trost zu spenden, so gut es ging.

Ihre Eltern hatte ich verständigt, diese würden am nächsten Tag aus San Francisco anreisen, eher war es leider nicht gegangen, da ihr Dad zuvor auf einer Geschäftsreise in Europa gewesen war. Sie würden glücklicherweise den größten Teil der Organisation der Beerdigung übernehmen und Violet in ihre Wohnung zurückbringen.

Völlig allein und restlos leer setzte ich mich dorthin, wo Violet nahezu die gesamte Zeit, die sie bei mir verbracht hatte, gesessen hatte. Erst jetzt gestattete ich mir den ersten richtigen Gedanken an Jackson. Dieser hatte in den letzten Tagen zigmal angerufen, auf die Mailbox gesprochen und ein paar Mal vor meiner Haustür gestanden. Ich ging weder ans Telefon noch an die Tür. Die Vorstellung, dass er mit Brenda geschlafen hatte, brachte mich um vor Schmerz.

Wir hatten optisch einiges gemeinsam, auch wenn sie vom Charakter her meiner Meinung nach in der untersten Schublade zu finden war. Vielleicht hatte der Vaterschaftstest ja ergeben, dass Jackson der Vater war, sie hatten einen nostalgischen Moment erlebt und er hatte seinen Empfindungen nachgegeben. Meine Gedanken waren komplett wirr, ergaben logisch keinen Sinn, denn ich glaubte ihm, dass er mich liebte. *Doch was wäre, wenn sich seine Gefühle durch den Test geändert hatten? Was wäre, wenn er sich Brenda dadurch verpflichtet oder gar verbunden fühlte?* Mein Verstand sagte mir zwar immer wieder, dass das Blödsinn war, aber mein Herz wurde diese Furcht einfach nicht los, dazu kam, dass sie nun einmal halbnackt in seinem Penthouse gewesen war.

Gesehen hatte ich ja mehr als genug und ich hatte keine Ahnung, ob ich beim Klang seiner Stimme nicht doch weich werden würde, für das, was ich im Begriff war, zu tun. Ich wusste nicht, was richtig und was falsch war, meine alten Dämonen holten mich ein und ich konnte die Zweifel nicht ausschalten. Jeder hatte mich irgendwann verlassen, jeder, den ich liebte.

Als die Nacht anbrach und meine inneren Dämonen sich beruhigten, traf ich die Entscheidung, ihn anzurufen und einen Schlussstrich zu ziehen.

„Rose? Bist du das wirklich? Verdammt, was ist los? Ich habe mir solche Sorgen gemacht, dass dir etwas passiert ist! Rose?“, rief er in den Hörer. Seine Worte klangen aufgebracht und sauer, allerdings machte es mir die Sache irgendwie leichter. Er hatte kein Recht, wütend zu sein, schließlich war er fremdgegangen. Ihn wieder zu hören, war hart und tat mir unendlich weh. Ich atmete einmal tief ein und aus, versuchte, so cool wie möglich zu sein.

„Ich will, dass du weißt, dass es eine Zeitlang ganz nett mit dir war. Aber wir sind uns sicher beide einig, dass es nicht von Dauer war.“ Meine Worte klangen fest, obwohl ich mich mit einer Hand an den Sessel krallte und die andere so zitterte, dass ich kaum das Handy halten konnte.

„Was?!“, schrie er in das Telefon. „Bist du verrückt geworden? Ich verstehe überhaupt nichts mehr und ich bin verdammt nochmal nicht deiner Meinung!“

„Dann habe ich wohl etwas falsch verstanden, als ich die Schlampe in *deinem* Shirt in *deiner* verschissenen Wohnung gesehen habe?“, schoss ich verletzt zurück.

Nun war es mit meiner Selbstbeherrschung vollkommen vorbei. Dass er mich jetzt noch anlog, war das Allerletzte!

„Rose, ich kann dir das erklären …!“, fing er an, doch ich unterbrach ihn.

„Das brauchst du nicht! In den letzten Tagen ist mir eines klar geworden: Märchen gibt es nicht! Es existiert auch kein Happy End. Jedenfalls nicht für mich.“ Meine Stimme drohte zu brechen und ich wollte mich nur noch zusammenrollen, so wie ich es als Teenager getan hatte. „Und du bist kein Traumprinz, sondern das beschissene Rumpelstilzchen! Ich will dich nicht wiedersehen. Nie wieder!“

Ich legte schnell auf, schaltete das Handy und anschließend die Türklingel aus. Danach brachte ich mich und mein gebrochenes Herz ins Bett. Violets Verlust und Jacksons Betrug hatten mir die Augen geöffnet.

Mit dem Arsch voran war ich endgültig in der Realität angekommen!

Die nächsten Wochen liefen wie ein schlechter, alles verzehrender Alptraum ab. Erst kam Charlies Beerdigung. Als Violet vor dem Grab zusammenbrach und nicht loslassen wollte, konnte ich kaum noch atmen. Es sah aus, als würde sie nun mit ihm sterben, und wir übrigen Trauergäste waren Voyeure und konnten nichts machen.

Liebe hatte so viele Facetten, doch war es nicht sicherer, ohne sie zu leben, anstatt diesen Schmerz aushalten zu müssen?

Dallas, Lilly und meine Mom waren auch anwesend und versuchten, sie irgendwie zu trösten. Violet stand einfach nur da und ließ alles über sich ergehen. Lediglich ihre Hülle war noch vorhanden und es war schwer, diesen Menschen mit meiner Kollegin und Freundin in Einklang zu bringen. Als wir die Blumen auf den Sarg hinterließen, weinte selbst die letzte von uns. Zusammenreißen war in dieser Situation einfach nicht möglich. Das Schlimmste war, als Violet ihre Hand auf seinen Sarg legte und ich sie leise flüstern hörte: *Du und ich für immer*!

Kapitel 26

Eine Woche später ging es mir immer noch so mies wie an dem Tag, als ich das mit Jackson beendete. Jetzt gerade taten meine beiden Freundinnen alles, um mich aufzumuntern, was mich einerseits freute, andererseits in Rage brachte, weil ich auf *vernünftig* allergisch reagierte.

„Versteht ihr mich nicht oder wollt ihr es nicht kapieren? Er hat mich beschissen. Mit seiner Ex! Und sie haben womöglich auch ein gemeinsames Kind! Und ihr sitzt hier und versucht mir zu erzählen, dass alles wieder gut wird“, steigerte ich mich erneut in meinen Zorn hinein, als mich Dallas und Lilly in die Mangel nahmen.

„Aber vielleicht war es ja überhaupt nicht so, wie es aussah. Sprich doch noch einmal mit ihm, Rose“, entgegnete Lilly, und wollte mich mit ihrem optimistischen Denken überzeugen.

„Genau mein Reden“, ereiferte sich Dallas, die neben Lilly auf der Couch in meiner Wohnung saß, wie ein Einsatzkommando, das mir zu Glück verhelfen wollte. „Bestimmt hat er sie ja gar nicht gebumst. Er rief mich vor ein paar Tagen an, völlig von der Rolle wegen deines Auftritts und erzählte mir, dass diese Bitch nur in Unterwäsche unter ihrem Mantel aufgetaucht war. Er hat sie kurz danach aus dem Penthouse geschmissen. Und ehrlich, Rose, er hörte sich beschissen an“, verteidigte sie ihn, aber ich wollte nichts davon wissen, auch wenn eine nagende Stimme in mir mich mahnte, dass ich Jackson Unrecht tat. Meine irrationale Furcht hatte mich fest in ihren Klauen.

„Nackt und nicht gevögelt? Dass ich nicht lache. Und selbst wenn ihr zwei Recht habt, ändert es nichts! Ich habe es beendet und damit basta. Er findet eine andere! Wisst ihr, was ich nicht aus meinem Kopf bekommen kann?“, fragte ich die beiden, die mich gespannt ansahen. „Violets Schmerz, den kann ich nicht vergessen. Ihr habt sie doch auch gesehen. Sie ist kaputt, völlig zerstört. So soll Liebe aussehen? Liebe ist scheiße und ich will nicht so enden wie sie.“

Lilly schüttelte nur traurig den Kopf, stand auf und kniete sich zu meinen Füßen. „Du musst damit aufhören, Rose. Du kannst nicht bis an dein Lebensende allein bleiben. Das ist nicht gesund. Du liebst Jackson und er liebt dich. Also geh hin, rede mit ihm und du wirst sehen, es gibt eine vernünftige Erklärung.“

„Im Gegensatz zu dir, Lilly, will ich nicht mehr. Wenn Jackson mich dann irgendwann verlässt, aus welchem Grund auch immer, wird mich das vernichten. Dieses Risiko werde ich nicht eingehen, deshalb bin ich ihm zuvorgekommen“, antwortete ich traurig und schaute auf meine Hände. Hände, die nie wieder über seine Haut streichen würden. *Er fehlt mir so!*

Die verdammten Tränen ließen sich nicht länger unterdrücken, also liefen sie über meine Wangen und ich versuchte nicht mal, sie aufzuhalten. Lilly erhob sich, setzte sich auf die Sessellehne, nahm mich in den Arm, und schaukelte mich wie ein kleines Kind zur Beruhigung hin und her. Kurz danach spürte ich ein zweites Paar Arme, die mich ebenfalls hielten. So saßen wir eine Weile stumm zusammen, bis die Tränen versiegten.

„Also ich weiß ja nicht, wie sich Liebe anfühlt, aber so beschissen sollte es niemandem gehen. Deswegen ein schlauer Tipp von mir: Renn zu ihm zurück und mach dich nicht unglücklicher, als du schon bist. Oder glaubst du im Ernst, du wirst ihn einfach so vergessen?“, fragte mich Dallas gespannt und mit einem traurigen Gesichtsausdruck, den ich selten bei ihr sah.

„Dallas, hör auf. Ich sage es nicht noch einmal. Irgendwann werde ich darüber hinwegkommen, dann läuft alles wieder so normal wie vorher. Und tue mir ein Gefallen, rede nicht mehr mit ihm über mich, okay?“ Sie zuckte nur mit den Schultern und machte ein unschuldiges Gesicht. „Ist ja schon gut, ich habe es kapiert. Aber ich warne dich, du machst einen riesengroßen Fehler. Und wenn ich das als Beziehungsphobikerin sage, wird mir unsere Prinzessin wohl eindeutig zustimmen“, entgegnete sie trocken und sah Lilly herausfordernd an.

„Ich stimme Dallas zu, meine Süße. Du hast dich falsch entschieden, und ich wünschte, du würdest es dir überlegen.“

Mein Magen krampfte sich zusammen, mir war schlecht und am liebsten hätte ich mich bis zum jüngsten Tag in meinem Bett verkrochen. Aber ich konnte nicht zurück, konnte nicht aus meiner Haut und war gelähmt durch meine Ängste.

„Ich kann nicht“, murmelte ich und bat die beiden, zu gehen.

„Würdest du diesen Brief bei der Post abgeben?“, wandte ich mich an Dallas, als sie schon an der Tür standen. Sie beäugte den Umschlag kritisch und sah mich fragend an, als sie den Empfänger las.

„Es ist der Schlüssel zu seinem Apartment, ich brauche ihn nicht mehr“, antwortete ich auf die unausgesprochene Frage. Dallas schüttelte nur mit dem Kopf, steckte ihn aber in ihre Tasche. Sie verabschiedeten sich mit Umarmungen und Beteuerungen, dass sie mich nicht alleine ließen. Nachdem ich die Tür geschlossen hatte, ging ich umgehend in mein Bett, und heulte mich in den Schlaf.

Am übernächsten Morgen klingelte es an meiner Tür Sturm, und ich schlich mich förmlich dorthin, aus Angst, Jackson würde davor warten. Er hatte etliche Nachrichten auf meinem Handy hinterlassen, die ich alle löschte, ohne sie vorher anzuhören.

„Mach schon auf, Rose, oder willst du deine arme Mutter vor der Tür stehen lassen?“, rief sie und ich stöhnte laut auf. Als ich öffnete und den Gesichtsausdruck meiner Mom wahrnahm, blinzelte ich heftig, um nicht wieder zu heulen.

„Du siehst schrecklich aus, Liebling. Wann hast du das letzte Mal etwas gegessen oder dir die Haare gekämmt?“

„Danke, Mom, das wollte ich hören. Komm herein und mach es dir gemütlich“, erwiderte ich tonlos und schlurfte ohne Elan Richtung Couch, auf die ich mich fallen ließ und von der aus ich beobachtete, wie sie sich auf den Sessel mir gegenüber setzte. Sie musterte mich wortlos und ich rutschte unbehaglich auf meinem Hintern herum. Nach ein paar endlosen Sekunden seufzte ich und schlang die Arme um mich.

„Nun spuck es aus, Mom. Was willst du sagen? Dass ich einen Fehler gemacht habe? Dass ich seine Version hören sollte? Das kannst du dir sparen, das haben Lilly und Dallas schon erledigt", erklärte ich bockig und fühlte mich gleichzeitig unheimlich schlecht, sie so anzufahren. Sie atmete tief durch, stand auf und kam zu mir.

„Geh unter die Dusche, Rose. Danach machen wir einen netten Spaziergang." Ich wollte protestieren, doch eine hochgezogene Augenbraue von ihr und ich gehorchte wie ein kleines Kind. Der Elan für eine Diskussion war mir vor Tagen verloren gegangen und ich ging ins Badezimmer. Einen Blick in den Spiegel verkniff ich mir und zog mir irgendein Shirt und eine Jeans an. Es hätte mir nicht egaler sein können, wie ich aussah.

„Noch nicht wieder die Alte, aber besser als vorher", versuchte meine Mom, mich aufzuheitern. Ich antwortete nicht, zog Sneakers an, nahm meinen Schlüssel und folgte ihr zu ihrem Wagen. Die Fahrt verlief schweigend, auch wenn ich spürte, dass sie am liebsten mit ihrer Predigt angefangen hätte. Ich bemerkte, wie sie mich von Zeit zu Zeit ansah, und mit dem Kopf schüttelte.

Vor dem Tierheim hielt sie an, und trotz meiner Trauer schlich sich ein Lächeln auf meine Lippen. „Hundetherapie?", fragte ich sie, als wir aus dem Auto stiegen.

Meine Mom lächelte und nahm mich in den Arm. „Wenn du es so nennen willst. Ich nenne es einen Vormittag in wunderbarer Gesellschaft", erwiderte sie und wir gingen Rocco abholen. Der Rüde freute sich wieder unheimlich und mir tat es in der Seele weh, dass ich nicht genug Zeit besaß, um ihn zu mir zu nehmen.

„Rose, du weißt, ich liebe dich, aber was du da gerade verzapft hast, ist ein riesengroßer Haufen

Mist!“, tadelte sie mich und ich versuchte irgendwie, in Worte zu fassen, was in mir vorging.

„Jeder weitere Tag ohne ihn bringt mich um. Ich kann nicht schlafen und wenn, dann träume ich von ihm. Höre seine Stimme und wie wütend er klang, als ich mich von ihm getrennt habe,“ sprach ich stockend und sah sie von der Seite an. „Doch egal, wie gern ich ihn wieder bei mir hätte, mich lässt Violets Schicksal nicht los. Mittlerweile bin ich mir sicher, dass er nicht mit Brenda geschlafen hat, aber was ändert das? Ich will nicht noch einmal verletzt werden, und ich habe es satt, mich so zu fühlen. Im Gegensatz zu den anderen beiden Flachwichsern, die mir das Herz gebrochen haben, würde Jackson es endgültig zerstören, falls er mich verließe.“ Meine Hände zitterten, genau wie meine Stimme, und ich sah stur geradeaus, um nicht zusammenzubrechen. Wir gingen weiter in den Wald hinein, bis zu einer Bank, und setzten uns hin.

„Ich werde dir nicht vorschreiben, was du tun sollst, mein Kind. Ich werde immer an deiner Seite kämpfen, obwohl ich denke, dass du falsch liegst. Doch was ich dir sagen kann, und das aus Erfahrung, ist, jedes gebrochene Herz kann heilen. Fand ich es lustig, das Gespött der Nachbarschaft zu sein, nachdem die Affären deines Vaters herauskamen? Ganz gewiss nicht. Habe ich geglaubt, dass ich je wieder einen Mann finden und ihm vertrauen könnte? Verflucht nein! Und schau mich jetzt an, Rose. Ich bin zufrieden und ich bin verliebt. Harry macht mich glücklich. Und falls es nur für eine kurze Zeit sein sollte, dann will ich verdammt sein, wenn ich es nicht genieße. Verstehst du, was ich dir damit sagen möchte?“ Sie nahm mich liebevoll in den Arm.

„Du willst andeuten, ich habe es verkackt und das im großen Stil, richtig?“, antwortete ich traurig und ließ mich in ihre Arme sinken.

„So würde ich es vielleicht nicht formulieren, aber ja, das hast du“, gab sie zurück und küsste mich auf den Kopf.

„Er wird mich nicht mehr wollen. Nach all dem wird er die Schnauze voll haben und mich zum Teufel wünschen. Es ist vorbei, und das ist meine Schuld.“

„Ich denke, dass Jackson der Mann ist, der dich glücklich machen kann. Und wenn mich nicht alles täuscht, wird er nicht so schnell aufgeben. Geh zu ihm und erzähl ihm, was du mir gesagt hast. Stell dir einfach diese Frage: Möchtest du weiterhin vor dem Leben davonlaufen oder hast du genug Mut, um dich deinen Ängsten zu stellen?“

Ich dachte lange über das nach, was sie mir gesagt hatte, und kam zu dem Entschluss, dass andere wahrscheinlich mutiger waren als ich. Meine Furcht vor einer weiteren Enttäuschung überwog nach wie vor und so tat ich das, was ich am besten konnte: Weglaufen.

Kapitel 27

Nach zwei Wochen ließen die Anrufe nach. Ich war einerseits erleichtert, doch mein blödes Herz war immer noch traurig. Es gab kaum keinen Tag, an dem ich nicht an ihn dachte, die Nächte waren umso schlimmer. Ständig sah ich ihn vor mir, hörte seine Stimme und spürte seine Berührungen. Jeder Morgen war ein Albtraum, sobald ich erkannte, dass er nicht an meiner Seite war.

Ich bastelte wie eine Verrückte im Garten meiner Mom weiter an den Tieraccessoires, die mittlerweile reißenden Absatz im Internet fanden. In meiner Freizeit steckte ich meine Nase ausschließlich in Thriller, auch heute hatte ich exakt das vor, als hinter mir plötzlich eine Stimme ertönte.

„Es reicht, Dornröschen, raus mit dir!“ Erschrocken fuhr ich aus meinem Gartenstuhl hoch, als ich Dallas‘ strengen Ton vernahm.

„Verdammt! Spinnst du, mich so zu erschrecken?“, schnauzte ich sie an, immer noch vor Schreck die Hand an der Brust.

„Hör auf, dich selbst anzufassen und zieh dich um!“, befahl sie mir und ging auf meinen Vorwurf gar nicht erst ein.

„Bitte?“, fragte ich perplex.

„Du brauchst nicht so doof zu gucken, Rose, wir beiden gehen heute auf den Jahrmarkt. Es gibt keine dummen Ausreden, du wirst jetzt Spaß haben!“, fauchte sie und stemmte die Hände in die Hüften.

„Aber ich werde garantiert keinen Spaß haben!“, protestierte ich wie ein kleines Kind.

„Ist mir scheißegal, was du denkst. Ich will meine Freundin zurück, und deswegen kommst du auch mit", beharrte sie auf ihren Standpunkt.

Ich sah Dallas an, die ihre Arme vor der Brust verschränkte und mich überkam ein schlechtes Gewissen, weil ich andauernd absagte. Dallas wippte mit dem Fuß und ich hörte sie förmlich im Geiste bis zehn zählen.

„Wieso ausgerechnet der Jahrmarkt? Bist du fünf, oder was?", startete ich einen letzten Versuch, sie von ihrem Vorhaben abzubringen.

„Nein, du blöde Kuh. Ich finde Jahrmärkte einfach fantastisch. Wir können uns den Bauch vollschlagen, zusehen, wie andere nach der Achterbahnfahrt über die Reling kotzen und uns nach schönen Kerlen umschauen", gab sie zurück. Misstrauisch beäugte ich sie.

„Gibt es einen bestimmten Kerl, den du da treffen möchtest? Denn ganz ehrlich, Dallas, ich habe keinen Bock, deinen Sidekick zu geben. Das schaffst du auch prima ohne mich", murrte ich, wenig angetan von der Vorstellung, dort das fünfte Rad am Wagen zu spielen.

„Hör mir gut zu, McAllister! Wenn du mich noch einmal so beleidigst, trete ich dir in deinen dummen Arsch. Ich will Spaß haben. Mit dir. Also lass mich nicht hängen." Dallas schaute jetzt verletzt aus, und das wollte ich auf keinen Fall.

„Ist ja gut, du Nervensäge, ich komme mit", knickte ich ein. Einen Tag mal unter Menschen zu gehen, würde mich schon nicht umbringen.

Als wir nach einer Stunde endlich auf Coney Island ankamen, dämmerte es bereits. Insgeheim war ich froh, dass Dallas mich nicht die ganze Zeit vollquatschte. Sie war sogar erstaunlich ruhig. Irgendetwas warnte mich, dass sie *zu* ruhig war. Wir kauften uns kandierte Früchte, die wir unterwegs aßen, und schossen auf Dosen, ohne dass eine von uns Erfolg damit hatte. Wir redeten nur über belanglose Sachen. Es war schön, mal einen Augenblick nicht vor Herzschmerz vergehen zu wollen. Ich war ihr dankbar, dass sie so hartnäckig geblieben war.

„Danke Dallas, für alles. Ich habe dich vermisst." Ich umarmte sie und gab ihr einen Kuss auf die Wange.

„So machen das gute Freundinnen", antwortete sie und lächelte mich an, während sie die Umarmung erwiderte. Als wir weiter gingen, hörte ich sie murmeln: „Dank mir bloß nicht zu früh."

„Was hast du gesagt?", fragte ich nach.

„Ach nichts, nur … hey, da ist ja das Riesenrad, lass uns damit fahren!" Ich hob eine Augenbraue, denn das klang so gar nicht wie das, was ich gerade eben gehört hatte. Aber auf eine erneute Diskussion mit ihr hatte ich keine Lust, also hakte ich nicht noch einmal nach.

Die Schlange vor dem Fahrgeschäft war nicht ganz so lang und so waren wir schnell an der Reihe, um Tickets zu kaufen. Es war bestimmt ein toller Ausblick von da oben. Das erste Mal seit Ewigkeiten spürte ich so etwas wie Freude in mir.

„Oh, verdammt, ich habe etwas vergessen", sagte Dallas plötzlich und riss mich aus meinen Gedanken. „Geh schon mal rein, ich komme sofort nach."

„Das ist jetzt nicht dein Ernst, oder?" Ungläubig starrte ich ihr hinterher, aber sie war bereits fast außer Hörweite und grinste irgendwie dämlich. Ich schüttelte über ihr komisches Verhalten nur den Kopf und stieg, ohne nachzudenken, in die freie Gondel.

Doch so frei war sie gar nicht. Plötzlich saß ich Auge in Auge mit Jackson in einer viel zu kleinen Kabine, die sich langsam in Bewegung setzte und damit meine Flucht vereitelte.

„Was machst du denn hier?“, platzte es aus mir heraus. Ihn zu sehen, war wie ein Schlag in den Magen. Mir wurde heiß, sofort ein bisschen schlecht und zu guter Letzt wurde ich wütend.

„Bevor du anfängst zu schreien, hör mich an! Du schuldest mir das. Du schneist in mein Leben, nimmst dir alles von mir und verschwindest dann einfach, ohne mir überhaupt die Chance zu geben, mich zu erklären, nachdem du Brenda bei mir angetroffen hast. Das ist nicht fair, Rose, selbst mit deiner Vorgeschichte nicht. Also hör bitte zu!“

Seine Stimme klang traurig und ein Blick in seine Augen verriet mir, dass er genauso verletzt war, wie ich.

„Na schön, ich kann hier ja ohnehin nicht weg. Aber sobald die Gondel steht, bin ich raus. Dann werde ich Dallas suchen und ihr den Arsch aufreißen!“, fauchte ich und versuchte verzweifelt, meine Schutzmauer oben zu halten. Sie war das Einzige, was mich noch beieinander hielt.

Die Gefühle für ihn waren nicht weg. Im Gegenteil, sie waren größer denn je. Jetzt, wo ich wieder in seiner Nähe war, wollte ich so gern auf seinen Schoß krabbeln und mich wie zu Hause fühlen. Er sah müde aus, und trotzdem war er der schönste Mann auf der Welt. Jedenfalls in meiner Welt, auch wenn er nicht mehr dazu gehörte. Doch wenn ich an Violet dachte, wurden alle hochkochenden Empfindungen erstickt.

Jackson nahm meine Hände in seine und sah mich eindringlich an. Mein Herz hämmerte in meiner Brust und ich fing zu zittern an, so heftig reagierte ich auf diese an sich so simple, körperliche Geste.

„Brenda und ich hatten keinen Sex. Es war nur ein Versuch von ihr, mich herumzukriegen. Sie kam bei mir vorbei, hatte unter ihrem Mantel nichts als Unterwäsche an und ich gab ihr das Shirt zum Überziehen. Danach habe ich sie rausgeschmissen und auf dich gewartet, aber du bist nicht gekommen“, führte er aus. Er schaute auf unsere Hände und dann wieder in mein Gesicht. In diesem Moment wusste ich endgültig, dass er die Wahrheit sagte, und mein Herz weinte um uns.

„Was ist mit Sam? Ist er dein Sohn?“, stellte ich die Frage, die mich beschäftigte.

„Nein, ist er nicht. Genau aus diesem Grund ist sie vorbeigekommen. Brenda sah ihre Felle davon schwimmen und wollte mich verführen“, antwortete er.

Auch wenn ich vorher solche Angst davor gehabt hatte, dass er sein Sohn sein könnte, tat es mir jetzt leid für ihn. Für einen kurzen Moment hatte er ein Gefühl dafür bekommen, dass er Vater hätte sein können. Das musste unheimlich schwer für ihn gewesen sein - und ich war nicht für ihn da. Schuldgefühle kamen wie heiße Wellen über mich. Ich schämte mich für jedes Wort, das ich ihm an den Kopf geschmissen hatte.

„Es tut mir leid, dass ich dir nicht vertraut habe und es tut mir leid, dass ich deine Version nicht hören wollte“, entschuldigte ich mich und sah angestrengt auf meine Füße.

„Rose, viel wichtiger ist die Frage, warum du einfach verschwunden bist? Wieso hast du mir nicht ein bisschen vertraut? Weshalb hast du mich nicht einmal angehört, sondern stur dein Urteil gefällt und mich aus deinem Leben gestrichen? Eben sagen wir einander noch, dass wir uns lieben und dann ist das nichts mehr wert für dich?“ Seine Stimme wurde immer leiser und mir war jetzt hundeelend, weil ich ihm nicht zugehört und ihn einfach verlassen hatte.

„Es tut mir leid, Jackson. Alles, und vor allem, was ich zu dir gesagt habe. Aber nachdem das mit Charlie passiert ist und dem, was ich zuvor bei dir gesehen habe, sind all meine Ängste wieder hochgekommen. Ich fühlte mich ungenügend und habe mich gefürchtet, dich eines Tages zu verlieren. Selbst wenn mit Brenda nichts war, irgendwann würde vielleicht eine andere kommen … deshalb habe ich es beendet, so paradox das für dich klingen mag. Ich war mir sicher, dass ich das Richtige tue und mich so vor dem Schmerz schütze. Immer, wenn ich geliebt habe, habe ich letztlich verloren und wurde betrogen. Einem Teil von mir war klar, dass du nicht wie die anderen bist, aber ich wollte mich nicht wieder verlieren. Es hat mir das Herz gebrochen, doch jedes Mal, wenn ich an Violet dachte, kam es mir logisch vor. Du kannst dir nicht vorstellen, wie sehr sie unter dem Verlust von Charlie leidet. Es ist, als würde es sie nicht mehr geben.“

Tonlos liefen mir Tränen die Wangen runter und nur einen Augenblick später saß ich auf seinem Schoß und er hielt mich fest umschlungen.

„Es tut mir unendlich leid für Violet, und es tut mir leid, dass du an mir gezweifelt hast. Aber ich bin hier. Jetzt und für immer, wenn du mich willst. Ich kann dir keine Garantien geben. Es wird vielleicht nicht immer alles perfekt sein und wir werden uns manchmal streiten, dass die Fetzen fliegen. Ich verspreche dir hoch und heilig, dass ich alles mir Mögliche tun werde, damit wir unser Happy End bekommen."

Ich sah die Liebe und die Zuversicht in seinen Augen. *Er ist doch zu gut, um wahr zu sein*!

Mein Herz machte einen hoffnungsvollen Satz.

„Du willst mich immer noch? Nach all dem Drama und all dem Herzschmerz, den ich dir … den ich uns zugemutet habe, willst du mich immer noch?", fragte ich unter Tränen und konnte sein Lächeln sehen.

„Und ob ich das will. Es gibt nur noch eine Sache, die wir klären müssen. Schließ deine Augen!", bat er mich.

„Was? Wieso?", stammelte ich irritiert.

„Schließ einfach deine Augen, meine Schöne." Bei der Erwähnung meines Spitznamens bekam ich eine Gänsehaut.

Ich schloss meine Lider und wartete voller Spannung und mit so viel Glück in meinem Herzen, dass es mich fast zerriss. Ich hörte es neben mir rascheln und wenig später lagen seine Lippen sanft auf meinen.

Endlich!

Das war das Einzige, was ich denken konnte. Als er mit der Zunge über meine Unterlippe glitt und um Einlass bat, war ich schon Feuer und Flamme. Meine Hände schoben sich in seine Haare und hielten ihn fest, am liebsten wollte ihn nie wieder gehen lassen. Seine Wärme und sein Geruch brachten mich dazu, ihm noch näher sein zu wollen. Es war wie nach Hause kommen, und das wollte ich wirklich.

Doch als unsere Zungen sich berührten, erschrak ich. Meine Augen fingen zu brennen an, ich schluchzte laut auf und lachte gleichzeitig. Ich löste mich aus unserem Kuss und sah ihn gerührt an.

„Du schmeckst nach Zuckerwatte“, wisperte ich. Mein Blick schweifte von ihm zur Sitzbank, wo in Folie Zuckerwatte lag. „Du hast es dir gemerkt.“ Meine Stimme bebte vor Emotionen und die blöden Tränen liefen mir schon wieder über die Wangen. Doch diesmal waren es welche der guten Sorte.

„Als du sagtest, dass du bei deinem ersten Kuss Zuckerwatte und Feuerwerk erwartet hast, wollte ich dir mit diesem Kuss beweisen: Am Ende wird alles gut. Ich liebe dich, Rose. Nur dich“, raunte er.

Ich schlang meine Arme um seinen Hals, drückte ihm unter Tränen tausend Küsse aufs Gesicht und war unendlich froh, dass er mich nicht aufgegeben hatte.

„Ich liebe dich, Jackson.“

Wir küssten uns erneut, schließlich hatten wir eine Menge nachzuholen. Hinter geschlossenen Augen sah ich auf einmal Lichtblitze und hörte es knallen. Über uns gab es ein Feuerwerk und wir lachten in den Kuss hinein.

„Hast du das etwa auch geplant, mein Traumprinz?“, scherzte ich und konnte nicht zu lächeln aufhören.

„Das werde ich dir nicht verraten. Was gibst du mir dafür, wenn ich es dir erzähle, meine Schöne?“, neckte er mich.

„Alles! Ich gebe dir alles!“, versprach ich ihm.

Es war vielleicht nicht, wie ein Märchen sein sollte, aber es war unser Märchen und es hätte nicht schöner enden können.

Epilog

Ein Jahr später

„Es geht los! Jackson, wo bist du!?“, rief ich wie ein aufgescheuchtes Huhn. Ich rannte durch unser Haus und suchte nach meinem Göttergatten, der nirgendwo zu finden war. Jedes Zimmer hatte ich nach ihm abgesucht, doch ich fand ihn nicht. Langsam bekam ich Panik und schrie aus vollem Hals: „Jackson, schwing deinen Arsch hierher!“

„Ich komme ja schon. Es geht los? Wo ist sie?“, schallte es mir mit einem leicht panischen Unterton entgegen. Er schlitterte ins Wohnzimmer und suchte den Raum ab. Seine braunen Haare standen wild zu Berge und ich musste bei seinem Anblick lachen. Fehlte nur noch, dass er mit Krankenhaustasche ins Auto sprang und losfuhr.

„Sie hat sich hinter die Couch verkrochen und ich habe ihr Decken hingelegt. Ich bin so aufgeregt! Von Rocco ist keine Spur zu sehen. Typisch Mann!“, schimpfte ich.

„Den habe ich nach draußen in den Garten gebracht. Er würde Bella ohnehin nur nervös machen. Ich schwöre dir, Rose, wenn Hunde rauchen könnten vor Nervosität, er hätte seine zweite Schachtel intus!“, scherzte er.

Ich sah meinen Mann an und fühlte mich bestätigt, dass Männer, egal welcher Spezies sie angehörten, immer zusammenhielten.

Wir gingen leise um die Couch herum und schauten gemeinsam auf Bella hinab, die auf der Seite und in den Wehen lag.

Ja, Rocco hatte es tatsächlich geschafft, die arme Bella zu umgarnen und zu schwängern. Für uns stand sofort fest, dass wir die zwei behalten wollten. Sie waren Teil unserer Geschichte und machten unser Glück komplett.

Nach unserer Versöhnung hatten wir uns schnell entschlossen, zusammenzuziehen. Da wir uns beide in Nassau verliebt hatten, hatten wir dort ein Häuschen am Strand bezogen. Es war klein und genau so, wie wir uns das vorgestellt hatten. Hell, nah am Wasser und weit weg von der Treppe der Hölle. Jackson hatte es einfach gekauft und umgestaltet, ganz nach meinen Vorstellungen. Meine Widerworte hatte er mit einem Heiratsantrag abgeschmettert. Er meinte, was sein ist, ist auch mein und damit war das Thema für ihn erledigt.

Dieser Mann machte mich jeden Tag so verdammt glücklich und ich würde alles dafür tun, dass er es nicht bereute.

Gleich neben dem Buchladen, in dem Linda arbeitete, hatte ich einen kleinen Laden angemietet. Jackson wollte ihn eigentlich für mich kaufen, aber das konnte ich dann doch verhindern. Dieses *was mein ist, ist auch dein* Ding ließ ich ihm nicht jedes Mal durchgehen. Wir redeten darüber und ich erklärte ihm, wie wichtig es mir war, das alleine zu schaffen.

Ich verkaufte meine Hundeaccessoires sehr gut und mein Onlineshop florierte.

Wenn Jackson unterwegs war, konnte ich Rocco und Bella mitnehmen. Sie waren die besten Models für meine Accessoires. Linda hatte ein paar süße Fotos von ihnen mit meinen Halsbändern gemacht und auf die Webseite geladen.

Irgendwann würde ich mir eine Aushilfskraft zulegen müssen. Wehmütig dachte ich an Violet, die ich seit der Beerdigung nur noch einmal gesehen hatte. Sie packte einige Wochen nach Charlies Tod ihre Sachen, lagerte sie ein und reiste um die Welt. Sie hielt es ohne ihn nicht lange an einem Ort aus und ich hoffte für sie, dass sie irgendwo ihren Frieden finden würde.

Jackson und ich hatten schnell unseren Rhythmus gefunden. Es gab keinen einzigen Tag, an dem ich irgendwie zweifelte. Ich war genau da, wo ich immer sein wollte. Meine Mom und Harry waren nach wie vor schwer verliebt und überlegten, zusammen zu ziehen, was mich unendlich freute. Dallas, Lilly und ich telefonierten, so oft wir konnten, oder skypten. Nach jedem Telefonat vermisste ich die beiden unheimlich.

„Hey, ich glaube, es wird ernst", holte mich Jackson aus meinen Gedanken. Ich kniete mich neben Bella, die alles andere als gestresst aussah, im Gegensatz zu den Männern in diesem Haus.

„Das machst du gut, meine Süße. Der werdende Vater wird gleich nach der Geburt kastriert", erklärte ich ihr, während ich über ihr Köpfchen streichelte.

„Das kannst du dem armen Kerl doch nicht antun", entrüstete sich Jackson, der mittlerweile neben mir kniete und einen gequälten Gesichtsausdruck hatte, als würde es um seine Juwelen gehen.

„Charming, du musst dir um deine Eier keine Sorgen machen, dafür kannst du viel zu gut damit umgehen." Grinsend sah ich ihn an und stupste ihn in die Seite, was er mit einer hochgezogenen Augenbraue kommentierte.

„Dann bin ich ja froh, meine Schöne. Ich wusste doch, dass es nicht nur meine Küsse aus Zuckerwatte waren, die dich schwach werden ließen."

Ich lächelte nur und erwiderte nichts mehr, denn Bella, bei der es jetzt wirklich losging, forderte meine gesamte Aufmerksamkeit.

Sechs Stunden später waren wir stolze Eltern von drei süßen Hundebabys. Eine komplette Familie zu haben, egal, in welcher Konstellation, war besser, als jedes Märchen hätte sein können.

Ende

Die Reihe wird mit anderen Protagonisten Fortgesetzt. Titel des nächsten Romans: Broken Fairytale: Lilly